# La Delle
# ANTONIN

Édition : Catherine Bédard
Infographie : Chantal Landry
Correction : Brigitte Lépine et Zachary Bernatchez

Design de la couverture : Chantal Boyer
Photo : Dewittville, [Vers 1890-vers 1965],
BAnQ Québec, Collection Magella Bureau,
(03Q,P547,S1,SS1,SSS1,D105),
Photographe non identifié.
Photo de l'autrice : © Pascal Rameux

Catalogage avant publication de Bibliothèque et Archives nationales du Québec et Bibliothèque et Archives Canada

Titre : La Delle / Marthe Laverdière.
Noms : Laverdière, Marthe, auteur. | Laverdière, Marthe. Antonin.
Description : Sommaire incomplet : tome 2. Antonin.
Identifiants : Canadiana (livre imprimé) 20230081738 | Canadiana (livre numérique) 20230081746 | ISBN 9782761962834 (vol. 2) | ISBN 9782761962841 (livre numérique : vol. 2)
Classification : LCC PS8623.A835318 D45 2024 | CDD C843/.6—dc23

08-24

Imprimé au Canada



Dépôt légal : 2024
Bibliothèque et Archives nationales du Québec

ISBN (version papier) 978-2-7619-6283-4
ISBN (version numérique) 978-2-7619-6284-1

DISTRIBUTEURS EXCLUSIFS :

Pour le Canada et les États-Unis :
MESSAGERIES ADP inc.*
Téléphone : 450-640-1237
Internet : www.messageries-adp.com
* filiale du Groupe Sogides inc.,
filiale de Québecor Média inc.

Pour la France :
INTERFORUM ÉDITIS
Téléphone : 33 (0) 1 49 59 11 89 / 12 40
Service commandes France Métropolitaine
Téléphone : 33 (0) 2 38 32 71 00
Internet : www.interforum.fr
Service commandes Export — DOM-TOM
Internet : www.interforum.fr
Courriel : cdes-export@interforum.fr

Pour la Suisse :
INTERFORUM editis SUISSE
Téléphone : 41 (0) 26 460 80 60
Internet : www.interforumsuisse.ch
Courriel : office@interforumsuisse.ch
Distributeur : OLF S.A.
Commandes :
Téléphone : 41 (0) 26 467 53 33
Internet : www.olf.ch
Courriel : information@olf.ch

Pour la Belgique et le Luxembourg :
INTERFORUM BENELUX S.A.
Téléphone : 32 (0) 10 39 59 54
Internet : www.interforum.be
Courriel : Export.Belgique@interforum.fr

Gouvernement du Québec – Programme de crédit d'impôt pour l'édition de livres – Gestion SODEC – www.sodec.gouv.qc.ca

SODEC Québec

L'Éditeur bénéficie du soutien de la Société de développement des entreprises culturelles du Québec pour son programme d'édition.

Conseil des arts du Canada | Canada Council for the Arts

Nous remercions le Conseil des arts du Canada de l'aide accordée à notre programme de publication.

Financé par le gouvernement du Canada | Funded by the Government of Canada | Canada

Nous reconnaissons l'aide financière du gouvernement du Canada par l'entremise du Fonds du livre du Canada pour nos activités d'édition.

MARTHE LAVERDIÈRE

# La Belle ANTONIN

TOME 2

LES ÉDITIONS DE L'HOMME

À mon père Antonin Laverdière,
qui m'a légué son don de conteur.
Gros bisou jusqu'au ciel, papa.

# Avant de commencer...

En écrivant ce deuxième tome, j'ai vécu tellement de sentiments contradictoires ! En tant que maman, j'ai ma propre vision (peut-être un peu idéaliste) de ce qu'est la parentalité. Bien sûr, c'est le reflet de mon époque. Au début du 20e siècle, les dynamiques familiales étaient complètement différentes, mais je devine que l'image de la mère idéale n'a sans doute pas beaucoup évolué. Encore aujourd'hui, une mère c'est parfait, une mère c'est bienveillant et c'est enveloppant.

J'ai toutefois réalisé avec mes personnages que, quelquefois, une mère peut devenir autre chose que l'image de la bonté, même en pensant faire ce qu'il faut pour ses petits. On se donne tellement pour eux qu'on en fait souvent nos miroirs. Notre continuité, en quelque sorte. Serait-il possible de mal aimer ses enfants ? J'en ai conclu que le parent parfait n'existait pas. On est tous à la recherche du meilleur pour nos rejetons.

Mais je m'arrête ici. Alvenia nous rappelle en 1904, elle veut vivre sa grossesse. Espérons que la jeune femme trouvera dans sa maternité à elle des joies et des consolations. Je resterai près d'elle. Une mère peut en comprendre une autre.

Bonne lecture,
Marthe xxx

# Chapitre I

Georges avait tout organisé. Le trajet de Saint-Damien à Québec durerait trois jours. Il ne fallait pas paraître trop pressé.

Le départ du village eut lieu à l'heure du midi par un beau jour de juin. Il fallait que tout le monde voie bien Alvenia et son père partir en voyage afin de visiter une cousine de madame Beaulieu. Personne ne connaissait ladite cousine, bien sûr, mais qu'importe. Personne ne pouvait imaginer qu'Alvenia Beaulieu était enceinte.

Sur le perron, les embrassades furent émouvantes. Marie n'arrêtait pas de se moucher: «J'vas prier pour que toute se passe ben. Oublie pas de demander de l'eau bénite quand le travail va commencer, pis asperge-toé en masse. Le démon rôde à ce moment-là pour prendre soit les mères, soit les petits!»

Alvenia, qui n'avait pas envie d'entendre pareilles histoires, monta dans la voiture de son père. Premier arrêt: Beaumont, sur le bord du fleuve, où le cousin Jean Beaulieu tenait un magasin général. Il fallait montrer à la famille, même très éloignée, toute la peine qu'éprouvait la jeune fille à la suite du décès tragique de son fiancé et, bien sûr, parler de la pauvre cousine d'Imelda.

Georges Beaulieu, assis près d'Alvenia, se délectait d'avoir pensé à tout. Son plan était parfait. Il suffisait que sa fille le suive:

— Tu lâcheras quelques larmes devant le cousin pour lui montrer que t'as besoin d'aller te refaire une santé, tout en aidant la cousine de ta mère.

— Laissez-moé tranquille, avec votre comédie…

— T'es ben comme toutes les bonnes femmes ! Toujours dans vos sentiments et rien dans la tête. Ce que je fais, je le fais pour le rejeton, pas pour toé. C'est moé qui vas ramasser le gros lot.

Alvenia n'en croyait pas ses oreilles. Son père n'avait pas une once de compassion pour ce qu'elle vivait. Elle détourna la tête, pour ne pas pleurer. Elle ne lui donnerait pas cette joie. « Tu peux ben penser ce que tu veux, mais mon bébé, y'est à moé », pensa-t-elle.

L'arrivée chez le cousin Jean se fit après le souper. Alvenia était contente de ne pas avoir à partager la table avec des gens qui lui poseraient plein de questions.

À leur arrivée, Georges ayant pris soin de leur dire à quel point sa fille chérie était en deuil, les hôtes proposèrent à Alvenia de monter dans sa chambre pour qu'elle puisse se reposer un peu. « Viens avec moé », lui avait dit Charlotte, la femme de Jean.

La bonne femme était rondelette. On voyait que son mari la traitait bien, car elle souriait tout le temps. Elle travaillait avec lui au magasin et devait en plus s'occuper de quatre enfants. Mais son Jean l'aidait même à la vaisselle, avouait-elle pour faire la conversation en montant les marches tranquillement.

— J'ai un homme en or, un homme dépareillé ! Ah, mon doux, je m'excuse… Tu viens de perdre ton fiancé, j'aurais pas dû dire ça…

Alvenia en eut les larmes aux yeux. Cette femme qui ne la connaissait pas avait plus de compassion pour elle que son propre père.

— Non, j'suis contente pour vous que vous aimiez autant votre mari, dit-elle doucement en s'efforçant de sourire.

Charlotte lui tapota l'épaule. Comme elle devait souffrir, la petite. Elle ouvrit la porte de la chambre et lui expliqua où tout se trouvait :

— Il y a un pot d'eau sur le bureau pour ta toilette. J'ai mis des linges neufs à côté. Prends le temps de te reposer et, si tu veux, après on pourrait jaser, moé pis toé. Le magasin ferme à neuf heures à soir. Repose-toé jusque-là. Pis si tu te couches, ben pas pire amie. Après tout, le chemin est long de Saint-Damien à icitte, lui dit-elle en lui souriant.

Alvenia hocha la tête et remercia Charlotte, mais elle savait qu'elle ne redescendrait pas. Pourquoi faire semblant et mentir à ces gens si généreux? La comédie serait bien mieux jouée par son père qui, elle en était sûre, serait très persuasif.

Elle se lava doucement à la bassine, sortit de sa valise une jaquette de coton blanc et alla droit dans le lit. Elle s'enroula dans le drap et se mit à pleurer. Qui allait l'aider? Qui lui dirait comment garder son enfant? Elle se sentait tellement seule, tellement désemparée. Si Léopold était là, il la rassurerait. Il était tout pour elle. «Mon amour, aide-moé, je veux pas perdre notre bébé», murmura-t-elle.

Alvenia pleura longtemps, mais la fatigue eut raison d'elle. Elle s'endormit en pensant à ce qu'aurait pu être sa vie avec Léopold.

Le lendemain matin, lorsqu'Alvenia descendit, personne n'osa lui poser de questions. La veille, son père avait expliqué que le moindre souvenir de son Léopold la mettait sens dessus dessous. Il l'avait aussi excusée de leur avoir faussé compagnie: «Ma pauvre fille mange si peu à cause de sa peine qu'elle frôle l'anémie, voyez-vous.»

Elle n'avait pas fini de descendre les marches qu'elle comprit que le temps était déjà venu de reprendre la route. Les bagages étaient sur le côté de la porte et Jean s'apprêtait à aller ouvrir le magasin pour la journée. Charlotte, elle, avait cuisiné des petits pains fourrés aux œufs pour le reste du voyage.

Georges tendit la main à son cousin pour le saluer et en profita pour en rajouter une couche:

— On va y aller, ma fille. Tu sais comment j'aime la ponctualité. J'voudrais pas faire attendre mes clients que je dois voir en montant à Québec.

Alvenia acquiesça et monta. Elle savait très bien que son père n'allait voir personne, surtout pas en sa compagnie, et qu'il fallait bien mal connaître Georges Beaulieu pour gober cela.

Un dernier salut vite fait à la parenté, et l'attelage reprit le chemin vers Lévis. Il fallait arrêter chercher quelques vêtements adéquats chez une certaine veuve Mathieu. Une connaissance de Georges à qui on pouvait faire confiance et qui avait des doigts de fée en couture.

— Je te louerai une chambre à Lévis. Moé, j'ai des clients à rencontrer ce soir.

— Des clients le soir ? demanda Alvenia.

— Le soir, le jour ou le dimanche, de quoi tu te mêles ? Tu vas aller où personne te connaît. Tu vas être tranquille. Si t'es comme ta mère, tu dois t'endormir tout le temps, pleine comme t'es. Elle, elle dormait tout le temps, même le jour.

Alvenia avait sa petite idée de ce qui expliquait les fréquents endormissements rapides de sa mère, mais préféra garder ses réflexions pour elle.

Le reste du voyage se fit sans que ni l'un ni l'autre dise un mot. Alvenia regardait les pierres sur le bord du chemin. Elle se sentait vide et seule. Jamais elle n'aurait pensé que sa vie prendrait cette tournure. Elle baissa les yeux sur son ventre. On ne voyait rien, mais déjà, elle était plus serrée dans son corset. « La seule chose positive, c'est que bientôt je pourrai enlever cet étau et montrer à tout le monde que je vais être mère. »

Ils arrivèrent à Lévis en fin de matinée. La veuve Mathieu habitait dans le fond d'une ruelle. Une petite maison avec une minuscule galerie. Les volets étaient peints en bleu. Cela avait un certain goût et contrastait joliment avec les murs d'un blanc immaculé de la bâtisse. Près de la porte, une brosse pour gratter ses bottes ou ses chaussures était déposée.

Une femme maquillée à outrance vint leur ouvrir. Elle avait les cheveux relevés et des rubans de couleur garnissaient son chignon. Elle portait une robe rose bonbon avec deux gros colliers:

— Bien le bonjour, mon ami, dit-elle.

— Nous sommes venus, moé et la demoiselle en question, pour l'essayage. Nous savons ben que vous êtes une couturière très habile. Vous m'comprenez...

Georges lui fit un clin d'œil. La femme le regarda, amusée.

À se faire appeler «demoiselle», Alvenia comprit que son père avait omis de dire qu'elle était sa fille. Tant mieux, au fond. La jeune fille voulait le moins possible avoir de lien avec lui.

— Il y a ben longtemps que j'avais pas cousu, depuis la mort de mon mari. Après, je me suis mise à faire autre chose.

Elle regarda Georges dans les yeux tout en affichant un sourire qui en disait long pour le reste des choses.

Alvenia se dérhuma. Elle voulait bien faire voir à son père qu'elle n'était pas dupe. Il devait venir de temps en temps ici chercher quelques caresses que sa mère ne lui donnait plus. Elle aurait pu le juger, mais n'en avait rien à faire. Sa vie le regardait, et l'amour que lui et sa mère avaient l'un pour l'autre était le dernier de ses soucis.

— Passez dans la cuisine, je vais aller chercher les vêtements et la petite pourra les essayer. Vous êtes ben généreux, monsieur Beaulieu, de vous occuper d'une pauvresse.

Le mot «pauvresse» était de trop. Alvenia se mit à bouillir. Elle s'assit sur la première chaise qu'elle vit et attendit. La veuve revint vite avec quelques robes, toutes noires et terriblement laides.

— J'aime pas le noir, se contenta de dire Alvenia.

— Quand on est comme toé, on doit pas être difficile, rétorqua Georges.

La jeune femme le toisa, prit les robes que lui tendait la veuve Mathieu et passa dans la pièce voisine pour les essayer. Elle avait l'air d'avoir un sac de toile sur le corps. Rien de délicat, même pas de boutons un peu travaillés. Son père voulait qu'elle ait l'air d'une pauvre fille de campagne sans le sou. « Il veut m'humilier, en plus », devina-t-elle, en serrant les dents.

Elle enleva la robe et regarda les autres. Elles étaient identiques, alors pourquoi en essayer une autre ? Elle les roula, les prit et retourna dans la cuisine.

— Tu ne veux pas nous les montrer ? demanda la veuve. Te trouves-tu jolie ? Je les ai faites comme ton bienfaiteur me l'a indiqué…

Georges sourit en constatant l'énervement d'Alvenia. Elle avait le même caractère fier que lui, mais il arriverait bien à lui casser ses airs hautains. Et cela commençait avec ces robes, qu'il avait voulu hideuses :

— C'est ben parfait ! On s'était entendus pour huit piastres avec le petit excédent, c'est ben ça ?

Alvenia comprit que le petit excédent serait livré par la veuve dès que son père l'aurait déposée à l'hôtel. Dégoûtée, elle se dépêcha de sortir de sa poche dix dollars :

— Tenez, MADAME. Je suis capable de payer mes vêtements, et gardez surtout le reste. Deux piastres, c'est pas cher payé pour endurer l'excédent…

La veuve prit vitement les billets et les mit dans son corsage. Elle se demandait bien qui était cette jeune fille.

Georges regarda avec mépris Alvenia. Elle avait tout compris. Il l'attrapa par le bras pour sortir de chez la veuve :

— Ah, c'est sûr que tu sais comment on fait pour s'ouvrir les cuisses. Maudite guidoune, si tu peux accoucher de mon héritier. Ensuite, j'vas m'occuper de tes airs de princesse.

Georges n'avait pas choisi le plus chic des hôtels pour la nuitée à Lévis de sa fille. Il manquait de la peinture autour des fenêtres. Les planches de la galerie avaient des trous et il fallait faire attention où on mettait les pieds. Il la déposa et repartit sans même s'assurer qu'il y avait de la place.

Dans le hall – si on pouvait l'appeler ainsi –, Alvenia s'étonna de l'état des lieux. Le papier peint frisait par endroits ; quant au tapis souillé, il n'était bon que pour les ordures.

Alertée par le bruit de la porte d'entrée qui s'était refermée dans un grincement, une femme arriva, un tablier autour de la taille.

— Vous désirez, mademoiselle ? s'enquit l'hôtelière.

— Je voudrais une chambre pour la nuit, s'il vous plaît.

« Mademoiselle..., pensa Alvenia, bientôt personne ne pourra plus m'appeler comme ça. »

La bonne femme la regarda. La chambre ne servirait pas pour une mauvaise rencontre, la petite était seule. Elle allait lui donner une chambre un peu isolée. Quelquefois, la nuit, il y avait un peu de brasse-camarade. On n'était pas au château, ici.

La femme empoigna la valise d'Alvenia qui contenait ses vêtements, mais surtout de l'argent que la jeune fille avait prévu si quelque chose se passait mal et qu'elle devait partir ailleurs. « Seulement une toute petite valise pour devenir maman... », pensa la jeune fille.

Elles montèrent à l'étage, puis empruntèrent un long corridor sans fenêtre. Seule une lucarne ronde, tout au bout, laissait filtrer un peu de lumière. Le plancher craquait sous les pas. Sur les murs, pêle-mêle, une quantité de cadres avec des fleurs. Les deux femmes arrivèrent devant la chambre numéro 13. La bonne femme se signa. Devant l'air étonné d'Alvenia, l'hôtesse ressentit le besoin de s'expliquer :

— Je n'aime pas le chiffre 13...

Alvenia sourit. C'était tellement arriéré de penser comme cela, mais elle ne dit rien. La femme superstitieuse se débattit un peu avec la clé, mais parvint à ouvrir la porte. Elle sourit puis repartit, laissant Alvenia seule.

La chambre était sombre, même si on était en après-midi. La jeune fille aurait aimé une pièce lumineuse porteuse d'espérance.

Alvenia s'assit sur le petit lit de fer. Elle se déshabilla pour faire un brin de toilette. Un pot à eau était posé sur la table de chevet avec, près de lui, une petite serviette usée, mais propre. Elle épongea ses bras et sa figure. Elle avait eu chaud et cela lui faisait du bien.

En regardant son visage dans le miroir, elle se mit à pleurer. Elle plaça ses mains sur son ventre. On ne distinguait qu'un léger rebondissement, mais Alvenia savait que son enfant était là avec elle et que personne sur cette terre ne pourrait les séparer. « Comment j'vas faire pour te garder ? Oh ! Léopold, où que tu sois, veille sur nous autres. On a besoin de toi, mon amour. »

Elle préféra grignoter les sandwichs aux œufs que Charlotte lui avait donnés plutôt que de sortir chercher un repas plus consistant. Elle avait besoin de solitude. Toutes les mises en scène de son père l'écœuraient au plus haut point.

Elle se mit ensuite au lit. Il était tôt, certes, mais où aurait-elle pu aller, de toute façon ? Elle préférait rêver qu'errer sans but. Rêver de Léopold et de ses caresses. Rêver de la vie qu'ils auraient pu avoir. Il ne lui restait que cela.

Le matin du troisième jour de voyage, Georges arriva très tôt à l'hôtel. Il était déjà en train de prendre son petit déjeuner quand Alvenia descendit l'escalier. C'est sûr qu'il fallait que le bonhomme parte de bonne heure pour que les voisins ne le voient pas sortir de chez la veuve. Surtout, sauver les convenances ! Alvenia le toisa. Quel genre d'homme pouvait tromper sa femme à tour de bras et retourner chez lui la conscience tranquille ? Léopold n'aurait pas été comme ça.

— Bon, t'es prête ! J'ai pas juste ça à faire que de te servir de taxi. On doit attraper un traversier pour se rendre l'autre bord[1],

1. Avant la construction du pont de Québec, on avait recours à des traversiers pour passer d'une rive à l'autre. L'hiver, quand le temps s'y prêtait, on construisait un pont de glace. La construction du pont de Québec, quant à elle, ne débute qu'en 1903. Elle ne sera terminée, après quelques effondrements meurtriers, qu'en 1917. C'est le prince de Galles, le futur roi Édouard VIII, qui l'inaugura officiellement le 22 août 1919. Rien de moins !

pis j'ai des affaires à régler en ville avant de remonter par chez nous.

Georges se leva et mit son chapeau, prêt à partir. C'était sa façon de faire comprendre à sa fille qu'il n'avait pas de temps à perdre et qu'elle n'avait pas le temps de manger. Alvenia releva le menton, passa devant lui sans le regarder et alla payer sa chambre :

— Tenez, madame, je vous remercie, dit-elle, la chambre était confortable.

La bonne femme la regarda. Elle était une jeune fille qui payait ses choses et avait l'air si indépendante.

Elle sortit, prit une grande bouffée d'air. Cette fois, on y était, Alvenia se rendrait où elle allait devenir mère et où son destin l'attendait.

— Embarque, lui dit Georges, les Sœurs du Bon-Pasteur nous attendent. C'est là que tu vas me faire ma descendance. Envoye ! Embarque !

Alvenia obéit. Mais dans son for intérieur, elle savait bien que jamais elle ne laisserait son enfant être pris par ce monstre qui ne pensait qu'à lui.

Le regard vague d'Alvenia se perdait au loin. La vue du fleuve Saint-Laurent la rendait triste. Pourtant, elle n'avait jamais vu cette merveille. Mais l'absence de Léopold lui pesait durement sur le cœur. En longeant la côte, elle voyait les toits en tôle des maisons de Québec briller au soleil. Elle devait regarder droit devant. Des bateaux çà et là naviguaient joyeusement. C'est fou comme dans sa vie tout était changé. Avant, son esprit curieux serait devenu en ébullition devant tant de choses nouvelles. Pour l'instant, toutefois, le seul sentiment qui montait en elle était l'éloignement et la peur de l'imprévu.

# Chapitre 2

La jeune femme regarda l'immense bâtisse qui se dressait devant elle. De grands arbres semblaient protéger les lieux et ses occupantes.

Avec ses fenêtres arrondies sur le haut et son dôme coiffé d'une croix, elle avait fière allure, cette maison de la miséricorde. Dans les faits, l'institution s'appelait plutôt l'Hospice de la Miséricorde[2], mais Alvenia, dans son âme, voulut la voir comme une simple maison. Elle prit une grande respiration. Elle avait bien anticipé son arrivée chez les sœurs, mais l'émotion qu'elle vivait était sans aucune mesure avec ce qu'elle avait pu imaginer.

Georges, pour sa part, était aux oiseaux :

— Débarque, on va aller voir la mère supérieure. Je lui ai déjà parlé, elle est au courant de ton cas. Icitte, tu vas pouvoir te

2. Eh oui, déjà une autre note ! Pas le choix de bien camper l'histoire. Il faut dire que l'endroit que je vous décris, il a bel et bien existé. Les Sœurs du Bon-Pasteur ont fondé l'Hospice de la Miséricorde sur la rue Couillard, à Québec, en 1874 pour venir en aide aux futures mères non mariées et aux indigentes. À partir de 1878, l'Université Laval y a tenu une clinique d'obstétrique. En 1901, les religieuses ont ouvert une crèche pour s'occuper des soins et de l'adoption des nombreux nouveau-nés abandonnés dans la Capitale. Voilà, vous savez tout ! On retourne à notre histoire !

promener dans la bâtisse avec ta grosse bedaine et tout le monde va s'en foutre. Maudit que la vie est ben faite!

Alvenia descendit et replaça sa robe. Elle avait mis une belle toilette fleurie. Elle avait besoin de joie et de frivolité. Il pleuvait légèrement, mais elle ne s'en étonna guère. Il n'y avait que la pluie pour l'accompagner dans ce moment de sa vie. Elle prit sa valise et avança avec son père vers la porte qui, bientôt, se refermerait sur son passé.

Georges sonna à la porte. Une religieuse arriva, le regard froncé. L'habit qu'elle portait la rendait glaciale. Avec sa capine à bavette blanche sur une robe noire, elle avait l'air d'une corneille.

— Bonjour, ma sœur, je suis Georges Beaulieu, ma fille et moi venons voir votre supé...

La religieuse le coupa:

— Oui, elle vous attendait aujourd'hui. Assoyez-vous là avec la jeune fille, je vais aller la chercher.

La mère supérieure arriva. Une femme dans la cinquantaine, avec les sourcils qui commençaient à blanchir. Elle avait le regard tranchant de ceux qui jugent au premier instant. Alvenia se sentit déshabillée des yeux. La sœur la regarda de haut en bas:

— Vous avez apporté des vêtements de meilleur goût, j'espère, monsieur Beaulieu? On n'est pas au carnaval, ici. Les petites fleurs et les jolis rubans ne sont pas admis. Des tenues noires comme je vous ai demandé. Ici, on porte toutes le noir, lança-t-elle d'un ton qui ne laissait pas de place à la répartie.

Georges acquiesça d'un signe de tête. L'idée des vêtements ne venait donc pas de lui, mais de cette femme froide comme un bloc de glace.

— Bien sûr, ma sœur, ma fille a prévu des tenues de circonstance. Vous avez raison, on n'est pas en train de vouloir se réjouir de la situation.

« Maudit menteur », pensa Alvenia, qui savait très bien que son père jubilait à l'idée d'avoir un héritier de son sang.

La religieuse invita Georges à la suivre et somma Alvenia de les attendre. En les regardant entrer dans une autre pièce, la jeune femme avait déjà la nausée à l'idée de devoir passer des mois ici.

« Elle a bien fait de ne pas avoir d'enfant, celle-là. Elle est si rigide qu'elle devrait avoir une place dans l'armée », se dit Alvenia.

Dans le bureau, l'atmosphère était aux grands entretiens. Georges, assis devant la mère supérieure, déroulait des billets.

— Comment faire, ma sœur, pour que l'enfant que ma fille porte soit adopté par mon fils ?

— Vous savez, habituellement, ces choses ne sont pas décidées ici, l'avertit la religieuse en le regardant droit dans les yeux.

Georges remit quelques billets devant elle et se fit mielleux :

— Mais je suis certain que vous pouvez mettre le poids de votre charge en ma faveur. Il serait si pénible pour un grand-père de perdre la trace de son petit-fils...

La supérieure n'en était pas à sa première manœuvre de la sorte. Si ce bonhomme pensait qu'elle lâcherait le morceau pour si peu, il se mettait le doigt dans l'œil.

— La règle est que la mère ne doit garder aucun contact avec son enfant. C'est pour son bien, vous comprenez certainement... Imaginez le tourment. Dans votre situation, elle sera trop près de lui...

Georges comprit que la garce ne se laisserait pas avoir. Il prit son chéquier et demanda.

— Un don à vos œuvres, ma sœur, et pourquoi pas à l'université, pourrait peut-être aider à nous mettre d'accord ?

La religieuse acquiesça de la tête :

— Si possible avec deux zéros derrière votre premier chiffre, je vous prie. Nous avons un grand besoin de gens comme vous pour nos réalisations. Et les chiffres ronds se comptent tellement mieux.

Georges grimaça en signant un chèque de deux cents dollars. Une vraie fortune. « Il me coûte la peau des fesses, ce nourrisson, mais il en vaut la peine », pensa-t-il en tendant le papier à sa redoutable partenaire d'affaires.

La religieuse s'en saisit et plaça aussitôt l'argent et le chèque dans le coffre-fort. Une fois de retour dans son large fauteuil de cuir, elle expliqua comment se déroulerait la suite de la transaction :

— Aussitôt que l'enfant naîtra, il sera remis à une sœur à la crèche avec la mention de vous le livrer personnellement. Pour l'adoption, les papiers seront faits sur place et le nom de la mère sera changé. On ne voudrait pas avoir de difficulté avec ce léger détail. Vous me comprenez…

— Alvenia va-t-elle voir son bébé quand…

— Il n'en est pas question ! Un peu de chloroforme juste au moment du passage et on part avec le petit ou la petite.

— Le PETIT, ma sœur. Des filles, j'en ai eu plus que de raisonnable.

La supérieure sourit. Qui était-il pour choisir le sexe de l'enfant ? De toute façon, fille ou garçon, c'était le même prix.

Les deux compères se serrèrent la main, puis revinrent vers Alvenia.

— Bon, ton admission est faite. Y faut que j'y aille.

Georges, après avoir mis autant d'argent sur ce projet, avait besoin d'aller à la taverne prendre un coup pour faire passer le marchandage avec la sœur. Il salua la religieuse, qui baissa la tête, et partit. Pas un geste paternel envers Alvenia.

La jeune fille se demandait bien pourquoi elle attendait encore un peu d'affection de lui. Elle était seule. Elle vivrait ce moment seule. « Non, pas seule. Je serai avec toé, mon amour. » À la pensée de son enfant, elle reprit courage. Elle regarda la supérieure droit dans les yeux. « Bon… Encore une qui se croit la reine de Saba », pensa la religieuse.

Elle fit signe à Alvenia de la suivre :

— Ici, il n'y a qu'une règle et c'est la mienne. On ne parle pas pour ne rien dire. On suit les consignes. C'est tout.

— J'ai oublié de me présenter, ma sœur, je suis Alvenia Beaulieu…

— Non, ici, vous n'avez pas de nom. Vous êtes une de nos nombreuses Madeleine. Une fille qui a péché et qui doit faire pénitence. Alors, je vous appellerai Madeleine comme toutes les autres. Ne vous fatiguez pas avec des détails qui ne m'intéressent pas du tout.

La table était mise. Ce n'était certainement pas elle qui allait l'aider dans son projet. « Je trouverai bien ta faille, comme dirait mon père, tout le monde a sa faille », pensa Alvenia en empoignant sa valise pour suivre la religieuse.

# Chapitre 3

La mère supérieure mena Alvenia à sa cellule. C'est comme cela qu'on appelait les chambres du couvent ; en y mettant les pieds, toutefois, Alvenia se dit que ce n'était pas loin de ressembler à une vraie prison. En effet, il n'y avait rien de bien joli dans la modeste pièce : un lit campé le long du mur, une chaise, une petite commode et, sur le dessus, une bassine et un pot d'eau. Au mur, un crucifix. Pour tout accès avec le monde, une minuscule fenêtre qui donnait sur la cour.

La mère supérieure donna ses consignes :

— Nous dînons tous les jours à midi. Après le repas, vous viendrez dans mon bureau pour d'autres indications. Je vous laisse le reste de la matinée pour faire vos prières et placer vos vêtements. Inutile de vous apprendre que la tenue que vous portez présentement, je ne veux plus la voir. De toute façon, vous n'entrerez bientôt plus dedans. Oubliez votre vie d'avant et confiez-vous à la miséricorde divine. Plusieurs filles comme vous, après leur accouchement, décident de devenir religieuses pour expier leur faute. Vous n'aurez pas assez d'une vie de prière pour le faire, croyez-moi…

La religieuse tourna les talons et referma la porte sans attendre de réponse, laissant Alvenia enfin seule.

La jeune fille posa sa valise sur le lit, puis l'ouvrit. Elle plaça ses vêtements dans le premier tiroir. Le second servit pour ses bas et ses dessous. Elle s'assura ensuite que personne ne venait dans le corridor, puis sortit une boîte en bois, qui contenait quatre cents dollars[3]. La jeune femme avait apporté une grosse somme pour pouvoir faire face aux possibles mauvaises situations. « Tout s'achète... », murmura-t-elle en vérifiant que le compte était bon. Soulagée, elle remit les billets dans la boîte, qu'elle camoufla tant bien que mal sous ses vêtements. Ce n'était pas parfait, mais Alvenia se considéra ainsi comme installée.

Elle troqua sa jolie tenue pour une des robes noires de la veuve Mathieu. La couleur lui glaça le sang autant que la coupe. Elle se coiffa en prenant soin d'enlever les rubans de couleur qui soutenaient ses cheveux. Elle les ramassa en un chignon bien serré. « La parfaite tenue d'une pénitente contrite ! » se dit Alvenia, qui voulait tellement ne pas perdre le moral. « Maintenant, allons étudier ma nouvelle prison. »

En sortant dans le couloir, Alvenia perçut une forte odeur de lessive. Elle ne devait pas être loin des cuves pour le lavage. Quelques pas suffirent pour confirmer son intuition : elle ne l'avait pas remarqué à son arrivée, mais la buanderie était située à quatre portes de sa cellule. Elle y entra et arriva face à face avec une religieuse rondelette mesurant environ quatre pieds et dix pouces. Elle devait avoir à peine plus de vingt-cinq ans.

En apercevant Alvenia, elle lâcha son ouvrage et fit un large sourire :

---

3. Une petite fortune à l'époque, il va sans dire. Mais pour Alvenia, si vous vous souvenez bien du premier tome de cette histoire, ce n'est qu'une toute petite part de l'héritage que lui avait laissé sa grand-mère paternelle, Ernestine Beaulieu.

— Ah ! Une nouvelle petite Madeleine… Je me présente, sœur Sainte-Agnès. Je m'occupe de la buanderie. Et vous, vous êtes… ?

Alvenia la regarda, étonnée du contraste qu'offrait cette jeune religieuse par rapport à la mère supérieure.

— Je… Je suis Alvenia Beaulieu. Je suis ici pour avoir mon bébé.

— Vous êtes toutes ici pour avoir vos enfants, mais je vous assure que pas une ne porte le chignon aussi serré que vous ! Par peur de perdre vos cheveux dans votre soupe ou bien pour paraître plus rigide que le poteau qui tient la corde icitte ? lança-t-elle, sourire en coin.

Alvenia sourit. Elle avait de la joie, cette petite religieuse.

— Pour paraître plus rigide. Face à la sœur supérieure, mon chignon n'est rien…

— Vous m'en direz tant ! répondit sœur Sainte-Agnès en éclatant de rire. En passant, dans la vie d'avant, moi aussi je m'appelais Alvenia. Mais Duquet au lieu de Beaulieu.

Alvenia la regarda avec bienveillance. Cette religieuse était drôle et gentille. Elle avait les mains rougies par les savons et avait l'air perdue dans le long tablier qu'elle portait par-dessus son costume.

— Vous admirez mon beau tablier ? Il appartenait à une sœur qui est décédée. Elle devait mesurer près de cinq pieds et huit pouces, et comme on jette rien et qu'on vit de charité, c'est maintenant le mien. Il fait des plis partout, mais je me suis habituée. Le pire, c'est l'été. Avec trois jupons plus le costume et le tablier, on *steame* à la buanderie. La mère supérieure me dit d'offrir mes sueurs pour les âmes du purgatoire. J'ai tellement sué que je dois bien l'avoir vidé, le purgatoire. Même en enfer, il doit faire moins chaud qu'ici par bouts. Ah ! mon doux, qu'est-ce que je viens de dire là ? Parler de l'enfer, s'excusa la petite religieuse en se signant nerveusement.

Alvenia rit aux éclats. Elle qui ne croyait pas au diable trouva le geste extrêmement drôle.

— Je ne dirai rien à la supérieure. Ne craignez rien, sœur Sainte-Agnès, je serai une tombe…

La petite none lui sourit.

— Si vous êtes nouvelle, n'oubliez pas que le repas est à midi précis. On n'aime pas les retardataires, ici. Toute la vie est réglée au quart de tour. Si vous n'êtes pas arrivée pour midi, vous allez passer en dessous de la table, et pour votre bébé ce serait grave. Pauvre petit chou, il doit manger, lui, pour devenir grand.

Sœur Sainte-Agnès était la première à montrer de l'affection pour le bébé.

— Vous aimez les nouveau-nés? demanda Alvenia.

La petite sœur s'essuya les mains.

— Moi, je les prends pis je les embrasse autant que je peux. Ce sont des merveilles, tous ces petits êtres purs et beaux.

À ce moment-là, Alvenia sut que, quoi qu'il arrive, elle pourrait trouver en cette jeune religieuse de l'aide et de la compréhension.

— Au fait, où se trouve le réfectoire?

— Tout droit jusqu'au fond, puis vous tournez à droite, et de là vous suivez l'odeur. Les soupes de sœur Saint-Claude sont à tomber de votre chaise. J'ai ce vilain défaut, la gourmandise, mais j'y travaille, vous savez. Je ne cache plus de nourriture dans ma cellule.

Alvenia fut surprise. La petite sœur expliqua:

— Je viens d'un milieu très pauvre. Quand je suis arrivée et que je pouvais manger trois repas par jour, j'ai comme pris peur que ça ne dure pas. Je cachais alors du pain ou des galettes dans ma chambre. Mais là, c'est fini, j'ai compris le *Deus providebit.* «Dieu y pourvoira.» N'oubliez jamais ça, Alvenia Beaulieu, le bon Dieu pourvoira à tous vos besoins.

Alvenia baissa la tête, émue. Il y avait bien longtemps que quelqu'un l'avait marquée de même. Oui, elle devait faire confiance. Dieu y pourvoira et lui laissera son enfant. Elle devait garder la foi. Elle sortit en saluant sœur Sainte-Agnès, qui se remit à son ouvrage.

En continuant sa marche dans le corridor, Alvenia croisa deux autres filles enceintes. La plus grande et costaude l'était visiblement de plusieurs mois. L'autre, près d'elle, avait le ventre pas plus gros que le sien. Toutes deux brossaient le plancher avec vigueur. Leur gros seau d'eau savonneuse à côté d'elles, elles se donnaient à cent pour cent pour que la surface brille.

— Fais attention à notre plancher! Vire de bord et attends qu'il soit sec pour passer dessus, lui lança la plus avancée des deux.

Alvenia la dévisagea. Elle devait avoir environ vingt-cinq ans et peser pas moins de cent quatre-vingts livres. Elle avait l'air d'un gars de chantier.

— Pardon, si j't'ai offensée! s'excusa Alvenia.

La travailleuse se tourna vers sa compagne:

— Regarde ben, Angèle, ça, c'est une fille de riche. C'est pas avec des filles comme ça qu'on va avancer dans le pays. J'suis sûre qu'elle a jamais travaillé.

Alvenia vit rouge:

— Pardon, la fendante? Je suis maîtresse d'école. Moé, au moins, je sais lire, mais je jurerais pas ça de toé, par exemple.

La jeune fille se redressa d'un trait et lança sa brosse en direction d'Alvenia, malgré les suppliques de sa compagne:

— Jeannine, arrête! Veux-tu te faire reprendre par la supérieure?

La brosse atteignit brutalement Alvenia à l'épaule:

— Pauvre folle, tu veux me tuer?

— Tu m'insulteras pas sans en manger une, la pincée!

Sans plus attendre, Jeannine empoigna Alvenia par le collet et la gifla violemment. Sonnée, Alvenia entendit une cloche résonner, suivie de bruits de pas rapides sur les planches:

— Arrêtez tout de suite, les Madeleine! lança la supérieure.

Jeannine tenta de se défendre:

— C'est elle qui a commencé en marchant sur notre plancher! Pas vrai, Angèle?

En guise de réponse, la jeune Angèle ne fit que baisser les yeux. Elle n'était au couvent que depuis quelques jours et ne voulait surtout pas être mise en cause dans cette affaire.

— Je me fiche de savoir qui a tort, mesdemoiselles. Vous allez immédiatement vous excuser! Une conduite de charretier est inadmissible dans cet établissement, et surtout dans votre état.

Alvenia mit les mains sur son abdomen. Il est vrai qu'il ne fallait pas faire de faux pas dans sa situation. Elle devait rester sereine:

— C'est moi, j'ai marché sans faire attention, lança-t-elle.

La jeune femme aimait mieux prendre le blâme sur elle afin de calmer le jeu. Elle se dit qu'elle aurait peut-être droit à une certaine indulgence vu son manque d'expérience en ces lieux. Le regard froid de la supérieure la fit cependant douter.

Après quelques secondes qui semblèrent durer une éternité, cette dernière se tourna vers Jeannine et Angèle:

— Vous, continuez à frotter. Et vous, la nouvelle recrue, venez dans mon bureau. De toute évidence, notre conversation ne peut pas attendre au dîner.

Alvenia regarda les deux jeunes filles avec mépris, puis s'élança derrière la religieuse qui marchait d'un pas militaire.

Arrivée au bureau de la supérieure, Alvenia s'attendait à une réprimande digne d'un curé en furie prêchant sur les vices de la chair. Mais il n'en fut rien.

— Assoyez-vous, mademoiselle, ordonna la principale en lui désignant une chaise rembourrée très confortable.

La jeune fille ne put que la comparer à sa modeste chaise dans sa cellule. Elle remarqua également, à son grand étonnement, l'armoire en chêne et le bureau digne d'un premier ministre. On voyait bien que la supérieure avait oublié son vœu de pauvreté seule dans son bureau.

La religieuse ne manqua pas de constater cette surprise:

— Vous voyez que le mobilier est plus avenant ici que dans votre chambre. Dans ma situation, je reçois des dignitaires et des prélats, donc, je dois être bien meublée. Vous devez comprendre, vous qui venez d'une famille aisée.

Le ton de voix de la sœur lui rappela celui de son père. Alvenia vit tout de suite que cette femme et son paternel étaient coulés du même métal. L'argent ne la laissait pas indifférente et ce n'était pas pour déplaire à la jeune fille, qui avait maintenant une carte dans sa manche.

— Je vous comprends très bien, ma sœur, dit-elle simplement.

La religieuse reprit :

— Vous avez constaté que les jeunes filles sans le sou doivent travailler pour payer leur pension dans notre établissement. Elles le font de bon cœur, ces petites, elles viennent toutes soit de la rue, soit de familles très pauvres. Pour plusieurs d'entre elles, c'est la première fois qu'elles mangent trois repas par jour. Les pires, à mon avis, ce sont celles qui vendent leur corps pour de la nourriture. Je trouve cela dégoûtant de se mettre à l'égalité d'une marchandise. Qu'en pensez-vous ?

Alvenia se racla la gorge. La sœur ne devait pas venir d'un milieu modeste pour lever le nez sur la misère à ce point.

— Je crois que je suis chanceuse de ne pas avoir eu à faire ce genre de commerce. Mais nous ne sommes pas là pour juger, n'est-ce pas, ma mère ?

La mère supérieure encaissa sans broncher, mais n'en pensa pas moins. « Quel front de bœuf pour une effrontée qui a un Jésus dans le ventre », se dit-elle avant de poursuivre :

— Je crois que nous avons fini de parler de morale. Donc, comme je vous le disais, les filles pauvres doivent aider aux soins du ménage pour payer leur loyer, mais les filles telles que vous ont d'autres avenues.

Alvenia la voyait venir avec ses gros sabots. La mère supérieure voulait de l'argent. « J'imagine qu'elle va prétendre que c'est pour ses bonnes œuvres… », pensa la jeune fille, bien consciente que le vœu de pauvreté ne s'appliquait pas dans ce bureau. Pourtant, elle ne dit rien et resta impassible. Elle voulait voir jusqu'où la religieuse irait pour de l'argent.

— Vous ne répondez pas, ma fille ? Je vais être plus claire : si vous payez votre dot, qui est l'argent investi pour vous aider, vous ainsi que votre bâtard, vous n'aurez pas à faire le ménage. M'avez-vous comprise ? demanda la supérieure qui voulait lessiver la jeune fille autant qu'elle avait lessivé son père.

Le mot « bâtard » targua Alvenia droit au cœur. De quel droit parlait-elle ainsi de l'enfant de Léopold ?

— Je n'ai pas l'intention de vous donner le moindre sou. C'est votre devoir de charité de m'héberger et de me nourrir. N'est-ce pas votre mission en ce monde ? lui lança Alvenia.

La supérieure se redressa comme un poteau de clôture, mais conserva son calme olympien :

— Soit, nous inscrirons donc votre nom parmi les indigentes. Je me demandais pourquoi votre père ne payait pas pour vous. Je crois qu'il a compris qu'un peu de travail cassera votre tête forte. Vous pouvez disposer, Madeleine. N'oubliez pas le dîner ; en après-midi, une sœur vous expliquera vos nouvelles tâches.

Alvenia ne s'étonna pas de cette révélation. Il était certain que Georges Beaulieu n'avait délié sa bourse que pour obtenir l'enfant. Mais pour le bien-être de sa fille, il ne se sentait pas concerné. Après tout, ce n'était pas lui qui l'avait poussée dans les bras de Léopold.

La supérieure se leva et tourna le dos à Alvenia, qui sentit son instinct de survie s'éveiller. La corneille ne l'aimait pas et elle devrait s'y faire. « Elle veut jouer ce jeu-là ? Eh bien, on va le jouer à deux », décida-t-elle en quittant le luxueux bureau.

# Chapitre 4

L'heure du dîner sonna. Alvenia découvrit le réfectoire. C'était une pièce assez ensoleillée avec de longues tables alignées bout à bout. Sur les murs, un grand crucifix et des tableaux de papes et de cardinaux. Des rideaux en toile simple étaient suspendus de chaque côté des fenêtres. Cela donnait presque un air familial à l'endroit.

Alvenia n'osait aller s'asseoir. Avait-elle une place définie ? Elle ne le savait pas. Mais pas question de faire une bavure maintenant, il fallait qu'elle s'intègre aux autres doucement.

Sœur Sainte-Agnès arriva :

— Vous cherchez une place ? Suivez-moi. Pas vrai que le fumet de la soupe est une extase ?

Alvenia n'avait même pas remarqué la délicieuse odeur qui flottait dans l'air. Nerveuse, elle surveillait les moindres mouvements des autres pensionnaires.

— Tenez, assoyez-vous ici, près d'Angèle. Vous êtes pas mal au même terme de votre grossesse. Elle aussi, elle vient d'arriver. Depuis combien de temps êtes-vous parmi nous, Angèle ? demanda la sœur.

La jeune fille leva ses grands yeux bruns :

— Depuis une semaine, ma sœur. Depuis une semaine.

Alvenia la regarda de plus près. Elle ne devait pas avoir plus de dix-huit ans. Ses grands cheveux bruns étaient noués en deux tresses relevées sur les côtés de la tête. Elle avait encore un visage d'enfant. Comme elle semblait fragile, cette fille.

— Je peux m'asseoir près de toé? demanda Alvenia.

— Ben sûr, mais y faut garder une place à Jeannine.

Alvenia se raidit.

— T'en fais pas, Jeannine est pas maline. Soupe au lait, mais pas bête. Pis je pense que je suis la seule qui lui parle. Elle est pas mal plus vieille que ben des filles icitte, pis avec sa carrure, elle a pas l'air rassurante.

— C'est à moé que tu dis ça? dit Alvenia en riant.

Alvenia s'assit près d'elle et enchaîna:

— Manges-tu plus qu'avant?

— C'est pas dur, chez nous on est pauvres comme la gale. Ma mère est morte depuis un an, pis comme j'suis la plus vieille de cinq, c'est moé qui a la charge de la famille. Le reste, c'est rien que des gars, à part la petite dernière.

— On a-tu parlé de bouffe, ma parole? lança Jeannine qui arrivait en se retroussant les cheveux.

Alvenia voulut se tasser.

— Ben non, reste où t'es, je suis pas maline. J'aime juste pas qu'on marche sur mon plancher. Avec la bedaine que j'ai, je veux pas recommencer mes ouvrages deux fois, tu comprends?

Effectivement, le ventre de Jeannine était rond comme un ballon. Elle s'assit de l'autre côté d'Alvenia, qui osa une question:

— T'es à combien de mois?

— Sept ben comptés. Encore deux mois, pis je vais pouvoir retourner travailler. Ma mère m'a dit qu'elle me reprendrait pour la ferme. Elle peut pas se passer de mes services. J'ai pas de frères, on est juste des filles.

— Tu veux pas garder ton petit?

— Es-tu folle? J'ai pas envie de le mettre dans la misère. On mange, pis on s'habille tout juste chez nous. Je peux pas faire ça à ma mère. Le père boit comme un tonneau, en plus. Elle a que moé, la vieille, dit Jeannine.

— Et le père du petit, lui, y peut pas t'aider ou te marier ?

— Le père en question, c'est mon cousin. Ben oui, mon cousin propre. Pis ma tante veut rien savoir. Elle a même menacé ma mère de le dire à tout le monde que sa fille ouvrait les pattes à tout un chacun si je donnais pas le bébé. Personne sait que je suis icitte, à part mes parents pis ma tante. Le récit officiel, c'est que j'aide une vieille tante sans enfant de Québec qui est en train de mourir. De toute façon, le cousin n'a pas été capable de tenir tête à sa mère pour moé. Tant pis pour lui, mais j'y réserve un chien de ma chienne.

En disant cela, Jeannine eut les yeux pleins d'eau. Alvenia voyait bien que cette fille taillée tout d'un bloc n'était pas si dure qu'elle voulait bien le laisser paraître.

— Je te comprends, lui dit-elle en lui touchant le bras doucement.

Jeannine la regarda. Elle l'avait jugée trop vite. Les caractères changeaient facilement dans cette bâtisse. Toutes les filles se sentaient regardées de haut.

— Pis toé, Angèle, tu veux le garder, ton enfant ? lui demanda Alvenia.

Angèle baissa la tête. Elle se leva et partit. Elle n'avait mangé que sa soupe.

— Parles-y pas de son bébé, lui souffla Jeannine. Depuis une semaine que je lui pose des questions et jamais elle répond. C'est à croire que c'est l'enfant de l'Immaculée Conception.

Alvenia se demandait ce qu'il était arrivé à Angèle. Peut-être une grosse peine d'amour ?

C'était peut-être simplement une nausée qui l'avait fait sortir de table. Alvenia aussi avait des haut-le-cœur et toutes les deux avaient pas mal le même temps de fait. « Bof ! J'ai des mois pour apprendre à mieux la connaître. Ça viendra », pensa-t-elle.

Pour l'instant, elle avait faim et l'important était de bien nourrir son enfant. Elle mit sa cuillère dans son bol. La soupe était délicieuse. Alvenia l'engloutit avec appétit en discutant avec Jeannine, qu'elle appréciait de plus en plus.

— À ton avis, où est-ce que la supérieure va me placer pour les travaux ? demanda Alvenia.

— T'as pas besoin de t'inquiéter avec ça, ton père doit avoir payé la corneille rubis sur l'ongle ! Les fortunées, icitte, elles travaillent pas. Elles marchent et se repooosent, dit Jeannine en prenant la pose.

Alvenia sourit.

— Mon père a sûrement pas donné une cenne. Pis moé, j'ai pas voulu non plus.

— Ben c'est sûr. Si ton père a pas payé, t'as pas d'argent pour ça, toé non plus.

Alvenia voulut parler, mais elle était bien consciente que les confidences devaient s'arrêter là. Elle ne pouvait pas faire mention de son héritage. Après tout, elle ne connaissait Jeannine que depuis quelques heures.

— Ah, c'est sûr que c'est pas mon petit salaire de maîtresse d'école qui me permet de rouler sur l'or, se limita-t-elle à répondre à Jeannine.

— En tout cas, ton père t'achète du beau linge. Je t'ai vue arriver avec ta belle robe fleurie. C'est pas moé qui porterais du beau linge de même.

Alvenia baissa la tête. Jeannine reconnut le signe d'une personne qui ne voulait pas aller plus loin et n'insista pas.

Sœur Sainte-Agnès arriva à ce moment :

— Ah ! Alvenia, je vois que vous avez terminé votre repas. Venez avec moi, s'il vous plaît. Je dois vous présenter à sœur Saint-Mathieu, qui travaille à l'infirmerie. Mère supérieure vous a affectée à cet endroit. Ce n'est pas la place la plus facile, mais bon…

Alvenia devina que la supérieure espérait ainsi lui casser le caractère, mais elle acquiesça. Elle se leva, salua Jeannine et suivit la religieuse.

Sœur Sainte-Agnès mena Alvenia jusqu'à un escalier qui descendait un étage plus bas. En l'empruntant, elle expliqua à voix basse :

— L'infirmerie n'est pas sur un étage où tout le monde peut circuler. Vous comprendrez qu'il nous faut être discrètes...

Personne ne devait savoir qui étaient ces filles dont toute la ville de Québec parlait à voix basse, surtout pas pour les suivis de grossesse et les accouchements.

Les deux femmes arrivèrent bien vite devant une grande porte en bois. Elle était équipée d'une sonnette, comme une porte extérieure. Sœur Sainte-Agnès sonna une première fois, mais sœur Saint-Mathieu ne vint pas ouvrir. Après quelques minutes, la petite religieuse recommença.

Une vieille religieuse portant un tablier blanc immaculé leur ouvrit enfin en souriant :

— On m'a dit de venir ouvrir. Par chance que je ne suis pas seule aujourd'hui et que de jeunes médecins de l'université sont là pour leur cours. Je n'entends presque plus la sonnerie, s'excusa la sœur qui avait un âge avancé.

Sœur Sainte-Agnès lui rendit son sourire et se tourna vers Alvenia, qui se tenait quelques pas derrière :

— Sœur Saint-Mathieu, je vous présente Alvenia. Mère supérieure vous l'envoie pour vous aider dans le ménage des lieux.

La vieille la regarda les yeux ronds :

— Ah bon ! Parfait...

— Avez-vous un tablier pour elle ?

— Mais pour qui ?

— Pour elle, Alvenia.

— Ah bon ? Et elle va faire quoi ?

— Vous aider à faire le ménage. Bon, ce n'est pas grave... Laissez, je vais aller voir avec elle.

Sœur Sainte-Agnès fit signe à Alvenia de la suivre. En cherchant un tablier propre de la bonne taille, elle lui expliqua qu'il ne fallait pas s'en faire, que sœur Saint-Mathieu perdait simplement la mémoire.

— Mais elle se souvenait des étudiants…, s'étonna Alvenia.

— C'est sûr ! Vous n'avez pas vu qu'elle avait écrit le mot « étudiants » sur sa main ? Si elle ne pense pas à se laver comme il faut, elle va vous radoter pendant des jours de ne pas oublier les étudiants.

— Et on lui confie l'infirmerie malgré ça ?

— Vous voyez, une religieuse ne doit pas mentir. C'est un péché, le mensonge. Avec sœur Saint-Mathieu, ce pépin est évacué. Si quelqu'un lui demande une précision sur un nouveau-né, elle ne peut pas répondre, car elle a oublié. C'est très pratique. Mais ne vous en faites pas. Elle fait très bien son travail. Et depuis longtemps. C'est rendu machinal. Toutefois, ne lui demandez rien. Vous allez l'exaspérer si vous insistez.

Tout le reste de la journée, Alvenia frotta à quatre pattes les planchers de l'infirmerie. On y voyait de tout : du sang, de la vomissure, et bien d'autres choses que la jeune fille ne voulut pas analyser. « Je vais finir par comprendre Jeannine de vouloir tuer pour pas qu'on pile sur son plancher… », se dit-elle.

Lorsque l'heure du souper arriva, Alvenia était exténuée. Elle passa devant sœur Saint-Mathieu, qui l'interpella en regardant sa main :

— Avez-vous vu… euh… les jeunes étudiants de l'université ?

— Ils sont partis, ma sœur. Il est l'heure du repas.

— Vous venez d'arriver ?

— Mais non, je suis là depuis au moins quatre heures.

— Donc, vous avez vu les étudiants en médecine. Ils sont où, d'ailleurs ?

Alvenia comprit ce que lui avait expliqué sœur Sainte-Agnès.

— Venez, ma sœur, on va aller voir dans le réfectoire. Je crois que vos étudiants en médecine sont là.

— Quels étudiants en médecine, ma fille ?

— Ceux sur votre main, ma sœur !

— Bien sûr que j'ai une main…

Alvenia tendit doucement le bras à sœur Saint-Mathieu, qui s'y accrocha machinalement et se laissa guider. Elles montèrent tranquillement à l'étage et jusqu'au réfectoire. Là, elles rejoignirent sœur Sainte-Agnès.

— Est-ce qu'Angèle est arrivée? demanda Alvenia en détachant le bras de sœur Saint-Mathieu.

— Elle ne devrait pas tarder, répondit la jeune religieuse. Venez, ma sœur, je vais vous asseoir à une table, c'est l'heure de la soupe.

Ce soir-là, Alvenia mangea seule. Angèle ne se montra pas. Jeannine était assise avec d'autres jeunes filles, mais la nouvelle venue manquait d'énergie pour faire la conversation.

Après le repas, mère supérieure invita les jeunes gens aux vêpres. Alvenia, qui avait autant envie d'y aller que de perdre connaissance, sourcilla. L'expression n'échappa pas à la supérieure:

— Il y a des personnes, ici, qui auraient besoin de penser à leur âme avant leurs genoux. Travailler ne fait de mal à personne et le travail est pour la gloire de Dieu...

Les Madeleine répondirent en chœur: «Amen!»

Les jours qui suivirent furent identiques. Les matinées passaient vite: lever à cinq heures trente au son de la cloche, messe, déjeuner, travaux divers, puis dîner. En après-midi, Alvenia effectuait ses tâches sélectionnées auprès de sœur Saint-Mathieu, ou sœur « t'es qui ? », comme elle la surnommait maintenant. Ensuite, c'était le souper, les vêpres et, pour terminer, le sommeil. Puis, tout recommençait. Toujours pareil et sans un soupçon de folie.

Au moment des repas, Alvenia prit l'habitude de rejoindre Jeannine et Angèle. Elles étaient ses seules connaissances. Les autres résidentes ne lui adressaient pas la parole. Il faut dire que plusieurs d'entre elles restaient solitaires, peut-être pour ne conserver aucun lien avec cet endroit où elles auraient préféré ne jamais aboutir...

# Chapitre 5

Fin juillet arriva. Les grillons chantaient dans la cour cloîtrée. Les parterres de fleurs embaumaient l'air ; Alvenia sentait bouger son enfant en elle. Ces petits soubresauts la ravissaient totalement. Il était bien là, vivant, et elle était prête à l'aimer.

Comme tous les après-midi, elle descendit cette journée-là à l'infirmerie pour laver les toilettes et les planchers. C'était devenu aussi naturel pour elle de nettoyer toutes les bavures humaines que de chanter une chanson. Elle ne regrettait pas d'avoir accepté de travailler pour payer sa pension. Celles qui avaient payé le droit de flâner s'ennuyaient pour mourir. Elle aimait bien ce petit moment de solitude. Et c'était particulièrement calme depuis que sœur Saint-Mathieu avait eu un malaise. La pauvre avait été retrouvée par terre dans sa cellule et, depuis, tentait de se refaire des forces.

Elle récurait la salle d'accouchement quand sœur Sainte-Agnès arriva au pas de course :

— Sors, Alvenia. Nous avons une urgence et t'as pas ta place ici.

Alvenia fut étonnée du soudain tutoiement de la religieuse qui était, visiblement, perturbée par les événements.

— Quelle urgence ? Il y a quelqu'un de malade ?

— La seule maladie qui a ici, ce sont les bébés qui arrivent. T'as pas encore été là quand ça arrive, mais là je te demande de sortir et de monter à l'étage.

— C'est qui qui va avoir son bébé ?

— Je devrais me taire, mais c'est Jeannine. Pis je pense que le petit est ben gros. Ce sera pas facile...

Sur ces mots, Jeannine arriva sur une civière en criant de douleur. Deux jeunes médecins la suivaient pour l'aider à mettre bas.

— Alvenia, laisse-moé pas ! J'vas accoucher, pis j'veux pas être toute seule. J'veux pas qu'on me prenne mon bébé, tu m'entends ? Je t'ai toujours menti, j'veux le garder. Y'est à moé, ce p'tit-là ! Alvenia ! Laisse-les pas faire...

— Alvenia, sors maintenant ! ordonna sœur Sainte-Agnès.

La jeune fille se dirigea vers la porte. Jeannine réussit à se lever, sa jaquette était toute mouillée. Elle s'agrippa au tablier d'Alvenia, tout en la suppliant :

— Reste, si t'es mon amie. Reste, pis empêche-les de me le voler !

— Mademoiselle, couchez-vous, ordonna un des jeunes médecins. Le bébé va sortir, vos eaux sont crevées.

— Pas si elle part ! répondit Jeannine. J'me coucherai pas.

Jeannine regarda Alvenia qui, immobile, semblait avoir été frappée par la foudre. C'était ça, mettre un enfant au monde ?

Sœur Sainte-Agnès prit une grande respiration :

— Bon, elle va rester. Hein, Alvenia, que vous allez rester ? Pis vous, Jeannine, vous allez écouter le médecin. Vous voudriez pas que votre petit se cogne la tête sur le plancher en venant au monde, toujours ?

Jeannine acquiesça. Elle se coucha sur la civière et serra très fort la main d'Alvenia.

— Préparez-la pour l'accouchement, ordonna le médecin. Vous, mademoiselle, vous nous tournerez le dos pour ne pas voir la naissance. Cela pourrait vous traumatiser.

Alvenia fit oui de la tête. Elle allait être là pour la naissance d'un enfant. Ça ne s'était jamais vu. Mais en même temps, cela lui dirait comment ça se passait ici. En attendant, elle ne regardait que la figure de Jeannine, qui suait comme une truie.

— Mademoiselle, poussez seulement quand je vais vous le dire. Sinon, vous pourriez déchirer. Vous êtes chanceuse. Plusieurs femmes accouchent avec des sages-femmes qui ne connaissent rien à la médecine. Vous, vous avez deux médecins juste pour vous !

Jeannine voyait bien que le jeune homme voulait l'encourager. Sœur Sainte-Agnès replaça l'oreiller de la future maman et tenta de lui inspirer du courage :

— Je sais que vous pouvez y arriver. Il suffit de pousser en respirant profondément.

Le ventre de la jeune femme était dur comme un rocher. Les contractions étaient de plus en plus rapprochées et ne lui laissaient pas beaucoup de répit. De sa main libre, Alvenia épongeait le front de son amie. Jeannine avait beau pousser, le petit ne sortait pas. Elle en pleurait de douleur. Alvenia regarda sœur Sainte-Agnès comme pour lui demander si le bébé vivrait.

— Il faut prier, chuchota-t-elle pour seule réponse.

— Il est gros, celui-là, rajouta le médecin, et il vient par l'épaule. Ma sœur, donnez à mademoiselle une serviette pour mordre dedans. Le bébé pèse au moins dix livres et je vais devoir le repousser assez haut par en dedans pour le replacer.

Alvenia regarda Jeannine dans les yeux et lui parla doucement :

— Ça va faire mal, Jeannine, mais pense à tout l'amour que tu as pour ce p'tit et respire profondément.

La jeune maman lui sourit faiblement et hocha la tête. Elle avait les cheveux collés sur les tempes tant le travail était difficile.

Alvenia lui mit la serviette dans la bouche et fit signe au médecin que Jeannine était prête. Le ventre de la jeune fille bondit et un murmure étouffé se fit entendre. Le docteur remonta le bébé et le fit basculer légèrement pour que la tête soit bien alignée.

— Jeannine, juste quelques poussées et tout sera fini, l'encouragea sœur Sainte-Agnès.

La jeune fille reprit courage. Elle participait bien et poussait chaque fois que le médecin le lui demandait. On apercevait maintenant le dessus de la tête du bébé. Sœur Sainte-Agnès prit la bouteille de chloroforme et en versa sur une petite serviette. Jeannine se raidit.

— Pas le chloroforme! J'veux voir mon bébé. Pas le chloroforme!

Mais il était trop tard. Sœur Sainte-Agnès plaça la serviette sous son nez juste au moment où Jeannine expulsait son petit. Un gros garçon d'au moins onze livres. Le médecin coupa le cordon. Son assistant le prit et le donna à sœur Sainte-Agnès, qui l'enveloppa délicatement dans un linge.

— Viens, mon petit, tu dois partir d'ici.

Alvenia, catastrophée, tenta de retenir la religieuse:

— Vous avez pas le droit de partir avec lui. Vous l'avez entendue le dire comme moé, elle veut le garder. Vous n'avez pas le droit, elle ne l'a pas donné.

La religieuse répondit, les yeux pleins d'eau:

— En fait, oui... Elle a signé tous les papiers il y a une semaine... Même si je crois qu'elle ne sait pas lire, la supérieure lui a fait signer les papiers.

La religieuse s'éloigna avec le petit qui hurlait. La scène était d'une dureté sans nom. Le bébé serait lavé, puis placé à la crèche. Jeannine ne le verrait jamais.

Alvenia éclata en sanglots. C'était trop pour elle.

— Amenez-la loin de cette salle, commanda le premier médecin à son assistant. Je dois sortir le placenta et la recoudre un peu. C'est pas un bébé qu'elle a eu, pauvre fille, c'est un veau.

L'assistant empoigna Alvenia qui se démenait comme un diable dans l'eau bénite. Il la reconduisit à l'étage, d'où elle courut jusqu'à sa chambre. Et là, elle pleura de façon incontrôlable.

Vers dix-sept heures, Alvenia descendit au réfectoire pour le souper. Elle se sentait vide et ne faisait que penser à Jeannine. Où était-elle ? Alvenia n'avait jamais remarqué après combien de jours repartaient les filles qui avaient accouché.

Elle réalisa tout ce qu'elle ne savait pas encore sur cet endroit. Et elle comprit très vite que si elle voulait garder son enfant, elle devait savoir tout ce qui touchait à la naissance et au déplacement des bébés. Où les amenait-on après leur naissance ? Quels étaient les papiers qui étaient préparés pour l'acte de naissance ? Il lui fallait trouver une solution pour son enfant. Elle devait le sauver.

— Tu as vu Jeannine ? demanda Angèle à Alvenia, qui venait de s'asseoir machinalement près de son amie.

— Elle a accouché cet après-midi... J'y étais, elle voulait pas me lâcher, tu comprends ? J'ai pas pu rien faire pour elle...

— Y sont partis avec son enfant ?

— Oui, un beau gros garçon. J'ai rien pu faire, répéta Alvenia en pleurant.

Mère supérieure arriva sur ces entrefaites. Elle empoigna Alvenia par le bras :

— Venez, ma fille, il faut qu'on discute. Le repas peut attendre.

Elle amena Alvenia dans son magnifique bureau. Aussitôt la porte fermée, elle explosa :

— Comment avez-vous fait pour assister à une naissance ? Personne, sauf le personnel attitré, n'est autorisé à être présent lors des accouchements.

— C'est Jeannine qui n'a pas voulu que je parte... Elle me serrait la main si fort que personne ne pouvait la faire lâcher.

— Taisez-vous ! Les naissances ne sont pas du ressort des pensionnaires. Je me plaindrai aux médecins qui ont négligé de vous mettre à la porte.

— Mais Jeannine ne voulait pas se coucher si je ne restais pas, se plaignit Alvenia, aussi exténuée physiquement qu'émotionnellement.

— Elles peuvent bien accoucher debout si ça leur chante, mais le règlement est le règlement !

— Où vont nos bébés ?

— Aussi loin que possible de ces mères irraisonnables qui s'accrochent à leur nourrisson ! Ces enfants ne sont pas nés officiellement. Vous comprenez ? Si vous êtes ici, c'est parce que votre famille n'a pas eu le courage de vous soutenir dans votre épreuve. Ce n'est pas nous qui allons chercher les futures mères. C'est *vous* qui venez à nous. Nous ne sommes que les passeuses de vos bêtises.

Alvenia reçut ce sermon comme un coup de massue dans la figure. Elle devait prendre un peu de distance avec cet événement. Repenser à tout cela. Il lui restait du temps avant que ce soit son tour. Elle devait être prête et connaître la moindre façon de faire de ces passeuses d'anges. C'était le seul moyen de se protéger.

Le lendemain matin, Jeannine était présente au déjeuner, le regard vague et les cheveux défaits. Elle marchait péniblement.

Alvenia et Angèle s'approchèrent doucement :

— Comment tu vas, Jeannine ? lui demanda Alvenia.

La jeune mère la regarda avec dans les yeux une haine indescriptible.

— Toé, parle-moé pus jamais. Tu les a laissés partir avec mon bébé, pis t'as rien fait.

Alvenia sentit ses larmes monter. Angèle prit la main de Jeannine :

— Elle a pas pu… T'avais signé pour le donner, qu'ils ont dit…

— J'sais même pas lire, j'suis juste capable d'écrire mon nom. J'ai rien signé pantoute. La supérieure m'a seulement demandé de lui montrer comment je signais mon nom.

— J'ai essayé, j'te jure ! Mais j'ai rien pu faire, expliqua Alvenia entre deux sanglots.

Jeannine pleurait à son tour à chaudes larmes. Elle posa les mains sur son ventre, qui était maintenant vide de toute vie. Comme elle.

— Je l'ai même pas vu, mon bébé, souffla Jeannine.

— Moé, je l'ai vu. T'as eu un beau garçon. Un très beau garçon, dit Alvenia.

— Y avais-tu des cheveux noirs comme son père ?

— Oui, pis je dirais ton nez un peu retroussé.

Jeannine se blottit contre l'épaule d'Alvenia. Elle devait se reposer et attendre que le temps guérisse un peu son âme.

— Moé, j'espère que personne va me dire à quoi il va ressembler. Je déteste ce bébé et encore plus son père, dit Angèle.

C'était la première fois qu'elle s'ouvrait à ses deux amies.

# Chapitre 6

Alvenia frottait dur. Elle mettait toute son énergie à faire briller son plancher. Depuis le départ de Jeannine, quatre jours après avoir accouché, elle ne pensait qu'à son bébé. Comment allait-elle faire pour combattre le système bien rodé de l'hospice ?

En entendant des pas s'approcher dans le corridor, elle se releva. La supérieure lui tendit une enveloppe décachetée :

— Tenez, ma fille, encore une lettre de votre sœur.

Alvenia prit l'enveloppe. Elle reconnut immédiatement l'écriture bien mise de Marie. Toutes les deux semaines, son aînée lui écrivait pour lui donner des nouvelles de la vie dans les collines. Imelda, pour sa part, n'écrivait pas souvent.

— Merci ben ! dit Alvenia en mettant la lettre dans sa poche de tablier pour la lire plus tard.

— On vous a bien dit que je ne voulais plus que vous fassiez le ménage des salles d'accouchement ? s'enquit la religieuse.

— Oui, ma mère. Sœur Saint-Mathieu m'a ben avisée de ne pas dépasser cette ligne sur le plancher. La crasse de l'autre côté est trop dangereuse pour une fille comme moé, qu'elle m'a dit. C'est fou, mais pour ça, elle avait une très bonne mémoire.

— C'est pour vous protéger. La vue du sang et les cris de certaines jeunes mères pourraient vous faire peur.

— Ce qui me ferait peur, ce serait de perdre mon bébé…

Les mots étaient dits. La religieuse fit les yeux ronds :

— Vous nous voyez comme de vilaines femmes qui enlèvent les petits ! Mais, ma pauvre, quel avenir pourriez-vous lui donner ? Une mère sans un sou et seule ne pourrait pas assurer une subsistance digne de ce nom à un être aussi pur.

Alvenia vit tout de suite l'occasion qui se présentait à elle :

— Mais si une mère avait les moyens de s'en occuper… La chose serait-elle différente ?

— Peut-être, mais vous êtes sans le sou. La preuve, c'est que vous frottez ces planchers à cœur de jour, répondit la religieuse en la regardant de haut.

Alvenia venait de marquer un point sans que son interlocutrice s'en aperçoive. Si c'était l'argent, le nerf de cette guerre, elle donnerait tout ce qu'elle avait pour son enfant. « Enfin, une piste de solution… », pensa-t-elle. Elle se retint de sourire et se remit à frotter pendant que la supérieure s'éloignait.

La journée de corvée finit enfin et, après les vêpres obligatoires, Alvenia put rejoindre sa cellule.

Elle se lava vitement à la bassine ; le visage, puis les bras. Elle défit les cordons de son corsage. Dans le minuscule miroir, elle remarqua que ses seins avaient pris du poids. Déjà, ils se préparaient à nourrir son enfant. Puis, elle regarda son ventre et se mit à le flatter si doucement qu'on aurait cru qu'elle caressait un oiseau blessé.

— Auras-tu les cheveux de ton père, ou le vert de mes yeux ? Aimeras-tu chanter, toi aussi ? Mon amour, tu pourras être ce que tu voudras. Jamais maman ne t'empêchera de vivre ta vie. Oh non, elle t'aime trop pour ça.

Elle se mit au lit en tenant son ventre et en fredonnant une berceuse. On aurait dit qu'elle berçait son bébé. Dans son cœur, elle était déjà mère. La noirceur s'installa doucement. Les oiseaux lancèrent leur dernier chant, puis elle s'endormit.

Le jour pointait à peine lorsqu'Alvenia s'éveilla. Elle s'assit et se rappela la lettre de sa sœur, reçue la veille. Elle la prit dans son tablier et l'ouvrit.

*« Chère Alvenia, j'espère que tu vas ben. Moi, je suis bien en toute. La mère aussi et pour le père, il talonne encore Julien d'adopter ton enfant. Je sais que je devrais pas te dire ça, mais après tout, c'est toi qui vas le mettre au monde. T'as le droit de le savoir. Pour ce qui est de Florence, elle, le père l'a eue. C'est pas drôle, vouloir autant un enfant.*

*Fait que depuis une semaine, moi et la mère on a commencé à tricoter des petites pattes en laine. On les fait bleu et blanc. Bleu parce que sans cela, père voulait pas payer la laine. Il est sûr que tu vas pondre un garçon. Mère dit qu'il faut rester neutre. C'est pour ça, le blanc. Tu aurais dû voir la bêtise que j'ai évitée de justesse. Tu te rappelles, madame Lavoie, la fouine du haut du village ? Imagine, j'étais en train de tricoter ben doucement sur le côté nord de la galerie (j'suis pas folle, je tricoterais pas des pattes de bébé direct en face de la rue principale). Pis là, j'ai entendu la bonne femme arriver drette de même, sans prévenir. J'ai juste eu le temps de mettre le tricot sur le banc pis de me rasseoir dessus. La vieille maususse me parlait de banalités pendant que les broches à tricoter me rentraient dans les fesses. J'ai souffert le martyre. Mais j'me suis souvenu des recommandations de monsieur le curé : "Offrez vos souffrances pour les âmes du purgatoire." J'ai dû en sauver au moins une bonne dizaine.*

*Tu sais, icitte, ça jase encore ben de toi pis du pauvre Léopold… »*

En lisant le nom de Léopold, Alvenia ferma les yeux et se mit à pleurer doucement. Sa sœur était bête comme un âne pour toujours tourner le couteau dans la plaie. On voyait bien qu'elle n'avait jamais vraiment aimé…

Elle replia la lettre et la posa sur sa commode. Elle finirait sa lecture ce soir. Pendant qu'elle s'habillait pour assister à la messe, une information transmise par Marie lui trottait dans la tête.

Florence avait donc accepté pour l'adoption ? L'épouse de son frère savait pourtant qu'Alvenia voulait garder son bébé, puisque cette dernière le lui avait avoué…

Si c'était bien vrai, ce n'était qu'une question de temps avant que Julien flanche à son tour. Alvenia le savait bien. Il aimait sa femme comme un fou et se sentait si coupable de ne pas lui faire d'enfant. « Il faut que je garde en tête ceux qui sont pour moé, pis ceux qui sont contre moé. Pis là, la Florence, elle vient de tomber du bord des ennemis », pensa-t-elle.

Alvenia se rendit à la chapelle et se dirigea vers Angèle. La jeune femme n'avait jamais été bavarde, mais elle parlait de moins en moins depuis le départ de Jeannine :

— Tu me fais une petite place à côté de toé ? lui demanda Alvenia en faisant sa génuflexion près du banc d'Angèle.

— Je l'ai pas acheté. Viens, tu peux.

— T'as pas l'air en forme ? lui chuchota-t-elle.

— Regarde-moé la bedaine. Je vois pus mes pieds tellement que j'suis grosse.

— Mais c'est normal. On avance en temps, toé pis moé.

— Ça, je m'en fous. J'ai juste hâte de pus avoir ça dans le ventre.

— T'es folle, voyons !

On entendit, trois bancs plus loin, sœur Sainte-Agnès se dérhumer tellement fort que la chapelle en fut emplie.

— Tais-toé, lui dit Angèle, et prie pour pas qu'on meure en couches. Le cimetière en arrière est plein de ces filles-là.

À Saint-Damien, Florence était assise dans sa chaise berçante. Elle se concentrait à broder de petites fleurs bleues sur une robe de nourrisson qu'elle venait de coudre.

La veille, Georges avait déposé chez elle un ber fraîchement commandé chez un artisan du village. « Le berceau des Beaulieu », avait pensé Georges, fier comme un paon de voir sa lignée se prolonger.

— Je te le mets sur la galerie, lui avait-il dit.

Il était reparti sans entrer dans la maison. Georges savait bien qu'il fallait jouer le repentant. Le moindre faux pas pouvait briser son rêve d'avoir un héritier de son sang. Il était conscient qu'il avait perdu la tête un léger moment en voulant prendre Florence, mais il pensait encore qu'elle aurait dû se laisser faire: «Elle l'aurait eu, son petit!»

Disons que les scrupules et les remords du bonhomme Beaulieu laissaient à désirer, mais il était homme à tout faire pour avoir ce qu'il voulait. Son héritier, il l'obtiendrait d'une façon ou d'une autre. L'important, c'était le résultat.

Il avait donc joué les sentiments et avait fait preuve de patience. Georges avait mis quelques semaines à faire accepter à Florence l'idée d'adopter le bébé d'Alvenia. Sans surprise, depuis l'agression qu'il lui avait fait subir, la jeune femme ne pouvait pas sentir son beau-père. À la longue, il avait su, en montrant beaucoup de respect à Florence, reconquérir un tout petit peu sa confiance.

Florence avait rentré le berceau de Georges dans la maison. Elle levait parfois les yeux de sa broderie pour l'admirer, un tendre sourire aux lèvres. Encore un peu de patience et elle serait enfin mère.

Lorsque Julien arriva pour dîner, Florence déposa son ouvrage:

— As-tu faim, mon amour? Je t'ai fait un p'tit rôti de cochon avec des patates jaunes.

Julien regarda sa femme. Elle était si belle. Il remarqua la petite robe de nourrisson, mais ne s'en étonna pas. Il savait bien qu'elle cachait tout le gréement pour le petit dans la chambre du fond. Il y avait quelques jouets, puis des tricots de Marie et de sa mère. Et maintenant, ce berceau offert par son père...

— J'ai une faim de loup, ma douce, pis si t'as une tasse de thé sur le poêle, je serais preneur.

Florence se leva, replaça sa jupe et alla chercher une tasse dans le bahut. Elle saisit ensuite la théière et en versa une grande tasse à son mari.

— Veux-tu un peu de sucre et de lait?

— Non, j'vas le prendre noir, j'ai une grosse journée aujourd'hui.

Florence espérait qu'il lui parle du berceau. Julien le savait, mais chaque fois qu'ils discutaient du bébé, ils finissaient par se chicaner. Il savait bien que le bébé arriverait dans quelques mois, mais il ne pouvait pas se faire à l'idée de prendre l'enfant de sa sœur.

Florence lui tendit sa tasse de thé et le regarda tendrement. Elle alla chercher sa broderie:

— Trouves-tu ça beau? Je l'ai mis bleu. Tu sais, ton père demande à toute la famille de mettre du bleu partout. Il est sûr qu'on va avoir un garçon.

— Florence, tu le sais ben que c'est pas notre flo... C'est celui d'Alvenia.

La jeune femme eut les larmes qui lui montèrent aux yeux. Julien lui caressa le bras:

— J'veux pas te blesser, ma douce, mais t'es pas la mère du petit. Le père veut te manipuler pour que tu me convainques, mais c'est tout. C'est pas notre enfant à nous deux...

Florence se cambra:

— Ta sœur peut pas le garder. Tu imagines les ragots? La vie de misère que ce petit-là va subir? Un bâtard restera toujours un bâtard. Avec nous, il aurait des parents qui l'aimeraient, un nom reconnu pis tellement d'amour, tellement d'amour...

Elle se mit à pleurer. Julien était attristé de voir sa femme comme cela. Mais il aimait sa sœur et il savait qu'elle voulait garder son petit. Il ignorait comment elle y arriverait, mais quand Alvenia voulait quelque chose, elle l'obtenait par n'importe quel moyen.

— Viens que je te serre. On peut en adopter un autre, pis ça, quand tu veux.

— Mais c'est long. Et celui-là, il arriverait dans quatre mois. C'est lui que je veux.

Julien l'écarta de sa poitrine:

— Tu parles comme mon père. Tu veux, tu veux... Penses-tu un moment à ce qu'Alvenia veut, elle? Quand t'as perdu ton petit, tu te rappelles comment t'as été défaite? T'as failli virer folle. Es-tu prête à faire subir ça à ma sœur? Le père est en train de te laver le cerveau, ma douce, pis même si je t'aime, j'peux pas laisser faire ça.

Florence le repoussa violemment. La douleur de la perte de son enfant refit surface. Comment Julien, qui disait l'aimer tellement, pouvait-il lui faire tant de mal? Elle voulait être mère. Pouvait-on la laisser vivre son rêve, un point c'est tout?

— Je sais pas qui, de ton père ou de toé, je dois écouter, Julien. Au moins lui, même s'il m'écœure, il me comprend.

Elle sortit en claquant la porte moustiquaire et alla pleurer derrière la grange.

# Chapitre 7

Chaque vendredi, les pensionnaires de l'Hospice de la Miséricorde devaient faire une heure d'adoration[4]. Plusieurs d'entre elles se plaignaient de la situation. Alvenia, au contraire, y trouvait du réconfort. Elle aimait s'imaginer Léopold au paradis et heureux. Elle avait l'impression d'être près de lui. Elle savourait ces minutes de silence où elle entretenait un cœur à cœur avec l'amour de sa vie.

Elle prit une grande respiration. Une odeur de lavande et d'encens flottait toujours dans la chapelle. Les statues de Marie et de saint Joseph dominaient la grande porte. Le chœur et la voûte étaient peints en bleu, sûrement pour imiter le ciel. Il était vrai qu'ici, on n'était pas loin.

Des dizaines de lampions brûlaient sous un grand tableau représentant saint Gérard Majella. Plusieurs parents des pensionnaires payaient très cher pour en faire allumer un à l'intention du saint patron des femmes enceintes. Il faut dire qu'il n'était pas rare

---

4. Ça, c'est une habitude qui est pas mal passée de mode de nos jours. Il s'agissait d'un temps de réflexion plus ou moins long devant le Saint-Sacrement. On pensait à ses péchés, on remerciait le ciel pour les bienfaits reçus… C'était très méditatif.

qu'une jeune maman meure en mettant au monde son enfant. Quand cela arrivait, la famille devait faire accroire que leur fille était morte de telle ou telle maladie chez une parente éloignée.

En regardant les flammes danser, Alvenia se surprit à formuler une courte prière. Pourvu que ni elle ni Angèle ne finisse au cimetière de l'hospice.

L'heure de l'adoration terminée, mère supérieure ouvrit la marche, signifiant à toutes qu'elles pouvaient aller souper.

Alvenia se leva et entreprit de trouver Angèle parmi les pensionnaires. Depuis quelques jours, elle avait l'impression que son amie la fuyait. Pourtant, Alvenia ne lui avait rien fait.

Au détour d'une colonne, elle l'aperçut, toujours assise. Seule, elle avait posé sa figure dans ses mains. Était-elle malade ? Peut-être avait-elle eu de mauvaises nouvelles de sa famille ?

Alvenia joua légèrement des coudes pour la rejoindre :

— Tu me sembles ben fatiguée, toé ? lui lança la jeune femme.

— Pas plus que d'habitude, lui répondit Angèle en relevant la tête.

— Je peux dîner près de toé à soir ? Depuis quelques jours, on dirait que tu me fuis.

Angèle la regarda. Qui était Alvenia Beaulieu, en réalité ? Elle n'arrivait pas à se faire une tête. Ses vêtements à son arrivée montraient une certaine aisance familiale, mais elle frottait les planchers comme une bonne. Elle n'était pas mariée, mais elle voulait garder son bébé et ne semblait pas embêtée par les commérages. C'était à n'y rien comprendre. Enfin, qu'importe. Elle avait besoin d'une amie et Alvenia lui tendait la main. Angèle décida de mettre ses doutes de côté :

— T'sais, des fois, j'veux être seule, mais c'est pas pour mal faire.

Elles marchèrent ensemble jusqu'au réfectoire. Les jeunes filles prirent une chaise l'une en face de l'autre. Alvenia avait le goût de parler ce soir :

— Le tien, y bouge-tu, toé ?

Agnès fit semblant de ne pas avoir compris. Elle regardait par la fenêtre, dans le vide.

— Sors de la lune, je te parle de ton petit !

— Parle-moé pas de *ça*, répondit Angèle en la regardant dans les yeux.

Alvenia ne comprenait pas pourquoi cette fille, qui venait d'une grosse famille et qui s'était occupée de toute la marmaille, ne voulait pas parler de son bébé.

— T'es bizarre. Réalises-tu que, dans quelques mois, tu vas être maman ?

— J'm'en fous carrément. Et puis, on n'est rien que là pour les faire, ces p'tits-là. On n'est pas leur mère, ni même leur famille.

— T'es pas ben. Tu le sens pas qui bouge en dedans ? C'est ta chair et ton sang. C'est pas l'enfant d'une autre, c'est le tien.

Angèle vint les yeux pleins d'eau :

— Ah non ! Cette affaire-là, c'est pas ma chair ! C'est d'la chair à charogne. Toé, quand tu penses à ton p'tit, tu peux y mettre un visage. J'suis sûr que tu te dis qu'il va ressembler au père. Hein, c'est vrai ?

— Oui, je vois le visage de mon Léopold, répondit Alvenia avec la plus grande douceur.

— Ben moé, quand j'y pense, c'est le visage de mon père que je vois... Tu comprends ? Mon père...

La jeune fille se leva et fila droit dans sa cellule. Elle se jeta sur son lit et cria dans son oreiller jusqu'à en être épuisée. Alvenia ne pouvait pas comprendre. Pourquoi avait-elle dit cela ?

Sœur Sainte-Agnès, qui n'était jamais bien loin, s'approcha d'Alvenia qui, elle, était restée à sa place :

— La petite est-tu malade pour partir vite de même ? demanda la religieuse.

— J'pourrais même pas dire.

Tout au long du repas, Alvenia se posa bien des questions. Qu'est-ce qu'Angèle avait voulu dire ? Elle retourna à sa chambre et se promit de reparler de tout cela à son amie.

Le lendemain, on était dimanche. Après la messe, les pensionnaires pouvaient prendre l'air dans la cour. Avec les murs de pierres hauts de huit pieds qui entouraient la bâtisse, il n'y avait aucun risque qu'on les aperçoive.

Angèle se pointa avec son petit panier à reprisage. Ses chaussettes avaient des trous gros comme le pouce aux deux gros orteils. Elle avait choisi un emplacement au soleil le long du chemin de gravier emprunté par les marcheuses qui bavardaient deux par deux.

Alvenia s'approcha doucement. Elle ne voulait pas la faire fuir :

— Je peux ?

— J'ai pas acheté la pelouse, ben oui, tu peux.

— Écoute, Angèle, j'sais que tu dois me trouver tache, mais j'comprends rien à ce que tu me racontes. Je suis sûre d'une chose, c'est que t'as quelque chose à dire, parce que ça te fait souffrir. Mais si c'est parce que tu me connais pas assez pour te confier, ben j'vas briser la glace pis j'vas tout te dire sur moé.

Angèle posa son ouvrage sur ses genoux et l'écouta. Encouragée, Alvenia commença son récit :

— Je viens d'une famille de trois enfants. Mon père est à l'aise, il est commerçant de bois. Pis en plus, il a mis la main sur la fortune de ma mère. Leur couple vaut rien parce que mon père saute sur tout ce qui bouge. Payer pour coucher, ça lui fait pas peur. Même que, quand il est venu me reconduire, il m'a dompée dans un hôtel la veille de mon arrivée icitte pour aller se gâter chez une veuve de Lévis. Si tu penses qu'on peut avoir pire comme parent...

Angèle resserra les mains sur sa jupe. Hésitante, elle répondit d'une toute petite voix :

— C'est pire quand il se sert à la maison...

Alvenia resta sous le choc. « Ah, mon Dieu ! C'est son père, le père du bébé », comprit-elle. Ce fut plus fort qu'elle, elle eut un haut-le-cœur.

— Y te fait vomir, hein? Ben moé, je rêve de le tuer. Si tu savais comme j'ai honte, pis en même temps, j'ai mal.

— Personne a pu t'aider?

— M'aider? Comment tu peux dire à quelqu'un que ton père vient chaque nuit dans ta chambre pis qu'il se sert de toé comme un trou? Quelques mois après la mort de maman, il a commencé à boire. D'abord pas souvent, pis ensuite tous les soirs. Au début, y nous donnait rien que des taloches. Quand je voyais ça, je couchais les petits pour ne pas qu'il les batte. Y voulait pas, mais je lui disais qu'il fallait pas les déranger. J'essayais de lui faire boire du thé pour le dégriser. Mais un soir qu'il avait bu en masse, j'ai voulu monter moé aussi me coucher. Je voulais le laisser cuver son vin tout seul. Les pattes y branlaient trop pour monter.

Angèle se mit à se frotter les mains, comme pour se laver de quelque chose qu'on ne voyait pas. Alvenia comprit, elle lui serra les épaules.

— Y m'a pognée par le bras, pis y m'a dit que j'allais les réveiller si je montais. Y m'a dit que j'allais aller dormir avec lui, dans sa chambre en bas. J'ai voulu partir, mais y m'a sacré une claque sur la joue et m'a dit que si je montais, y me foutrait à la porte de chez nous. Où tu voulais que j'aille? Y m'a amenée dans la chambre, pis là…

Angèle se mit à pleurer. C'était comme un torrent au printemps que personne ne pouvait retenir. Alvenia lui flattait les cheveux. Angèle était comme un chaton blotti contre l'épaule de la jeune fille.

— T'as pas besoin de m'en dire plus. Je te comprends.

— Non, tu comprends rien! Quand il a vu que j'étais enceinte, y m'a mise à la porte et a raconté à toute la paroisse que j'étais une traînée et que j'étais son déshonneur. J'me suis ramassée icitte, pauvre comme la gale, et j'ai plus de maison. Après le bébé, y me reste la rue ou ben devenir une sœur.

— Au moins, t'es pus avec ce monstre… T'es libre.

— J'pense toujours à ma p'tite sœur, elle a dix ans. Bientôt elle va être formée. J'veux pas qu'elle vive ce que j'ai enduré. Je me sens tellement sale. Si tu savais.

— On va faire ce qu'il faut. Tu le sais pas, mais j'ai plein d'argent que j'ai hérité. Pis le père chez nous a toujours dit que l'argent peut tout arranger. On va trouver. Arrête de pleurer, j'te laisserai pas tomber, lui promit Alvenia en lui essuyant une larme.

Angèle lui sourit. Elle voulait la croire. Elle n'avait pas le choix, de toute façon.

— On va se sauver avec nos petits toutes les deux ensemble, aux États ou ben ailleurs. On va se faire passer pour deux veuves... Des cousines, tiens ! Du côté de nos mères. De même, on peut avoir deux noms différents. Qu'est-ce t'en dis ?

Angèle sourit et se flatta le ventre. Pour la première fois, elle pensa à cet enfant comme un petit être sans défense qui ne demandait qu'à être aimé.

— On pourrait les promener ensemble et les élever sans que personne dise rien ? demanda Angèle, qui commençait à envisager l'impensable.

— Ben sûr, tu inventeras un mari mort quelque part et moé je prétendrai que je suis la veuve de Léopold. Tout le monde va y voir que du feu.

— Si c'est un p'tit gars, j'pourrais peut-être l'appeler Émile ? tenta Angèle.

Alvenia sourit. C'était la première fois que son amie donnait un avenir à son bébé.

— Oui, c'est beau ! Moé, si c'est une fille, Adélaïde, pour faire le contraire de toé, car je n'ai pas de préférence. Pis un garçon, je l'appellerais Antonin. Antonin Beaulieu, tu trouves pas que ça sonne ben ?

— Oh oui ! Pis il devrait avoir tes yeux vert émeraude. Avec un regard comme ça, sa vie va être un rêve.

La cloche sonna pour marquer la fin de la sortie. Il y avait, à la chapelle, les litanies à Sainte-Anne. Le 26 juillet approchait et la neuvaine était bien entamée.

— Sais-tu, j'vas aller prier pour notre projet de vie, affirma Alvenia en souriant à Angèle.

— Penses-tu que le bon Dieu va me pardonner de l'avoir vu, ce bébé-là, comme une malédiction? Après tout, c'est pas de sa faute, à lui, comment il a été conçu. Mais une chose est sûre, si tu m'aides, moé aussi j'vas le garder. J'vas avoir juste lui de famille à c't'heure.

— Ben sûr que tu vas être pardonnée, t'es pas seule, moé j'compte pour des roches? l'agaça Alvenia.

Les jeunes femmes entrèrent dans le grand bâtiment. Alvenia avait consolé son amie, mais elle n'avait pas la moindre idée de la façon dont toutes les deux garderaient leurs bébés. «J'vas avoir besoin d'aide, Léopold… Tu m'entends, mon amour? Il faut que tu m'aides à trouver comment déjouer tout ça», pensa-t-elle en marchant vers la chapelle.

La journée passa rapidement. Cette nuit-là, Alvenia ne fit que des cauchemars. Elle rêva que son père lui prenait son enfant et la chassait à coups de pied de leur maison. Sa mère n'arrêtait pas de rire et Marie prenait l'enfant pour le bercer. Elle se réveilla en sursaut, toute trempée. Une chose était sûre, elle le sentait bien, c'est que rien ne serait facile. Elle était toutefois résolue à ne pas abandonner Angèle. «Non, Angèle, je te laisserai pas derrière moé… Ça, j'te le jure.»

Incapable de se rendormir, elle commença à élaborer un plan. La première chose à faire était sans doute de comprendre comment étaient faits les papiers d'adoption. Et la seule façon de le savoir, c'était de fouiller chez la mère supérieure… Elle trouverait bien comment se rendre chez la sœur. Quitte à devoir payer pour ça.

# Chapitre 8

Julien avait fini par céder. Il n'avait pas pu refuser à sa femme la venue de ce bébé qu'elle désirait tant. Celle-ci avait eu un argument difficile à réfuter : même si Alvenia le souhaitait, elle ne pouvait pas garder son enfant. Elle perdrait son nom et son petit serait toujours perçu comme un bâtard. « Elle l'aime trop pour lui donner une vie où tout le monde le montre du doigt », lui avait dit Florence.

Et Julien avait dû admettre que son père avait raison, lui aussi. Il serait sans doute bien moins souffrant pour Alvenia de voir son petit comme le fils de son frère, plutôt que de n'avoir aucune idée de l'endroit où il serait. Cela, il savait que sa sœur ne le supporterait pas. « C'est pour le mieux », avait-il conclu.

Le jeune couple avait fini par placer le ber dans la chambre du futur bébé ; Florence put enfin coudre des petits vêtements sans craindre la réaction de Julien.

Quant à Georges, il s'en frottait les mains de contentement. Il était temps de passer à la prochaine étape de son plan.

La journée était jeune ; Georges s'arrêta dans une taverne à l'intérieur des fortifications de la vieille ville. Bien qu'il ne soit pas un buveur, il commanda un whisky pour célébrer.

Il avait fait la route vers Québec la veille, prétextant des rencontres d'affaires. Madame Beaulieu savait pertinemment que les gens de Québec ne bûchaient pas le centre-ville, mais elle faisait comme si elle le croyait. Ces « réunions » faisaient que son mari la laissait tranquille la nuit venue, ce qui lui convenait parfaitement.

Georges avait le cœur à la fête. « Hé que la vie est bonne ! Ma lignée va continuer même si mon fils tire à blanc. C'est pas la catin d'hier soir qui aurait dit ça de moé ! » pensa-t-il. Il regarda l'heure sur l'horloge et vida son verre. « La corneille doit avoir fini de faire ses prières. On va pouvoir parler affaires. » Il se leva, paya le tavernier et remit son chapeau.

Maintenant que Florence et Julien avaient accepté de leur plein gré d'adopter le bébé que portait Alvenia, il fallait s'assurer que cela se fasse. Georges voulait régler avec la mère supérieure les derniers détails avant la naissance de son précieux descendant. Il se promit de faire preuve de fermeté : « Cette fois-là, je paierai pas pour des promesses. Elle va me signer un papier de reconnaissance d'adoption. » Il n'avait pas informé Alvenia de son voyage. Après tout, à ses yeux, cela ne la regardait pas.

Il arriva devant l'Hospice de la Miséricorde et sonna à la porte. Une sœur, avec un duvet sous le nez, vint lui ouvrir :

— Vous désirez ?

Georges, surpris par cette apparence, se mit à bégayer :

— J'veux papaparler à voooотre su, su…

— Mon doux, avez-vous un poil dans la bouche ?

Il n'en fallut pas plus pour que Georges éclate de rire. Il ne pouvait plus se retenir. Offusquée, la sœur le planta sur le pas de la porte et lui envoya une autre religieuse.

— Vous désirez quelque chose, monsieur ? Ou vous avez seulement envie de faire une petite plaisanterie ? lui demanda sœur

Saint-Paul qui, du haut de ses six pieds bien mesurés, le regardait d'un air menaçant.

— Excusez mon fou rire, mais disons que votre collègue devrait se raser le matin.

— Monsieur, ici, l'apparence physique est une chose sans importance. Seul l'intérieur compte et sachez que celui de sœur Sainte-Barbe est d'un niveau supérieur de bonté.

— Sainte-Barbe !!! Mais vous voulez me tuer de rire, ma sœur !

— Monsieur.

Georges se ressaisit. Il y avait longtemps qu'il n'avait pas ri comme cela. Il tâcha de reprendre un air sérieux :

— Pardon, ma sœur, pardon. Écoutez, je suis venu voir la mère supérieure pour affaires personnelles. J'aimerais la plus grande discrétion sur ma visite. Je souhaiterais n'être vu par personne. Vous me comprenez, n'est-ce pas ?

Sœur Saint-Paul inclina la tête. Souvent, les visites incognito étaient les plus rentables pour la congrégation. Elle lui fit signe de patienter, le temps de s'assurer que le passage était libre.

En attendant, Georges replaça sa cravate. Il fallait paraître à son meilleur.

Sœur Saint-Paul revint le chercher et lui fit signe de la suivre. Ils marchèrent dans le corridor désert. Mais derrière une porte entrouverte, une jeune fille espionnait sans être vue. Angèle n'avait laissé qu'une mince fente entre la porte et son cadre pour observer ce qu'il s'y passait. Elle était curieuse. Rien de méchant, mais en lavant les planchers, disons qu'on a du temps en masse.

« Ce serait pas le père d'Alvenia ?, se demanda-t-elle en plissant les yeux. Ah oui, j'le reconnais, c'est ben lui qui est venu la reconduire icitte. J'me demande ce qu'il fait… À ce que je sache, on n'a pas appelé Alvenia. »

Aussi discrètement que possible, elle s'éloigna et sortit par l'autre porte. Toutes les salles du couvent avaient deux portes. Pratique pour ne jamais déranger. Elle devait trouver Alvenia au plus vite et l'informer que son père était là. À petits pas rapides, elle longea le mur jusqu'à l'escalier qui menait à l'infirmerie, où Alvenia faisait toujours le ménage. Elle descendit sur la pointe des pieds, hésitante. Par miracle, sœur Saint-Mathieu n'était pas là. Une pensionnaire était en train d'accoucher dans une salle de chirurgie et la vieille religieuse assistait les médecins et les étudiants, comme à son habitude.

— Alvenia, viens icitte au plus vite, l'appela Angèle, les yeux sortis de la tête.

On aurait dit une poule voyant son premier œuf.

Alvenia se leva et essuya ses mains sur son tablier. Son ventre arrondi rendait souffrant le port de ce vêtement. Elle aurait aimé être libre et sans contraintes. Mais ici, la propreté vestimentaire était stricte, ou plutôt la lessive, trop abondante. On n'envoyait donc pas son linge à la moindre tache et tout le monde devait porter un tablier bien serré.

— Angèle ? Qu'est-ce que tu fais icitte ?

— Pas si fort. Je suis en mission spéciale, tu comprends ?

— Ben voyons ! On dirait que tu viens de commettre un meurtre tellement t'as l'air aux abois !

— Ton père est là, Alvenia, j'en suis sûre. C'est le même bonhomme qui t'a amenée icitte. Pis il vient incognito. Sœur Saint-Paul a fait vider le passage pour que personne le voie.

Alvenia la prit par les épaules.

— T'es sûre ? Mon père icitte à matin… Pas le choix, il doit être descendu hier en ville. Il a dû en profiter pour se tremper le pinceau.

Alvenia sentit Angèle se raidir.

— Excuse, les histoires de père en rut, j'en raconterai pus jamais. Tu me pardonnes ?

— Ben sûr, mais pourquoi il t'en a pas parlé ? Tant qu'à venir en ville, il aurait pu demander à te voir, me semble.

Alvenia réfléchit. Pourquoi son père était-il venu à l'hospice ? On était début octobre, il lui restait quatre grosses semaines de grossesse avant l'accouchement.

— Si j'voulais sentir dans le bureau de la mère supérieure, tu saurais me conduire?

— Es-tu folle? répondit Angèle, les yeux gros comme des trente sous. Si on se fait prendre, on va en réciter des chapelets, cré-moé!

Alvenia prit ses yeux suppliants. Angèle ne put refuser son aide à son amie:

— Bon, envoye. De toute façon, dans les chapelets, j'suis ben bonne. On va monter jusqu'au bureau de la sœur. La porte voisine, c'est ses toilettes, parce que madame préfère faire ses affaires en solitaire. J'le sais, j'les lave tous les matins. On va entrer là, pis si on entend qu'elle arrive, tu ressortiras pis moé je ferai semblant de frotter la toilette. Mais surtout, accroche pas la clenchette à eau. Le réservoir se vide drette là, pis ça fait un bruit d'enfer. Asteure, vas-y si tu veux voir ton père avant qu'il reparte!

Les toilettes de la supérieure étaient une toute petite pièce desservie par deux portes: l'une conduisait dans son bureau et l'autre s'ouvrait sur une salle de réunion. Les amies entrèrent dans la salle de réunion et, de là, gagnèrent les toilettes. Elles se collèrent pour y tenir toutes les deux. Avec beaucoup de précautions, Angèle entrouvrit très légèrement la porte. Coup de chance, cela suffit pour qu'Alvenia puisse apercevoir son père. Il était assis devant la sœur et avait un regard supérieur. Alvenia le reconnut tout de suite: « C'est le regard qu'il prend pour faire des affaires… »

Georges avait déjà commencé à négocier:

— Vous comprendrez que la date prévue pour que ma fille accouche est dans quatre semaines. Je ne veux surtout pas me faire faire une entourloupette. Le p'tit, je le veux, ou plutôt mon fils Julien le désire. Lui et sa femme ont très hâte de l'avoir avec eux, dit-il en regardant la religieuse droit dans les yeux.

— Avez-vous le moindre doute à mon égard, monsieur Beaulieu?

— Non, mais je me méfie d'Alvenia. Elle a des idées pour son bébé… Une vraie lubie.

— Aucune chance, nous leur faisons signer un document attestant qu'elles abandonnent officiellement leur enfant. La plupart ne savent pas lire, alors c'est bien facile.

— La mienne était maîtresse d'école, lance Georges en s'avançant. Elle sait très bien lire, ma sœur. Elle ne voudra pas signer.

— Oh, on peut toujours faire autrement. Avec les récalcitrantes, on leur fait accroire que leur bébé est mort à la naissance, par exemple. Comme on administre aux mères du chloroforme au moment de la naissance, elles n'ont aucun moyen de savoir si c'est bien vrai. Elles signent alors un acte de naissance d'enfant mort-né. Un papier non officiel, bien sûr, qui ne fait pas partie des archives du couvent, mais que je conserve dans mon bureau, ici. Ensuite, on envoie le petit à la crèche, ici ou à Montréal, en vue de l'adoption. Je garde bien sûr une trace de la vérité. Je garde toujours la vérité. Je suis comme cela. Tout doit être bien fait. Vous comprenez ? Ainsi, il y a les papiers du gouvernement… et il y a les miens…

Georges sourit. La sœur avait de la jarnigoine.

— Donc, si je comprends bien, advenant le cas qu'Alvenia ne signe pas, vous allez lui faire accroire que le petit est mort et l'envoyer possiblement à Montréal. Mais il va revenir quand ? On prévoit combien de temps avant que Julien l'adopte ?

La supérieure se leva et alla à la fenêtre :

— Environ deux semaines ? Le temps que votre Alvenia le pleure un peu et que votre fils nous fasse une demande d'adoption pour un autre enfant. Il faut être raisonnable, monsieur Beaulieu. Trop d'empressement éveillerait les soupçons. Il va sans dire que cette situation ne doit être dévoilée à personne. Même pas aux parents adoptifs.

— Mais comment être sûr que l'enfant va être le bon ? Vous pourriez me passer n'importe quel bâtard et je n'y verrais que du feu.

— Faites-moi confiance. De toute façon, pourquoi je vous mentirais ? Vous avez tellement l'intérêt de notre cause à cœur, dit la religieuse en dégainant son plus beau sourire de madone.

Georges comprit qu'un chèque de sa part assurerait l'affaire. Il sortit son chéquier pour faire un autre un don à la congrégation. La supérieure étira le cou pour lire le montant.

— Oh, monsieur Beaulieu. Cinquante dollars ? Je suis déçue... Vous avez été bien plus généreux lors de notre dernier entretien.

— Je crois, ma sœur, que ma charité est assez grande. Au moins, j'ai pas eu à payer pour Alvenia. Elle a autant d'argent que moé, celle-là ! Si elle voulait pas frotter les planchers, elle avait juste à payer. J'ai ben ri quand mon autre fille m'a lu une lettre d'Alvenia où elle disait récurer l'infirmerie chaque jour. Elle a toujours eu une tête de cochon, celle-là, dit Georges en riant.

La religieuse releva la tête et se dit : « Alvenia est fortunée ? Eh bien ! Je vais la voir d'une nouvelle façon, la petite. Je ne savais pas qu'elle avait les moyens d'élever seule son enfant. Il faudra que je me montre vigilante... »

Elle se dirigea vers la porte, signifiant ainsi à Georges que leur conversation était finie :

— Attendez, je vais faire venir sœur Saint-Paul pour vous raccompagner sans témoin. Ces entretiens doivent rester confidentiels, nous sommes bien d'accord ?

— Inquiétez-vous pas, ma sœur. Ce p'tit-là, j'y tiens trop pour risquer de le perdre, répondit-il en lui tendant la main pour sceller l'affaire.

Sœur Saint-Paul arriva avec une tête de garde du corps. Georges la suivit jusqu'à la sortie.

Il était satisfait. Alvenia avait beau faire ce qu'elle voulait, c'est lui qui gagnerait. « Le beau plan ! Alvenia saurait même pas que le petit serait son fils. Il ferait d'une pierre deux coups. Elle aura tout son temps pour brailler son enfant. Pis Marie pourra la consoler. Quel beau tableau familial ! »

C'est avec le sourire aux lèvres qu'il s'éloigna de l'hospice, tout en se disant que cette bonne rencontre avec la supérieure valait bien un autre whisky.

À l'intérieur des murs, l'ambiance était tout autre. Aussitôt que l'entretien fut terminé, Alvenia et Angèle sortirent des toilettes de la supérieure.

Alvenia, l'air grave, regarda Angèle :

— Je m'en vas, pis on s'en reparle à midi. Prends une table seule. On va avoir à penser à tout ça.

— Parfait. Va-t'en vite, asteure, sinon sœur Saint-Paul va te voir en revenant. T'es pas censée être icitte. Moé, j'vas faire semblant de nettoyer la salle de réunion.

Alvenia déguerpit. Elle avait le cœur gros. Ce ne serait pas facile de garder son bébé. La mère supérieure pensait vraiment à tout.

# Chapitre 9

Pendant ce temps, à Saint-Damien, le début de l'automne était aussi froid que tranquille. Marie brodait de petites fleurs sur un tissu devant servir de capine à l'été. Bien sûr, avec prédominance de bleu. Si elle avait eu le malheur de choisir une autre couleur, son père lui aurait arraché son ouvrage des mains.

Jamais Georges Beaulieu ne parlait du bébé au féminin. Marie priait tous les soirs à genoux sur le plancher de bois de sa chambre pour que ce soit le bon sexe. «Le père serait ben capable de convaincre Julien de pas l'adopter si l'enfant avait le malheur d'être une fille», craignait-elle.

Marie se disait qu'elle mourrait de peine si le bébé n'arrivait pas chez les Beaulieu. Elle avait toujours peur des accouchements autant que du diable, mais elle commençait à ressentir l'envie d'être maman. Un petit neveu à chérir était le compromis idéal à ses yeux.

Près d'elle dans le salon, madame Beaulieu était pensive. On était début octobre, il était temps de monter la scène finale pour accueillir le bébé.

— Marie, annonça madame Beaulieu en se levant, je vais aller au magasin général pour acheter tout ce qu'il faut pour le retour de ta sœur parmi nous.

La jeune fille regarda sa mère avec un air de chat perdu :

— Mère, on est début octobre. Le petit est dû pour le début novembre, au plus tôt…

— Tiens ! Tu sais compter, ma fille ? soupira Imelda.

— Ben oui, franchement. Voulez-vous insinuer que je suis une pauvre pioche ? répondit Marie en pinçant les lèvres.

— Pas pantoute. Mais si tu sais compter, alors il faut que tu te dises que les autres vont compter aussi.

— Mais s'ils se mettent à compter, ils vont bien voir qu'on est trop tôt pour vous savez quoi !

Madame Beaulieu déplaça d'un quart de pouce le vase de cristal posé sur la table du salon.

— C'est là, l'astuce. S'ils comptent et que le compte est pas bon, ben ils vont arrêter de compter.

Cela faisait trop de comptes pour que la jeune fille puisse comprendre. Elle abdiqua. Devant son silence, sa mère poursuivit :

— Allume, ma fille. Si je vais au magasin général et que je dis à madame Labonté, qui est une grande mémère, qu'Alvenia revient, elle va bien voir qu'on est trop tôt. Elle va se dire que ta sœur doit bel et bien être allée chez ma cousine de Québec, cette pauvre veuve pas d'enfant qui se languit de vieillir toute seule.

— Au fait, c'est qui, cette cousine ? On n'en a jamais reparlé, mais j'la connais pas. Elle est du bord de votre père ?

— Ben voyons, Marie ! J'ai pas plus de cousine à Québec que j'ai de verrue dans la face, répondit madame Beaulieu en levant les yeux au ciel.

Exaspérée, la pauvre mère enfila sa cape, bien accrochée sur la patère près de la porte, ainsi que son chapeau. Le vent du nord soufflait fort aujourd'hui. L'été était déjà bien loin.

— Comme tu comprends rien à rien, attends-moé icitte…

— Pas question, mère, je vous accompagne. Imaginez que quelque malotru vous saute dessus.

C'était trop pour madame Beaulieu ; elle baissa les bras et attendit que son aînée enfile son attirail pour ne pas attraper froid. Elle ne le laissa pas paraître, mais imaginer qu'un homme puisse la remarquer lui fit un petit velours.

Elles descendirent la rue de l'église. Il fallait être prudente : le froid avait déposé un léger frimas sur les planches en bois du trottoir[5].

— Vous vous souvenez de la semaine passée, mère, quand la bonne femme Talbot a pris une fouille juste devant l'église à cause de la glace noire sur les planches ? Toute la paroisse riait d'elle sur le perron.

— Pauvre femme, dit madame Beaulieu.

— En tout cas, il faudrait qu'elle investisse dans le tissu. Ses culottes à grands manches étaient cernées ben brunes sur le derrière. Ou faudrait qu'elle frotte plus longtemps avec du bon savon du pays.

— Laisse l'incontinence de la bonne femme Talbot et sors ton plus grand sourire, on arrive au magasin. Depuis la bévue de ta sœur, j'me sens surveillée tout le temps. Ça me rend nerveuse.

Les deux femmes montèrent sur la galerie de bois du magasin. Madame Beaulieu prit une grande respiration et entra, suivie de Marie.

— Ben voyons donc, de la grande visite, lança madame Labonté. On vous voit pas souvent au magasin depuis plusieurs mois. Juste une petite visite à la sauvette de temps en temps. J'm'ennuie de nos bavardages sur le coin du comptoir, madame Beaulieu.

Marie sourit. C'était vrai que depuis qu'Alvenia était partie pour Québec, sa mère et elle n'étaient pas beaucoup sorties. Imelda ne manqua pas de relever les non-dits et choisit de les faire taire sans plus attendre :

5. Pour ceux qui se demandent si c'est possible à ce temps-là de l'année dans Bellechasse, je vous confirme que oui ! Quand j'étais petite, il gelait souvent vers la mi-septembre.

— Ben vous savez c'que c'est... Le ménage du printemps de fond en comble avec ma Marie. C'est ben plus long cette année sans notre brave Alvenia. On a fini fin juillet. Puis je vous parle pas de l'entretien du jardin et de la maison pour le ménage de semaine, ajouta madame Beaulieu en feignant une larme sur le coin de l'œil.

— Ben oui, toé, pauvre fille, perdre son fiancé de même... Ça fait déjà six mois depuis le feu, mais on va s'en souvenir longtemps. Vous savez, sa mère, madame la notaire, pleure encore à chaudes larmes. La pauvre peut pas se consoler. Imaginez, un garçon si brillant. Ils auraient pu, les deux, avec votre Alvenia, avoir une belle petite famille...

— Arrêtez, vous allez me faire brailler à mon tour. J'aurais tellement aimé être grand-mère. Mais le bon Dieu en a décidé autrement. Les voies du Seigneur sont impénétrables...

Les femmes présentes restèrent silencieuses un bref moment. Imelda savoura un peu son effet, puis continua:

— J'aurais besoin de chocolat et de mélasse. Vous saviez que mon Alvenia est gourmande et que son dessert préféré est la galette à la mélasse?

— J'vous suis pas, là, madame Beaulieu. Votre Alvenia serait-tu revenue de chez votre cousine? C'est quoi son nom, au juste?

— Odile, Odile Marchant. Elle est veuve et sans enfant. Vous vous souvenez? La pauvre a perdu son mari d'une fluxion de poitrine.

La bonne femme Labonté se délecta. Elle tenait une piste.

— C'est ben drôle, comme on vieillit, hein? J'aurais juré que votre mari m'avait dit que son mari à la cousine, il était mort sur le coup....

Marie, qui avait bien compris que le piège se refermait sur les petits mensonges, riait jaune tant elle était nerveuse. La pauvre mère tenta le tout pour le tout:

— C'est ça... Imaginez, une maladie de même! Tu tousses, pis tu chambranles les pattes molles, pis tu tousses. La dernière fois qu'il a toussé, il est tombé, le coin de la chaise sur le cou. Pis y'est mort. Drette de même.

Marie, désormais rouge comme une tomate, ne bougeait pas d'un pouce. La marchande inclina la tête sur le côté et fixa sa cliente d'un air incertain :

— Ah, ce cou-là... C'est pas le coup que je pensais...

Les battements de cœur de la pauvre Imelda lui pétaient dans les tempes. Elle poursuivit son manège avec ce qui lui restait de sang-froid :

— Alors, comme je disais, on attend Alvenia d'une journée à l'autre. Elle a envoyé une lettre nous disant qu'elle s'ennuyait, pauvre petite, et que la maison lui manquait.

— Déjà ! s'exclama la marchande en se penchant derrière son comptoir.

Elle avait pris soin de marquer avec un crayon de plomb les dates du départ d'Alvenia pour la cousine et les dates données par la mère de Léopold. La femme du notaire lui avait dit en pleurant que son fils ne venait pas souvent les voir depuis qu'il faisait sa cléricature. En février, elle avait été tellement surprise de le voir arriver très tôt un matin de grand froid. Il avait dit qu'il était parti de Saint-Anselme à la noirceur juste pour lui faire plaisir.

Madame Labonté avait tout de suite pensé au fait qu'Alvenia faisait l'école seule dans le rang à ce moment-là. Elle aurait mis sa main au feu que Léopold avait couché chez la jeune fille avant de monter voir sa mère le lendemain. « C'est plus les courbes d'une fille que la tendresse d'une mère qui fait atteler un jeune homme par gros frettes », avait-elle conclu.

Le départ obscur d'Alvenia pour la grande ville vint renforcer son intuition. Était-elle enceinte ? Si c'était le cas, la commerçante avait calculé qu'Alvenia livrerait le paquet en novembre. Pas en octobre.

— Pourquoi ? Vous avez l'air surprise qu'elle ait hâte de revenir à la maison, feignit madame Beaulieu.

La mère savait très bien que madame Labonté revirait dans sa tête les mois de l'année. Mais là, rien ne coïncidait.

— Alors du chocolat et de la mélasse, vous m'avez dit ? demanda finalement la marchande.

— Oui. En fait, de la mélasse et des tuques en chocolat. Si vous en avez, bien sûr.

— Si on en a ? Si je devais plus avoir de chocolat icitte, je plierais valise, dit la marchande qui ne devait pas son tour de taille aux bons légumes de son jardin.

Elle alla chercher le tout et le mit dans un sac de papier.

— Elle n'est pas malade, j'espère, pour revenir si tôt ? demanda la marchande qui pressentait un accouchement avant le temps.

Imelda Beaulieu la regarda dans les yeux. « Ah ! Elle veut savoir si Alvenia a fait une fausse couche, la vieille fouine... » pensa la mère. Elle sourit.

— Ben non, je vous l'ai dit, elle s'ennuie trop. Aussitôt qu'elle arrive, je lui demande d'aller vous dire bonjour. Elle a un peu maigri, paraît-il, le chagrin sans doute. Mais je vais la remplumer, vous allez voir.

Imelda attrapa Marie par le bras et salua la bonne femme Labonté. Elle avait gagné. Comme elle se sentait intelligente. La commère aurait tout l'après-midi pour colporter la nouvelle : Alvenia Beaulieu revient... et sans paquet !

Les deux femmes remontèrent chez elles, bras dessus, bras dessous. Le temps ne s'améliorait pas, l'hiver arriverait vite cette année.

De retour à la maison, elles ôtèrent leurs pelures. Marie suivit sa mère jusqu'au salon :

— Dois-je faire des galettes tout de suite pour Alvenia, mère ? Si oui, j'vas aller donner une volée au poêle à bois.

— Ben non, ta sœur revient pas tout de suite, voyons !

— Mais vous venez de dire qu'elle arrive peut-être demain...

— Mon doux, t'es bête comme le piquet de clôture... On a fait *accroire* que ta sœur revient. Madame Labonté va le commérer partout. Demain, je retourne au magasin, prétextant un oubli pour le grand retour. Je dirai que je t'ai envoyée au bureau de poste. Tu vas arriver après moé avec une lettre dans les mains. Et là, on va dire qu'Alvenia arrive pas tout de suite.

Marie regardait sa mère et ne comprenait rien de rien.

— Laisse faire et suis-moé, ta mère a pensé à tout.

Le lendemain, comme prévu, madame Beaulieu remit une lettre à Marie. C'était un peu théâtral, mais elle avait choisi une enveloppe rouge pour que tout le monde la voie bien.

— Tu as compris ? Tu attends cinq minutes que je sois dans le magasin, puis tu entres en me donnant la lettre. Pour le reste, dis rien ! Je vais tout faire moi-même.

Madame Beaulieu descendit au magasin. Marie attendit chez elle quelques minutes. Au moment où Imelda arriva, plusieurs personnes étaient présentes. « Quelle aubaine ! Un ramassis de mémères », se réjouit-elle. Elle entra en faisant bien du bruit. Tout le monde se détourna.

— Ah ! Madame Beaulieu ! Deux visites en deux jours, vous battez tous vos records d'assistance.

— Imaginez ! J'ai oublié la cassonade, répondit-elle en se tenant la tête. Je veux aussi faire du sucre à la crème. Alvenia aime tellement les sucreries, mais ma cousine Odile fait attention à son poids.

— J'la plains, répondit la marchande. Moé, je trouve mon tour de taille attirant sans bon sens.

Marie arriva à son tour, tout essoufflée. Elle ne voulait pas être en retard. Tout le monde la regarda : il était inhabituel que la fille ne soit pas collée à la mère.

— Mère ! J'arrive du bureau de poste, comme vous me l'aviez demandé.

Madame Beaulieu se cambra devant elle. Marie la regardait avec les yeux ronds. « Dis que c'est une lettre d'Alvenia, imbécile », pensa-t-elle. Imelda regarda sa fille et branla la tête :

— Tu arrives du bureau de poste, et puis ?

— J'ai une lettre rouge dans la main, annonce fièrement Marie.

Tout le monde regardait les Beaulieu et la fameuse lettre en retenant son souffle.

— Et qu'y a-t-il dans cette lettre ? improvisa Imelda, vu que Marie ne disait pas qu'elle était d'Alvenia.

— J'le sais pas, elle est cachetée… Mais je crois que vous devez la voir.

— Tu as raison, ma fille, et tant qu'à faire, je vais l'ouvrir drette icitte.

Les cous s'allongeaient. La curiosité brûlait les regards des paroissiennes.

Madame Beaulieu se mit à lire à voix haute tout le contenu de la lettre, comme un vrai discours politique fait sur le perron de l'église par temps d'élection :

— Chère mère, c'est avec regret que je dois rester encore chez cousine Odile. Imaginez, elle a encore besoin de moé…

Marie, qui venait de comprendre où sa mère s'en allait avec cette lettre, eut envie de l'aider :

— La cousine a fait une crise de foie qui lui a fait une éruption cutanée à la grandeur du corps et là je vous parle pas de ses amygdales qui étaient terriblement enflées !

On aurait pu entendre une mouche voler. Comment Marie pouvait-elle connaître le contenu de la lettre sans l'avoir lue ? Imelda se ressaisit et essaya de sauver la situation en giflant sa fille devant tout le monde.

— T'as encore ouvert mon courrier à la « stim[6] » sur le chemin, pis t'as recollé l'enveloppe. Marche jusqu'à la maison pour que je te punisse, lança Imelda qui ne se rendait même plus compte que pour stimer, il aurait fallu une bouilloire bien chaude.

---

6. Vous l'aurez compris, je vous parle ici de vapeur d'eau.

Elle empoigna sa fille par l'épaule, direction la porte. Marie devint rouge comme une betterave pendant qu'elles se faufilaient entre les clientes.

— Bien le bonjour à tous, lança Imelda en sortant, soulagée de mettre fin à toute cette comédie.

Elles remontèrent la rue comme si le diable courait derrière elles.

— Tu aurais pu attendre que je lise le contenu moi-même. Une crise de foie avec des boutons et une amygdalite... Il manquait rien que les oreillons, tant qu'à faire!

— J'ai voulu vous aider et vous m'avez traitée de senteuse devant tout le monde, se plaignit Marie en commençant à pleurer.

— Excuse-moé, ma fille, mais là il fallait trouver de quoi de vite. Au moins, tu sauves l'honneur de la famille.

# Chapitre 10

La journée commençait comme les autres. Alvenia frottait son plancher. Il y avait eu de l'action hier soir. Adeline, une pensionnaire grosse comme un cure-dent, avait accouché. Elle avait dû pousser en chien car, paraît-il, le bébé pesait neuf livres. En tout cas, c'est ce que Gertrude, la fille d'un professeur éminent qui ne faisait pas de ménage, avait dit à Lucienne, la frotteuse de plancher du grand salon, et qu'Angèle avait entendu en allant changer son eau de lavage. De toute façon, Alvenia n'avait pas besoin de tous ces cancans pour le savoir. Il y avait du sang partout sur le plancher de l'infirmerie.

« Neuf livres, pensa-t-elle. C'est presque un éléphant. Mon Léopold, demande au bon Dieu qui est proche de toé de m'envoyer un petit six livres ! »

Elle allait se relever quand, dans son champ de vision, elle aperçut une paire de souliers se poser directement sur son plancher encore humide. La moutarde lui monta au nez. Qui pouvait bien se permettre d'entrer dans une pièce portant l'écriteau « Ne pas entrer » ? Elle releva les yeux et vit un jeune interne, le genre freluquet avec son sarrau blanc et ses cheveux peignés avec une vaguelette dans le toupet.

— Oh que c'est de valeur! J'ai osé mettre le pied sur ton plancher, dit-il d'un air hautain.

Malgré ses six pieds bien mesurés, Alvenia envisagea de le gifler, mais elle se retint. La vie lui avait enseigné à ne pas être impulsive, mais à se montrer naïve dans ces situations-là.

— Vous n'avez sûrement pas vu l'écriteau, lui lança-t-elle en se relevant pour aller jeter son eau sale.

Il la regarda et la saisit par le bras. Elle se raidit et, avec un regard perçant qui en disait long, répliqua calmement:

— Avez-vous peur que j'tombe pour me tenir de même?

Le jeune homme sourit:

— Grosse comme t'es, si tu tombes, tu vas ben te casser les deux jambes! Je suppose que t'es le genre «pauvre fille dont on a abusé», comme à peu près toutes les autres pensionnaires?

Là, le freluquet allait un peu trop loin. Alvenia serra les poings dans les poches de son tablier. Qui était-il pour se permettre de lui parler ainsi? Elle releva une mèche de cheveux et se cabra:

— Pantoute, je l'ai voulu!

L'interne fit un pas de côté. «En plus d'être jolie, elle a du caractère», pensa-t-il, séduit. Il faut dire qu'il était du genre très aux femmes. Souvent, il faisait les yeux doux aux nouvelles arrivantes. Elles étaient potables et pas encore grosses. Un peu d'écoute et de compassion, puis il dégainait la promesse de les aimer, elles et leurs petits, pour la vie. Avec une arnaque pareille, il pouvait coucher avec qui il voulait, ou presque, sans craindre d'être papa. Après tout, ses conquêtes étaient déjà enceintes. Ensuite, il les laissait à elles-mêmes. Pas de danger qu'elles se plaignent à la mère supérieure. Pour lui, elles étaient toutes des moins que rien, tout juste bonnes à servir de cobayes aux futurs médecins.

Habituellement, il n'aurait jamais tenté son stratagème sur une fille enceinte de huit mois, mais Alvenia n'était pas comme les autres, il le savait bien. Il avait tout de suite remarqué cet air de noblesse qu'on ne croise pas souvent. Et il était là, le soir de l'accouchement de Jeannine. Aucune jeune fille n'aurait voulu assister à pareille épreuve, mais cette Alvenia était restée jusqu'à la fin et, qui plus est, sans laisser paraître la moindre faiblesse. Tout cela l'intriguait et il voulait en savoir plus.

— Alors, qui est l'heureux père de ton bébé ? S'il ne t'a pas mariée encore, c'est qu'il ne le fera pas, tu le sais bien.

— Il est décédé avant même de savoir qu'il serait père. C'était pas un grand flanc mou baveux de ton genre. T'as pas autre chose à faire que de m'insulter ?

L'interne n'en croyait pas ses oreilles.

— Heille, la fille de joie, tu vas ravaler tes paroles !

La claque partit toute seule. Alvenia gifla si fort l'interne qu'il en fut ébranlé.

— Là, ça va faire. J'suis ni fille de joie ni pauvresse, pis si tu me fiches pas la paix, j'te jure que j'vas m'occuper de toé personnellement. C'tu clair, ça ?

Le jeune homme recula, conscient d'avoir gaffé. Il en était désormais certain, elle n'était pas comme les autres. Serait-elle riche, en plus ? Il se surprit à penser qu'elle pourrait faire une compagne convenable… Après tout, elle était belle, cette Alvenia. Avec ses yeux émeraude et ses magnifiques cheveux longs qui sortaient de son foulard, elle avait fière allure. En plus, le père mort, c'était parfait. Il suffisait juste que l'enfant arrive mort-né. Il se radoucit :

— Je m'excuse. Tu vois ben que je voulais faire le frais. On recommence, d'accord ? J'me présente, Gabriel Lafond. J'étudie en médecine, comme mon père. Ma famille reste dans la haute ville. Tu sais, où il y a de belles maisons de riches ?

— Où tu restes, j'm'en fous. Qui t'es, j'm'en fous. Pis ton nom, j'm'en fous encore plus. Tu laveras tes traces, c'est pas moé qui vas repasser après un gars de ton espèce.

La rage au cœur, elle replaça son tablier et sortit de l'infirmerie avec sa chaudière d'eau de lessive.

Gabriel la regarda partir et sourit. Elle lui avait fait éprouver une sensation nouvelle, cette fille-là. Il prit son mouchoir et essuya ses traces de pas. Elle avait raison, il n'avait pas été très gentil.

Habituellement, l'autorité d'un jeune médecin suffisait à faire tourner les têtes des pensionnaires vulnérables. Il se sentait stupide d'être arrivé avec ses gros sabots. « Je l'ai sûrement pas impressionnée, j'vas me reprendre, c'est sûr. Elle a du potentiel, mais je dois aller vérifier sa fortune familiale. »

Il sortit et monta à l'étage. À cette heure, il savait que la mère supérieure était à la chapelle. Il s'approcha de la sœur qui gardait la porte en son absence. Elle était à moitié endormie. Elle n'avait pas loin de quatre-vingts ans et sa vue faisait défaut, mais on l'avait affectée là depuis longtemps et cela lui plaisait bien. Les exigences de son poste lui donnaient le temps de rêvasser un peu.

— Bonjour, ma sœur. Je suis le Dr Lafond. J'aurais besoin de consulter un document dans les fichiers de la supérieure.

La sœur se dérhuma :

— Mais notre chère mère est à la chapelle…

— Je dois y avoir accès tout de suite, insista-t-il avec un sourire doux. C'est pour une patiente qui m'inquiète dans sa grossesse, vous comprenez ? Je veux vérifier tous les examens que nous lui avons faits jusqu'à maintenant. Et vous savez bien que les fichiers ne sont pas encore sous la tutelle de l'université, mais sous celle de la supérieure.

La vieille religieuse hésita un peu, mais comme il était médecin…

— Je vais monter vous ouvrir. Ne touchez toutefois à rien d'autre. Mère supérieure a horreur du fouillis.

Le jeune interne approuva de la tête. « Elle était facile à duper, celle-là », se réjouit-il. Elle se leva difficilement, déverrouilla la porte, puis lui fit signe qu'il pouvait entrer.

Gabriel attendit que la sœur reparte et alla directement dans le classeur. Tous les dossiers étaient classés en fonction des noms des famille, par ordre alphabétique. Il glissa le doigt sur le petit onglet : « Audet, Auger, Breton, Beaulieu… Alvenia Beaulieu ! »

Il sortit le document et lut ce que la supérieure y avait noté:

«*Alvenia Beaulieu, fille de Georges Beaulieu et Imelda Tanguay, demeurant à Saint-Damien de Bellechasse. Le père est un commerçant fort connu en bois de charpente ou autre. Il n'a pas voulu payer la dot malgré sa fortune, mais a fait deux dons à la communauté: un de 200$ et l'autre de 50$. La jeune fille est également en moyens, mais a choisi de laver les planchers. Nous croyons qu'elle le fait par orgueil et non par avarice.*»

Le jeune homme remit méticuleusement le document bien à sa place, tout sourire. Les filles fortunées, il le savait bien, ne retournaient pas souvent dans leur famille. Elles avaient les moyens de changer de vie et, cela lui était désormais évident, Alvenia avait le caractère assez trempé pour faire de même. «Tu deviens ma préférée, Alvenia. Du moins, ta fortune devient ma préférée. On n'est jamais assez confortable dans la vie.»

Il ressortit en remerciant la religieuse, qui venait de s'assoupir sur sa chaise.

Le lendemain, Alvenia se leva et alla à la messe. Son bébé bougeait moins et cela l'inquiétait un peu. Elle avait beau passer ses mains fortement sur son ventre, il restait indifférent à ses caresses:

«Tu bougeais avant quand maman te caressait. Es-tu malade?»

Alvenia avait peur que son enfant soit mort. Elle ne voulait toutefois pas en parler avec la supérieure. Angèle, qui le remarquait à peine quand le sien bougeait, n'était pas de meilleur conseil. Elle ne pouvait pas se comparer à elle. Alors, qui pourrait l'aider? Elle pensa alors à sœur Sainte-Agnès. Oui, la gentille religieuse l'aiderait sûrement. Elle en avait vu d'autres, elle.

La messe se termina et Alvenia alla déjeuner. Comme chaque repas, Angèle s'assoyait avec elle. Elle avait repris du moral depuis leur conversation et parlait même d'avenir. Alvenia lui avait proposé de l'amener aux États avec elle. Pourquoi pas? Dans ses rêves les plus fous, elle et Angèle volaient leurs propres bébés et s'enfuyaient par le train jusqu'aux States, comme on disait.

— As-tu ben dormi, toé? demanda Angèle.

— Pas pantoute, répondit Alvenia en bâillant. J'ai pas de posture, pis les jambes commencent à me rondir le soir.

Angèle se pencha vers son amie.

— Moé, c'est pas les jambes qui me fatiguent, mais le derrière! Excuse-moé si je suis directe, mais je pense que le trou est en train de me virer de bord. Ça chauffe, pis ça me démange.

Alvenia éclata de rire et tout le monde les regarda. Elle baissa la tête:

— Tu devrais montrer ça à quelqu'un, dit la jeune femme sur le ton de la confidence.

À cette seule pensée, Angèle pouffa à son tour:

— Ben ouais! Facile! Je vais chercher la supérieure et je lui retrousse mes jupons en pleine face?

Les amies se regardèrent en se mordant les lèvres pour garder leur sérieux. Il était vrai que la fin de grossesse n'était pas le meilleur moment pour une femme. On devenait grosse, puis la peau craquait.

Alvenia mangea assez rapidement. Elle voulait retrouver sœur Sainte-Agnès pour lui parler de son bébé. Elle engloutit ses œufs et but d'une traite son thé.

— Mon Dieu! T'as le feu au fond de culotte à matin, lança Angèle.

— Tu sais ce que c'est. Ma vie pour mes planchers et rien d'autre d'important, lui répondit Alvenia, moqueuse.

Elle se leva, puis alla porter son plateau sur le grand comptoir. Sœur Saint-Marc la regardait. Elle était assignée à la vaisselle ce matin. Alvenia trouvait cette religieuse froide, qui n'était d'ailleurs pas du tout son genre. Jamais elle ne se serait confiée à elle. Elle sortit, puis descendit l'escalier. On entendait déjà fredonner sœur Sainte-Agnès. Alvenia en fut ravie. Cette religieuse était toujours de bonne humeur quand elle remplaçait de temps en temps sœur Saint-Mathieu. Être à l'infirmerie lui plaisait grandement.

— Bien le bonjour, ma petite Alvenia. J'espère que les anges ont bercé ton sommeil, dit-elle en regardant la jeune femme.

C'est drôle. Elle utilisait toujours cette formule de salutation le matin. Sûrement qu'elle l'avait apprise chez elle, car il n'était pas coutumier à l'hospice d'entendre parler des anges le matin.

— Pas ben ben... J'ai pus de position...

— Il fait déjà souffrir sa maman, le petit fripon.

La sœur vint lui mettre la main doucement sur son ventre. Alvenia la regarda, convaincue qu'elle aimait profondément les enfants. Elle se sentit encore plus en confiance de dévoiler ce qui la préoccupait:

— Je le sens presque pus bouger... Pensez-vous, vous qui connaissez ça, que c'est normal?

La religieuse s'assit sur une petite chaise de bois. Elle regardait la jeune fille. Elle aurait voulu avouer tout ce qu'elle savait à Alvenia, mais elle se retint.

— Vous répondez pas, ma sœur?

— Assis-toi, ma p'tite, lui souffla doucement sœur Sainte-Agnès en prenant ses mains dans les siennes.

Alvenia obéit. Elle avait l'impression de vivre un moment spécial.

— Tu sais, Alvenia, à ton temps de fait, c'est ben normal que tu le sentes moins. Il est serré dans ton ventre. Il a pris presque toute la place, le p'tit sacripant!

— Pourquoi, quand vous parlez de mon bébé, vous en parlez toujours au masculin? demanda Alvenia.

— Ah, ça! C'est à cause des battements de son cœur. Il bat comme un garçon. Et crois-moi, j'me trompe rarement sur le sexe.

Il était vrai que sœur Sainte-Agnès, qui remplaçait de plus en plus souvent sœur Saint-Mathieu, passait régulièrement des examens de routine aux jeunes mamans. Elle vérifiait leur pression et écoutait le cœur de leur bébé.

— Si c'est un garçon, je vais l'appeler Antonin, lui confia Alvenia sans réfléchir.

La religieuse la regarda. Elle avait pitié d'elle. Elle la prit dans ses bras.

— Ma fille, arrête de penser que tu vas le garder. Je sais comment tu vas souffrir...

Alvenia se raidit, piquée à vif :

— Comment vous pouvez savoir ce que je ressens, vous et vos prières ? Vous vous cachez derrière vos costumes noirs comme le poêle pour ne pas aimer et vous ne savez rien de nos vies, cria Alvenia.

Sœur Sainte-Agnès comprit que la jeune fille avait besoin qu'on écoute sa souffrance. Qui de mieux qu'une personne qui avait déjà vécu cela ? La religieuse prit une grande respiration et choisit de dévoiler son secret :

— Je l'sais, parce que moi aussi j'ai eu un fils.

Alvenia la regarda, les yeux ronds comme des billes.

— Ben oui, j'suis une Madeleine, moi aussi. Ma famille voulait pus me voir après avoir appris pour le bébé, alors j'suis arrivée ici. J'ai fait comme toi : j'ai frotté des planchers pour payer ma nourriture et mon logement. Pis un soir, j'ai accouché d'un beau garçon.

La religieuse regardait sa jupe de costume en plaçant les plis. Elle avait les larmes aux yeux.

— J'ai supplié pour qu'on me laisse mon enfant. Mais j'avais pas un sou, personne pour m'aider et, surtout, pas un toit sur ma tête. Elles ont pris mon Baptiste... Le soir même. Elles m'ont dit qu'il était parti pour Montréal. Imagine ! Comment j'aurais pu le retrouver à Montréal ? J'suis restée une semaine. Sachant pas où aller, j'ai décidé de devenir novice. Une Madeleine qui se repent. Au moins, ici, j'ai un toit, mais surtout je suis proche des bébés. La supérieure me trouve trop maternelle, alors elle m'a mise à la buanderie. Mais quand je remplace à l'infirmerie pis qu'il y a des accouchements, tous ceux qui naissent passent par mes mains.

J'les lave, pis j'les lange. J'ai l'impression par moments d'avoir mon Baptiste dans les bras. Tu comprends ? Le mien…

La pauvre femme pleurait maintenant doucement. Alvenia n'en croyait pas ses oreilles. La religieuse était maman, elle aussi. Elle avait souhaité la même chose qu'elle, garder son petit. Combien étaient-elles ici, derrière leurs capines, à avoir été mères ?

— J'm'excuse. J'savais pas, dit la jeune fille.

— Pas grave, répondit sœur Sainte-Agnès en essuyant ses larmes. Je sais qu'il est bien. J'ai fouillé dans les papiers personnels de la supérieure. Il aurait été adopté par des cultivateurs de Saint-Hyacinthe. Elle avait noté « bonnes personnes » à côté de leurs noms. Il est bien. Pis moi, j'prie pour lui tous les jours. Pour qu'il ressente que sa maman, elle l'aime de tout son cœur.

Alvenia vit, pendant une fraction de seconde, le visage d'une mère et non celui d'une religieuse. Cette femme pouvait la comprendre, car elle l'avait vécu.

— Pouvez-vous me faire entendre le cœur de mon bébé ? demanda la jeune fille.

— Attends, je vais aller chercher le stéthoscope et on va l'écouter ensemble.

La religieuse la regarda. Il était interdit de favoriser tout attachement de la mère envers son enfant, mais elle voyait bien que la petite se languissait de savoir si son bébé était bien en vie.

La religieuse saisit son instrument et le posa sur le ventre d'Alvenia. Elle avait pris soin d'écouter le cœur avant, au cas où le bébé serait mort. Mais non, son cœur battait très régulièrement.

— Mets ça dans tes oreilles et écoute, dit-elle.

Au premier battement de cœur, Alvenia eut les yeux pleins d'eau. C'était son petit à elle et personne n'allait le lui prendre. Trop heureuse, elle regarda la religieuse avec des étoiles dans les yeux.

Sœur Sainte-Agnès reprit doucement le stéthoscope et le serra dans son étui :

— Il vaudrait mieux que tu ne parles de ça à personne. Tu sais, j'ai pas le droit de…

Pour toute réponse Alvenia lui embrassa la main. Elle était bonne, cette petite sœur. La jeune fille ne l'oublierait jamais. Ses craintes s'étaient envolées et sa joie était complète.

Elle retourna travailler en fredonnant une douce berceuse. « J'aurais aimé que tu sois là, Léopold, pour entendre le cœur de notre enfant... Enfin... de *mon* enfant, puisque t'es plus là... »

L'après-midi tirait à sa fin. Alvenia avait nettoyé toutes les étagères de l'infirmerie. Il y avait des pots partout: des ouates, des gaz stériles, des aiguilles bien rangées dans des coffres, de tout, quoi! Elle replaçait les derniers pots lorsque Gabriel arriva. Avec son sarrau blanc immaculé, il semblait malade.

— Déjà fini ? lui demanda-t-il.

— Quand personne vient mettre ses grands pieds sur mon ouvrage, ça va toujours mieux, répondit simplement Alvenia en replaçant un pot pour que l'étiquette soit bien visible.

— Tu sais que tu pourrais ne pas user tes magnifiques jointures ? Avec l'argent que t'as, t'aurais pu payer la pension.

— Mon père a refusé. Pour dompter ma tête forte, sans doute. Mais t'as raison, j'aurais pu la payer moi-même. Et comment tu sais ça ?

— T'es tellement maline que tu te rappelles pas ? C'est toi qui me l'as dit et en pleine face en plus.

Alvenia se souvint qu'elle avait parlé de sa fortune lors de leur première rencontre, mais elle ne comprenait pas pourquoi le jeune médecin revenait sur ce point. Cela ne le regardait pas, après tout. Elle tenta de sonder son regard, ce qui amusa beaucoup Gabriel.

— Quand tu m'as dit ça, j'te croyais pas, alors je suis allé personnellement consulter les archives de la bonne sœur supérieure.

— Menteur, y'a pas moyen de les voir...

— N'importe quel interne peut demander à la sœur à la réception de lui ouvrir pour consultation. Surtout que la vieille est sourde comme un pot et qu'elle fait tout ce qu'on lui dit si on adopte un ton d'autorité.

— Et c'est quoi qui était marqué ?

— Ah, quelque chose comme « fortunée avec du caractère », « a pas payé pour tenir tête à la supérieure et pas par avarice ».

— Là-dessus, elle s'est pas trompée, j'suis pas avaricieuse pour deux cents ! Mais la vieille maususse, j'aurais tout fait pour lui fermer le bec. Elle veut rien que de l'argent...

— Pour ça, on est tous pareils. Pense pas que je fais médecine pour sauver les indigents. En ville, un médecin est pas pire payé. Mais à la campagne, par exemple, c'est la vraie misère. Y paraît qu'il y en a qui se font payer avec des poules.

Alvenia, qui commençait à comprendre ce que le docteur voulait, l'encouragea à parler davantage. Il fallait qu'elle en sache plus. Heureux d'avoir capté l'intérêt de la jolie jeune femme, Gabriel continua en se cabrant :

— On est pas des niaiseux, icitte ! On sait où est l'argent, il est dans la haute ville. T'es brillante, toi. Si tu voulais, après que t'auras largué ton paquet aux bonnes sœurs, on pourrait repartir à zéro ensemble. T'es trop belle pour penser faire une sœur, hein ! Pis tu dois avoir le corps chaud, si tu voulais le petit. Ton homme a sûrement pas eu à te convaincre.

Alvenia voulut le gifler à nouveau, mais Gabriel saisit son poignet. Il en profita pour l'attirer vers lui et l'embrasser de force. Alvenia se débattit et le jeune homme desserra son étreinte.

— Aie pas peur, j'suis pas un violeur. J'voulais juste que tu te rappelles c'était quoi, un homme ben en vie. Maintenant, conseil d'ami, pense à ton avenir. J'pourrais bien être le gars qu'il te faudrait. Ton tempérament m'attire. Les filles faciles qui ouvrent les cuisses à la première promesse d'amour, ça ne m'intéresse plus.

Il se tourna et sortit de l'infirmerie. Alvenia resta là avec le goût amer d'un baiser sans tendresse. D'un revers de la main, elle s'essuya la bouche. Elle pensa tout à coup à Léopold et poussa un profond soupir. Comme il lui manquait.

Elle entreprit de replacer les derniers pots sur les étagères propres de l'infirmerie. Elle ne savait quoi penser de ce qui venait de se passer. Gabriel était fou de s'imaginer qu'elle pourrait vouloir de lui. Mais elle vit en lui une belle occasion d'aller fouiller dans les archives de la supérieure. Si elle perdait la trace de son fils, il pourrait lui être d'un grand secours.

Jouer le jeu de la fille qui pense à son avenir pourrait s'avérer la bonne carte. « Il va falloir user de stratégie… », conclut-elle en se rendant au réfectoire pour le souper.

# Chapitre 11

À Saint-Damien, tout coulait comme un ruisseau. Julien avait accepté de travailler à la venue du bébé et Florence était aux oiseaux. Il avait posé du papier peint sur les murs de la petite chambre. C'était la grosse mode chez les plus fortunés. Le ber trônait bien au centre de la chambre qui, de jour en jour, était de plus en plus prête à accueillir son petit résident. Julien avait même acheté de petits animaux en bois à Alphonse Lachance, le nouveau forgeron du village.

Le vieil homme s'était installé au village quelques mois plus tôt. Il était natif de Saint-Raphaël, mais depuis que sa femme était partie rejoindre le bon Dieu, c'était trop difficile pour lui de rester dans la maison où ils avaient été heureux. Comme il n'y avait pas encore de forgeron à Saint-Damien, il avait acheté une petite maison non loin de l'église avec un petit hangar et avait ouvert son commerce. Il venait finir sa carrière à Saint-Damien, comme il disait.

En plus de travailler le métal, le vieux se plaisait à sculpter toutes sortes d'objets avec du bois d'érable. Sur une tablette dans sa forge, il y avait des petits moutons, des chevaux, des vaches et aussi des poules. L'hiver, il sculptait même des petites voitures pour atteler ses chevaux de bois. La queue et la crinière étaient faites de vrais crins de cheval. Il les prenait toujours sur Ti-Gars, un vieux cheval de trait blond qui ne servait plus qu'à donner des crins de sa queue ou de sa crinière pour les œuvres du créateur.

Comme Florence avait beaucoup aimé les petits jouets rapportés par son mari, Julien s'arrêta pour faire une demande spéciale au forgeron :

— Bonjour, m'sieur Lachance. J'aurais une demande spéciale. Seriez-vous capable de me faire une *sleigh* avec une petite tonne d'eau d'érable pour les chevaux que je vous ai achetés la semaine passée ?

— Ben sûr, ça va me faire plaisir. Votre femme attend du nouveau ?

— Non, pis oui... On va adopter, répondit Julien en rougissant. Le bon Dieu veut pas nous en donner comme la normale, alors on va prendre l'enfant d'un autre. Vous savez, à la crèche, il y en a en masse...

— Tous ces p'tits abandonnés aux sœurs, c'est-tu pas triste ? Mais celui que vous allez prendre, lui il va être ben. Vous avez le tempérament d'un bon père de famille. Vous avez dû avoir l'exemple à la maison, statua le vieil homme en tâtonnant à la recherche d'un morceau de bois assez grand pour répondre à la requête de Julien.

— Pas tellement, non... Mon père a toujours travaillé comme un fou. On l'a pas vu souvent, se contenta de dire le jeune homme.

Le forgeron releva la tête et toisa son interlocuteur. « Ce p'tit gars-là a pas beaucoup été aimé », pensa-t-il.

Il tenta de se faire rassurant :

— J'ai l'œil pour ça, moé, les bons parents. Un homme au cœur dur me commanderait pas une p'tite *sleigh* pour agrémenter son cheval en bois. Moé, j'ai juste un garçon. Lorenzo, qui s'appelle. Y'est commis voyageur, pis y vend toutes sortes de choses par les portes. Y refond même des cuillères de plomb ! Y'a rien qu'il fait pas. J'suis ben fier de lui. D'ailleurs, y devrait venir ces jours icitte à Saint-Damien. Y m'a écrit comme quoi y veut voir ma nouvelle installation. Je l'ai pas revu depuis la mort de sa mère, pis mon déménagement… C'est dur, mais bon… Quand on veut oublier, y faut s'aider pis changer d'air. En tout cas, c'est ce que je pense.

— Si y vient, envoyez-le chez les Beaulieu, en face des sœurs. Ma mère a tellement de cuillères de plomb cassées qu'il pourra lui couler une coutellerie neuve, dit Julien.

Julien se prit de l'aimer, ce vieux-là. Il choisit deux nouveaux petits moutons en bois et les paya, puis retourna aider Florence. Il fallait placer le bureau et la chaise berçante. Bien sûr, elle pouvait le faire seule, mais Julien savait l'importance d'accompagner sa femme dans la préparation pour leur enfant. « Mon bébé… », pensa-t-il.

L'ombre d'Alvenia passa dans sa tête, mais il se refusa à y accorder de l'importance. Seuls Florence et lui comptaient. Avec le temps, Alvenia comprendrait qu'ils avaient fait cela pour son bien à elle aussi.

À la maison, Julien retrouva sa Florence. Elle était déjà bien affairée :

— Ah ! Te revoilà ! Ça tombe bien, j'avais besoin d'aide pour accrocher le petit crucifix que ta mère nous a donné. Y faut chasser le malin. Tant que le p'tit est pas baptisé, y faut être prudent.

Julien acquiesça d'un signe de tête, mais eut envie de taquiner sa tendre épouse :

— Et si c'était une petite fille, hein ? Vous auriez l'air fines ! Toé, ma mère et Marie, vous avez brodé du bleu partout. Pis je te parle pas des tricots !

Personne ne parlait jamais de cette éventualité, mais ils n'étaient pas fous. Ils avaient une chance sur deux d'avoir un garçon et ils le savaient bien. Florence s'approcha, espiègle :

— J'ai pensé à tout ! Si c'est une fille, on la fera enfant de Marie[7].

---

7. Les enfants de Marie étaient un genre d'association où les jeunes filles étaient placées sous la tutelle de la Vierge Marie. On attendait d'elles qu'elles soient irréprochables. Il y avait des réunions et des prières spéciales au groupe.

Elle fit un clin d'œil et Julien partit à rire. Sa femme était extraordinaire. Elle savait tenir sa langue pour ne pas créer de polémiques, mais pensait à tout. Il la prit dans ses bras et l'embrassa goulûment.

— As-tu pensé, madame Beaulieu, à un nom pour cet enfant?

— Si c'est un garçon, Jules. C'est le plus près de ton nom à toé. Pis si c'est une fille, j'aimerais beaucoup Rosa.

— J'pense comme toé, ma douce, et si tu veux on pourrait laisser là le chantier. Pour aller voir si tu m'aimes autant que j't'aime...

Il posa ses lèvres sur les siennes. Elles étaient chaudes et douces. Florence se cabra. Ses seins se durcirent. Elle désirait son homme. Julien la prit dans ses bras et l'amena dans leur chambre. Oui, ils s'aimaient vraiment.

Deux jours plus tard, Lorenzo Lachance arriva chez son père Alphonse. Le vieux forgeron était tellement content de le revoir qu'il ne lui laissa même pas le temps de poser ses affaires:

— Viens voir mon installation. As-tu faim? J'ai du bon pain pis du thé chaud. Veux-tu voir ta chambre? Ben oui, j'ai acheté, pis y'a une petite chambre à côté du salon...

— Attendez que je reprenne mon souffle, son père! Vous êtes pire qu'une mémère. On a le temps, j'suis là pour quatre jours. Si vous voulez ben?

— C'est certain que j'veux ben! Mon p'tit gars à moé.

Le pauvre n'avait eu qu'un enfant, pis sur le tard. Sa mère pensait même que c'était son retour d'âge. Un vrai miracle. Lorenzo n'était pas une beauté exceptionnelle, mais il faisait la fierté de son vieux père. Il avait un œil qui regardait sur le côté, ce qui était plutôt pratique pour ne pas gêner ses clients. Il commençait déjà, malgré ses trente-deux ans, à caler royalement. Il avait bien essayé de se ramener le toupet sur le dessus pour faire un peu de poils, mais on voyait plus le jour entre les couettes qu'autre chose.

Il n'était pas très grand et pas très gros. En fait, un vrai cure-dent. Ce qui le distinguait des autres était la longueur de ses pieds. Il devait chausser au moins du treize. Avec ses cinq pieds et trois pouces, on pouvait dire que sa grandeur était dans ses pieds.

— J'espère faire un peu d'argent icitte, son père. Les chemins sont une vraie misère. Y faudrait ben de la gravelle, surtout avant d'arriver au village. Il y a des panses de bœuf à faire peur. J'pense avoir craqué une *ray*[8] à ma charrette. Ç'a fait un bruit d'enfer. Venez voir !

Le vieux forgeron, qui connaissait bien les roues en bois, regarda tout de suite.

— Ben oui, t'es craqué drette là. Tu pourras pas faire long de même. Demain, j'vas te la réparer.

Lorenzo tapota l'épaule de son père et les deux hommes entrèrent à l'intérieur. La maison était bien entretenue et bien meublée. Il ne manquait que des rideaux, mais Alphonse prétexta que c'étaient des affaires de créatures. Le poêle à bois chauffait bien rouge. En vieillissant, le vieux forgeron avait plus frette qu'avant et Lorenzo trouva cette chaleur réconfortante.

Le père offrit un bon thé fort à son fils et, entre deux gorgées, lui apprit une excellente nouvelle :

— T'es chanceux malgré tout, j'ai déjà flairé pour toé ton premier client icitte. Julien Beaulieu m'a dit que sa mère avait une pleine boîte de cuillères en plomb cassées. Elle reste juste devant le couvent. As-tu vu la grosse maison victorienne en t'en venant ? Ben c'est là. Il m'a dit qu'il la préviendrait de ton arrivée et que la boîte serait sortie.

— Parfait, son père, demain matin, j'vas lui fondre ses bouts de cuillère. Ça prendra pas toute la journée, j'vous le dis !

— T'es ben mon gars ! Vite, pis débrouillard. Mais tu ressembles à ta défunte mère. Une femme travaillante, bonne cuisinière, tenant ben maison…

---

8. Cherchez pas trop loin, une *ray* de roue n'est qu'un rayon de roue !

Le veuf soupira… Il s'ennuyait de sa femme. Quand il parlait d'elle, il ne manquait pas de rappeler ses qualités. Il faut dire qu'il ne l'avait pas mariée pour ses beaux yeux, mais pour son caractère. Marie-Louise était toujours souriante et tellement avenante.

Le lendemain matin, vers huit heures, Lorenzo alla frapper à la porte principale des Beaulieu. Marie, qui était dans la cuisine à laver la vaisselle du déjeuner, s'essuya vite les mains sur son tablier.

Ce devait être Imelda qui, les mains pleines de bois, frappait à la porte pour qu'on lui ouvre. Georges ayant encore omis de rentrer du bois dans la boîte de la cuisine, madame Beaulieu n'avait pas le choix d'aller en chercher elle-même sur la galerie.

— Patience, mère! lança Marie, en se dirigeant au pas de course vers la porte.

Les guenilles enroulées dans les cheveux, elle empoigna la porte et l'ouvrit en vitesse. Elle arriva nez à nez, ou plutôt toupet à toupet, avec Lorenzo, qui resta aussi surpris qu'elle.

— Ah! Mon doux, vous êtes qui, vous?

— Lorenzo, Lorenzo Lachance… J'suis le garçon du nouveau forgeron et surtout vendeur itinérant. J'gagne ma vie en vendant toutes sortes de choses par les portes. Je fonds et remoule des cuillères de plomb, aussi…

Un peu mal à l'aise, le jeune homme se replaça le col de chemise. Il travaillait toujours en complet avec une veste en laine. Sa cravate était toujours bien droite et ses souliers étaient frottés jusqu'à ce que le cuir reluise.

Madame Beaulieu, qui était plutôt passée par la porte de la cuisine pour entrer son bois, arriva. Elle avait le châle plein de petits morceaux d'écorce. Elle n'avait pas eu le temps de se regarder avant de venir secourir Marie, qui se trouvait avec un inconnu.

— Jeune homme, je vous prie de vous identifier sur-le-champ! Et voulez-vous ben me dire ce que vous faites dans notre demeure à cette heure très matinale? dit la mère sur un ton qui ne laissait pas de place à la plaisanterie.

Lorenzo, qui pensait que huit heures du matin était une heure fort agréable pour commencer à travailler, ravala sa salive et manqua s'étouffer. Il se mit à tousser. Il avait la chemise tout humide de se voir recevoir comme cela. La bonne femme était assez à pique, merci!

— Et fiévreux, en plus. Vous avez le culot de venir nous donner la grippe en ce début d'automne très frisquet, renchérit madame Beaulieu.

— Pardon madame. Bonjour, j'suis Lorenzo Lachance, le fils unique de monsieur Lachance, votre nouveau forgeron. Mon père m'a dit que votre fils vous avait informée qu'un fondeux de cuillères de plomb passerait sous peu, et le sous peu, c'est à matin! dit-il tout d'une traite en s'enfargeant sur ses mots.

Marie, qui le regardait avec une admiration sans bornes, battit des cils. Elle avait remarqué la longueur de ses souliers. Depuis toujours, et elle ne savait pas pourquoi, Marie aimait les pieds. Elle ne l'avait dit à personne, franchement, c'était presque un sujet de confessionnal, mais les pieds étaient son point faible. Pas question de laisser filer pareil spécimen.

— Ben oui, mère, Julien vous en a parlé hier, je pense. Quelle coïncidence que monsieur Lachance arrive drette à matin! Mais venez dans la cuisine, c'est là ben sûr que les cuillères sont. Hein, mère?

Lorenzo se fit enlever son manteau comme on plume un lapin, puis Marie voulut lui retirer ses claques. Madame Beaulieu ne reconnaissait pas sa fille. Elle si discrète, d'habitude, c'était juste si elle ne lui sautait pas dessus.

— Voyons, Marie, laisse monsieur Lachance enlever ses pardessus tout seul. C'est assez de politesse, là, dit la mère en éloignant sa fille du vendeur.

Lorenzo enleva ses claques et on put voir ses magnifiques souliers patins, reluisant au soleil d'octobre comme l'or au soleil.

Marie en eut le souffle coupé. « S'il est vrai que la longueur du membre est égale à la longueur des pieds, pensa Imelda, je plains la femme qui mariera cet homme-là ! »

La mère et la fille invitèrent Lorenzo à les suivre dans la cuisine. Le jeune homme comprit rapidement que les Beaulieu étaient très aisés. Les meubles avaient du style, surtout le bahut appuyé au mur qui montrait un magnifique set de vaisselle orné de fleurs et agrémenté d'or 18 carats. Le genre de vaisselle que l'on sort seulement les jours de fête. Des napperons de dentelle brodés à la main étaient déposés un peu partout. Il était surprenant que des gens comme eux mangent avec des cuillères de plomb au lieu de cuillères en argent.

— Vous savez, on se sert jamais des vieilles cuillères en plomb. Elles datent du temps du père de mon mari, Georges. Il n'a jamais voulu que l'on s'en débarrasse. Un souvenir d'enfance, sans doute, dit madame Beaulieu en tendant la boîte en question à Lorenzo.

Le jeune homme l'ouvrit avec délicatesse. Ces cuillères étaient souvent la seule vaisselle des habitants qui les faisaient réparer, mais celles qu'il tenait entre ses mains étaient autrement précieuses. C'était un souvenir, alors il fallait montrer beaucoup d'attention.

— Je fais toujours la même décoration sur le manche. Une étoile avec une ligne en dessous. Cela vous convient-il ? demanda poliment Lorenzo.

— Bien sûr. Je ne suis pas exigeante pour la forme ou les fioritures que vous pourrez mettre sur ces objets. Elles n'iront que dans la boîte à souvenirs de mon mari. Pour ma part, je viens de Québec et je n'ai jamais mangé avec ces vilains ustensiles, lança Imelda en se retroussant le nez.

— Père y tient et c'est plus que suffisant pour que monsieur Lachance s'exécute. N'est-ce pas, mère ? demanda Marie, qui espérait prolonger la visite aussi longtemps que possible.

Imelda convint d'un prix avec Lorenzo, puis le vendeur commença sa besogne. Il étendit un linge sur la table de la cuisine.

Il ne voulait surtout pas faire de dégâts. Il déposa ensuite un petit chaudron sur le poêle, dans lequel il plaça tous les petits morceaux de cuillères, et il les fit chauffer, sans trop de succès.

— Je peux-tu chauffer votre poêle, madame Beaulieu ? Il faut qu'il soit rouge pour faire fondre le plomb.

— Ben sûr ! Hein, mère ? Monsieur Lachance doit avoir le bras d'un chauffeux de poêle, dit Marie en le regardant avec attention.

— Pourvu que vous mettiez pas le feu, répondit simplement Imelda en haussant les épaules.

Lorenzo s'exécuta et remplit le Bélanger de p'tits rondins de bois bien secs. Très vite, la chaleur se répandit dans la cuisine. En octobre, on n'était pas dans les grands froids de janvier ; rapidement, madame Beaulieu fut couverte de sueur. Marie, pour sa part, était rouge comme une betterave.

— On s'habitue à la chaleur, vous savez, affirma Lorenzo à Marie qui était sur le point de perdre connaissance avec son corset qui la ficelait comme un saucisson.

Madame Beaulieu se tira une chaise avant d'embrasser le plancher. La pauvre avait les yeux qui tournaient dans leurs orbites. Avec une chaleur pareille, les petits bouts de plomb se mirent à fondre. Ils devinrent un liquide argenté très brillant. Lorenzo fouilla dans son sac et sortit le moule. Il le montra à Imelda et à Marie, pour approbation.

— C'est vos armoiries ? demanda Marie qui avait l'impression de parler à un prince charmant.

— Mes armoiries ? J'sais même pas ce que ça veut dire, mademoiselle ! lui répondit-il.

« Humble, en plus », pensa Marie qui se sentait conquise par ce jeune homme.

Une à une, les petites cuillères furent moulées. Lorenzo y passa tout le plomb qu'il avait fait fondre. La dernière fut incomplète.

— C'est toujours de même. Avec toutes ces cassures, on perd toujours un peu de plomb ; pis au bout de plusieurs cuillères, on en a une qui est pas toute formée, expliqua le jeune homme en s'essuyant le front du revers de sa manche.

L'opération étant terminée, madame Beaulieu alla ouvrir la porte pour aérer. La devanture de son corsage était toute trempée de sueur. Marie regarda Lorenzo ranger ses instruments, à regret. Elle aurait voulu que cette visite ne finisse jamais.

— Vous avez besoin de rien d'autre, mesdames ? Des rubans à cheveux, du tissu, ou ben des articles de maison ? s'informa le commerçant avant de mettre son manteau.

— Du tissu, mère ? Vous m'avez promis que j'aurais une nouvelle robe pour Noël. Monsieur Lachance a peut-être le tissu qu'il me faut.

— Tu veux faire coudre, maintenant ? D'habitude, tu achètes tes robes déjà toutes faites chez madame Labonté.

— Alvenia, elle, a bien fait coudre l'an passé…

— Oui, et le résultat a été catastrophique ! lança madame Beaulieu en faisant allusion au dénouement des amours de sa sœur.

— Moi, le résultat sera ben différent, répondit Marie en relevant la tête fièrement. Monsieur Lachance, avez-vous du velours ?

— Oui, pis d'un beau rouge cerise. Une couleur qui vous irait fort ben, mademoiselle.

Enfin un compliment ! Marie battit des cils. Elle n'avait jamais ressenti ces petits papillons dans le ventre. Autant dire qu'elle ne ressentait jamais rien pour les hommes, sauf de la peur. Mais le charmant monsieur Lachance était si petit qu'il ne pouvait pas lui faire peur. Elle le dépassait de la moitié de la tête et était bien plus en chair que lui.

— Rouge, c'est ma couleur préférée et ça fait Noël. Vous trouvez pas, mère ?

Avec toute cette chaleur, Imelda était trop exténuée pour rouspéter.

— Si tu y tiens, monsieur Lachance peut nous le montrer.

Lorenzo sortit vers sa voiture en manches de chemise et revint bien vite avec le rouleau de tissu en question. Il était d'un rouge éclatant. Très festif, même un peu trop pour Imelda.

— Mon doux, c'est voyant en masse! Tu penses pas, Marie?

— Pantoute, mère. Donnez-moé trois verges, s'il vous plaît, monsieur Lachance, demanda Marie en se rapprochant.

— Vous pouvez m'appeler Lorenzo, lui chuchota-t-il à l'oreille.

Madame Beaulieu, qui ne comprenait officiellement plus son aînée, paya pour le tissu et les cuillères.

Lorenzo remit son manteau, prit son sac et salua les deux femmes. Il sortit et remonta tranquillement chez son père. Il n'avait pas tout compris ce qui venait de se passer, mais les yeux doux de la jeune fille l'avaient perturbé. Il avait trouvé Marie bien avenante et surtout bien polie. Les femmes, habituellement, ne lui faisaient pas beaucoup de façon.

Après son départ, Marie leva les yeux au ciel tout en tenant le tissu entre ses mains.

— Tu rêves, ma fille! lui lança Imelda.

Tout à coup, Marie aperçut les claques de Lorenzo sur le bord de la porte. «Il a oublié ses claques comme Cendrillon a oublié son soulier. Voilà ma chance! Il va revenir, c'est sûr!» pensa-t-elle en soupirant.

Ce matin-là, Alvenia avait reçu une lettre de sa sœur Marie, lui vantant la joie que Julien et Florence avaient en préparant les choses pour le bébé. Julien disait à tout le monde qu'ils allaient adopter et que bientôt ils auraient des nouvelles. «Tu m'as trahie, Julien Beaulieu, et ça, j'te le pardonnerai pas de sitôt. Si tu penses que mon bébé va porter ton nom, tu te mets le doigt dans l'œil.»

Marie parlait aussi de la marchande générale qui avait, selon elle, cru qu'Alvenia reviendrait en octobre, puis également de leur nouvelle voisine qui avait demandé à monsieur le curé de lui trouver des enfants pour garder en famille d'accueil. Il y avait parfois des familles plus fortunées à qui il était arrivé par surprise un p'tit Jésus, comme on disait, qui le plaçaient dans des familles anonymes. Alvenia se demanda quel genre de femme pouvait prendre les enfants des autres seulement pour l'argent. Assurément une égoïste.

« Je t'écris ça pour que tu comprennes la chance que le tien a d'avoir un vrai père et une vraie mère », précisait Marie.

Les larmes d'Alvenia avaient coulé à torrents lorsqu'elle avait lu ces mots. Même sa sœur ne comprenait pas que c'était elle, Alvenia, sa mère et non pas Florence.

Ces nouvelles eurent l'effet d'un électrochoc. Le temps pressait. Il fallait finaliser son plan si elle voulait réussir à garder son enfant. Elle aurait besoin de tout le monde possible pour y arriver. Elle avait Angèle de son bord et, elle en était sûre, sœur Sainte-Agnès. La religieuse avait vécu la même chose, elle comprendrait.

Gabriel, en raison de son accès aux dossiers de la supérieure, pourrait bien être la pièce manquante qui lui permettrait de réussir son tour de force. Il fallait s'assurer de le mettre de son côté.

Elle savait que, chaque semaine, le jeune interne passait les cas en revue avec ses enseignants dans la salle près de l'infirmerie. Elle choisit de l'attendre. C'était une pièce qui servait quelquefois de salle de classe ou de réunion. Un grand bureau rectangulaire entouré d'une vingtaine de chaises trônait au milieu. Et tout autour de la pièce, d'autres chaises placées là pour les gens venus écouter.

Vers quinze heures, la porte s'ouvrit ; Alvenia fit semblant d'épousseter les étagères voisines. Elle remarqua les deux médecins qui avaient accouché Jeannine. Deux hommes dans la cinquantaine et qui avaient figure d'autorité sur tous les autres.

Gabriel sortit le dernier de la salle.

— Tu es encore à frotter, ma belle ? demanda-t-il.

La jeune fille l'observa. Il était quand même bel homme, mais elle se méfiait. Elle trouvait qu'il avait un peu le caractère de son père.

— Toujours. As-tu le temps de jaser un peu?

Le jeune interne n'en crut pas ses oreilles:

— Tu te radoucis, et à quoi j'dois ta gentillesse?

— À ce que tu m'as dit. J'ai pas l'intention de faire une sœur, certain!

— T'as le corps trop chaud pour ça?

Ce n'était pas la galanterie qui l'étouffait. Alvenia se retint de grimacer et se fit plutôt mielleuse:

— Là, c'est sûr que non, mais quand j'aurai pus mon gros ventre, peut-être ben. J'suis toujours une femme, après tout.

« Pis une femme riche », pensa-t-il, réjoui. Le jeune homme s'approcha et la prit par la taille.

— T'sais, moi, j'vas droit au but. Les tataouinages de prince charmant me lèvent le cœur. Tu me plais, pis t'as de l'argent. Tu vois, j'suis ben franc. Pourquoi pas unir nos forces? Toi t'as besoin d'avoir une place à ta sortie, pis moi y faut que j'me place les pieds si j'veux être pris au sérieux en tant que médecin. Dans six mois, j'ai mes examens.

— Pis t'es sûr de les réussir? J'veux ben passer par-dessus la romance, mais le titre de femme de médecin, j'le veux.

Gabriel jubilait. Il était très satisfait de la tournure que prenait cette conversation.

— Si c'est pas trop indiscret, comment t'as d'argent rien qu'à toé?

Alvenia eut envie de lui mettre son poing en pleine face, mais elle s'écarta de lui en souriant:

— Plus que tu penses, mais j'te dirai pas le montant. J'dois faire mes recherches sur toé aussi. T'as beau dire que ton père est fortuné, y'a rien que toé qui peux dire si c'est vrai.

Il la ramena vers lui et l'embrassa. Sur le coup, Alvenia voulut se dégager, mais elle comprit qu'elle devait jouer doux. Elle recula ensuite lentement, salua Gabriel et retourna dans sa cellule. Là, elle décrocha son sourire de façade, prit un air grave et s'essuya les lèvres du revers de la main.

Elle se caressa le ventre et se mit à fredonner une berceuse. « Je ferais tout pour toé, mon bébé », murmura-t-elle.

# Chapitre 12

Alvenia sortit pour aller faire son ouvrage à la cuisine. Depuis deux semaines, on lui avait retiré les lavages de planchers à l'infirmerie. On était fin octobre et son temps arrivait. Elle et Angèle avaient été envoyées à l'épluchage des carottes et des patates. Avec leurs ventres ronds à fendre, elles étaient bien mieux à travailler assises.

Les deux amies se remontaient le moral mutuellement. Elles épluchaient des tonnes de patates. Au moins, c'étaient des patates nouvelles, pas celles des mois d'été qui étaient pleines de germes et molles. Elles auraient voulu simplement les brosser, mais ici, on ne mangeait pas des patates en pyjama.

— As-tu ben dormi? demanda Angèle, qui avait les cernes autour des yeux tant sa bedaine l'incommodait.

— Tu veux rire? Couchée sur le côté, j'ai l'impression d'avoir les côtes qui vont casser et sur le dos, j'étouffe. Par chance qu'on n'est pas dans les canicules de juillet. Là, j'pense que j'serais morte de chaleur.

— As-tu peur que quelque chose arrive quand on va débouler? On entend tellement d'histoires horribles quand on écoute les autres, icitte. Une telle est morte en couches, l'autre a saigné comme un cochon qu'on égorge…

— Écoute-les pas ! Des ouï-dire pis des qu'en-dira-t-on, rien de plus. Tout va se passer parfaitement. On est avec les meilleurs médecins qui soient. C'est pas comme par chez nous, où les femmes accouchent avec les sages-femmes du coin. Elles ont beau s'arroser avec de l'eau bénite quand le travail commence, c'est pas gagné d'avance. Ou en hiver, pense à celles qui accouchent toutes seules parce qu'on n'a pas eu le temps d'aller chercher le docteur. Icitte, tout est à portée de main. T'en fais pas.

Angèle se flatta le ventre. Malgré les bonnes choses que son amie lui racontait, elle avait quand même peur.

— Imagine qu'il soit pas normal... On a le même sang, après tout... Il va peut-être sortir difforme...

— Arrête de penser à ces niaiseries-là, Angèle. Il va être parfait, ton bébé. Pis on va les élever ensemble !

La jeune fille respira profondément. Alvenia avait raison ; le docteur le lui aurait dit si quelque chose n'allait pas normalement.

Elles se mirent à gratter les carottes, il y en avait une grosse poche sur la table.

— Encore des carottes, dit Angèle. On va virer lapin à manger des carottes de même.

Alvenia voulut se mettre deux carottes sur la tête en guise d'oreilles de lapin pour faire rire sa compagne. Mais en étirant le bras, elle eut une crampe dans le bas du ventre. Une douleur qu'elle n'avait jamais sentie. Elle fit la grimace et se calma.

— As-tu mal, Alvenia ?

— Je viens d'avoir une crampe juste là, en bas du ventre.

Angèle se leva et alla lui chercher un verre d'eau.

— Bois un bon coup, t'es fatiguée. Repose-toé. J'vas les faire, tes carottes.

Alvenia but l'eau, se leva et fit quelques pas. Une nouvelle crampe se fit sentir au même endroit. Elle s'agrippa au dossier de la chaise de cuisine. Elle ferma les yeux et respira doucement.

— T'en as une autre ? demanda Angèle. J'vas aller chercher la sœur de la cuisine. Elle va venir te voir.

Alvenia l'arrêta.

— Pas elle. Viens avec moé, on va aller voir sœur Sainte-Agnès. Elle remplace justement à l'infirmerie ces temps-ci, sœur Saint-Mathieu est sur le dos à cause d'une grippe. J'ai plus confiance en elle.

Angèle prit son amie par le bras, et toutes les deux sortirent de la cuisine pour descendre jusqu'à l'infirmerie. Au bas de l'escalier, Alvenia ressentit encore une douleur.

— Va chercher sœur Sainte-Agnès, j'vas m'asseoir sur la dernière marche icitte.

Angèle aida son amie à s'asseoir et partit chercher la sœur. Elles revinrent rapidement. Sœur Sainte-Agnès regarda Alvenia.

— Ça va, ma p'tite? Angèle m'a dit que t'avais des douleurs. Montre-moi où.

Alvenia mit sa main au bas de son ventre. Il était dur, et la douleur irradiait jusque dans son dos.

— Icitte, mais j'ai comme une barre jusqu'aux reins.

La religieuse hocha la tête et sourit:

— Ton p'tit Jésus arrive, Alvenia. Il est pressé, il te manquerait une grosse semaine, mais c'est lui le boss. Si il veut sortir, c'est qu'il est prêt. On va aller te reconduire à ta cellule et tu vas te coucher. T'as congé de patates aujourd'hui. Angèle, aide-moi, on remonte à l'étage.

Sœur Sainte-Agnès la prit sous le bras, et Angèle fit pareil.

Alvenia paniqua. Tout allait trop vite dans sa tête. Elle n'avait pas vraiment de plan solide pour son bébé. Elle pensait avoir encore un peu de temps.

— Angèle va pouvoir rester avec moé dans ma cellule, hein? implora Alvenia.

La religieuse la regarda. Habituellement, personne ne restait avec la future maman durant le début de son travail, surtout pas une pensionnaire. En plus, Angèle était très jeune. La sœur ne voulait pas l'épouvanter.

— Écoute, j'vous laisse deux heures ensemble. J'dirai rien tout de suite. Je vais même trouver quelqu'un pour les carottes. Mais ensuite, je vais être obligée d'informer la mère supérieure du début du travail. Sinon, c'est moi qui vais souffrir!

Les deux amies échangèrent un mince sourire de soulagement. Elles appréciaient ce geste de bonté. Arrivée à la petite chambre, Alvenia se coucha sur son lit. Angèle approcha la petite chaise et s'assit tout près.

— J'vas te tenir la main. Tu vas voir, ça va ben aller, lui dit Angèle en essuyant une larme.

— Pourquoi tu pleures, dans ce cas?

— Tu devais pas accoucher avant moé. Tu vas partir pis j'vas rester toute seule icitte...

— On va trouver une solution, tu vas voir... On va trouver.

Alvenia serra la main de son amie. Elle ne voulait pas trop le laisser paraître, mais elle était nerveuse elle aussi. Comment ferait-elle pour rester en attendant Angèle? Personne n'était demeuré deux semaines ici après avoir accouché.

La bonne nouvelle et sa seule certitude, c'est qu'Alvenia n'avait rien signé encore pour donner son bébé, puisqu'elle accouchait avant son temps. Habituellement, les papiers étaient finalisés deux jours avant la date prévue. Elle ne savait pas quoi faire. Elle devait réfléchir.

Les deux heures passèrent rapidement sans que les douleurs disparaissent. Il fallait qu'Alvenia se fasse à l'idée: elle allait avoir son bébé.

Sœur Sainte-Agnès arriva. Elle avait un stéthoscope autour du cou pour écouter le cœur du bébé. Il battait légèrement rapidement. Pas étonnant, le travail était commencé. Elle prit le pouls d'Alvenia, puis sa pression.

— Tout va bien, Alvenia. Maintenant, continue de te reposer pendant que je vais chercher la supérieure. Angèle, tu dois retourner à la cuisine, c'est le règlement. La sœur qui est là t'attend. On va te tenir au courant. Crains pas, ça va bien aller.

Angèle se leva et se mit à pleurer :

— J'vas prier pour que tout aille ben ! Tu vas voir, tout va ben aller.

— J'reviens tout de suite, lança sœur Sainte-Agnès en sortant avec Angèle.

C'est avec une pointe d'anxiété qu'Alvenia les regarda partir. Elle avait la gorge nouée. Elle ne pouvait pas arrêter les douleurs. Elle espérait que Gabriel soit là pour assister à l'accouchement. Peut-être pourrait-il l'aider à garder son bébé ? Alvenia mit ses mains sur son ventre. Pourquoi devait-il sortir ? Elle aurait voulu le garder là toujours. Elle leva les yeux au ciel : « Léopold, aide-moé ! Aide-nous, j'sais pus quoi faire. »

La supérieure arriva avec sœur Sainte-Agnès. Alvenia remarqua tout de suite les papiers qu'elle tenait dans les mains. Sœur Sainte-Agnès resta sur le bord de la porte en regardant par terre. Elle savait qu'Alvenia essaierait de garder son enfant. Elle ne voulait pas lui donner de faux espoirs en faisant quoi que ce soit.

La mère supérieure s'assit près du lit, sur la petite chaise que venait de quitter Angèle :

— On m'a dit que c'était le grand jour ? Alvenia, vous nous faites une surprise, le bébé arrive un peu avant son temps. Le bon Dieu est bon pour vous. Dans ces moments-là, ils sont souvent un peu moins gros. Vous allez trouver ça moins dur.

Alvenia analysait chacun des mots qu'elle prononçait. La sœur mit les feuilles sur ses genoux. Elle demanda le cartable que sœur Sainte-Agnès tenait à la main.

— Voici les papiers officiels pour que votre enfant puisse être adopté. Je comprends votre peine, ma fille, mais il faut que vous pensiez à son avenir. Un enfant sans père, c'est un bâtard. Et un bâtard n'a aucune chance dans la vie. On va lui trouver une bonne famille qui va bien s'occuper de lui.

Malgré la douleur qui lui déchirait le ventre, Alvenia se releva dans son lit.

— Pas question que je signe ce papier ni aucun autre. J'ai de l'argent pour l'élever, j'suis riche. Pis un père, y'en a un, y'est au paradis !

— Écoutez, soyez raisonnable. Le paradis, c'est pas ici sur la terre. Cet enfant sera montré du doigt par tout le monde. C'est ce que vous voulez pour lui ? Aussi bien le marquer au fer rouge. Si vous aimez votre bébé, donnez-lui une chance d'être heureux. Il y a plein de femmes mariées qui ne peuvent pas avoir d'enfants. Vous en connaissez sûrement, vous aussi.

Alvenia se releva une mèche de cheveux.

— Ben oui, comme ma belle-sœur, hein ? J'connais la combine. J'le mets au monde, pis vous le donnez à mon père. Mon frère qui tire à blanc l'adopte, pis tout le monde est heureux. Mais c'est *mon* bébé. Pas le leur. J'veux pas passer ma vie à le regarder appeler maman une autre femme. J'aime mieux mourir.

La supérieure la regarda sans broncher. Alvenia ne l'impressionnait pas du tout avec ses grands discours. Elle en avait vu d'autres :

— Bon, si vous voulez. Je ne peux pas vous forcer.

Elle se leva et se dirigea vers la porte. Elle saisit la poignée et se retourna :

— Ah, j'y pense, les soins hospitaliers sont consentis à la suite de la signature des dossiers. Pas de signature, pas de soins. Alors, bonne chance pour votre accouchement. Bien sûr, je demeure à votre disposition si vous changez d'avis.

La mère supérieure tourna les talons, laissant derrière elle une Alvenia dans tous ses états. Sœur Sainte-Agnès s'approcha d'elle.

— J'sais que t'as de la peine, Alvenia, mais sois raisonnable. Les règles sont les règles. Ici, on est là pour que les enfants aient un avenir. On est pas là pour vous tourmenter. J'ai beaucoup pleuré, moi aussi, quand je l'ai laissé aller. Mais avec le temps, tout passe... Et toi, t'aurais la chance de le voir grandir, si j'ai bien compris ce que t'as dit. Moi, j'donnerais n'importe quoi pour voir à quoi mon Baptiste ressemble.

Mais la jeune fille se rebuta. Elle ne voulait pas donner raison à son père, qui la voyait comme une manufacture à héritier, ou entendre Florence se faire appeler « maman » à sa place. Non, jamais. Cet enfant avait été conçu dans l'amour et pour être près de sa mère.

Elle repoussa la religieuse lorsque celle-ci s'approcha pour remonter ses oreillers. Sœur Sainte-Agnès la regarda, compatissante, puis se dirigea vers la porte.

— Peu importe ton choix, il faudrait que tu mettes cette jaquette que je t'ai apportée, s'il te plaît. Je vais te laisser tranquille, tu vis plein de choses présentement. Je vais m'installer dans le passage pour veiller sur toi et prier pour que le bon Dieu t'inspire.

Elle déposa le vêtement et sortit. Alvenia avait besoin de temps. La jeune fille se leva, elle avait mal dans le dos. Elle sentit une nouvelle contraction. Elle se pencha sur le lit et respira. Elle serait seule pour le mettre au monde. Elle avait peur. Elle se rappelait tout le sang que Jeannine avait perdu. Elle décida d'enfiler la jaquette d'hôpital. Une grande robe blanche avec le tour du cou et des poignets faits d'un ourlet de coton. Elle marcha quelques pas en se tenant le ventre. La journée allait être longue. Il lui fallait rester calme. Elle prit une grande respiration : « Tant que je ne signe pas, mon enfant est à moi. »

Durant deux heures, Alvenia eut des contractions toutes les quatre à cinq minutes. À chacune d'elles, son ventre se durcissait et une douleur la saisissait jusqu'au milieu du dos. Elle respirait doucement en prenant bien conscience de chaque respiration.

Vers treize heures, un liquide gluant coula sur les cuisses d'Alvenia. On aurait dit qu'elle avait uriné au lit. Elle releva les draps et vit que ce liquide contenait un peu de sang. Elle appela sœur Sainte-Agnès, qui attendait toujours dans le passage. La mère supérieure savait bien qu'Alvenia prendrait peur à un moment donné. Sœur Sainte-Agnès ouvrit la porte : elle vit le lit humide et la jeune fille les yeux pleins d'eau.

— C'est quoi, ça ?! Mon bébé est-il en train de mourir ?

— Ben non, t'as juste crevé tes eaux, lui répondit calmement la religieuse en lui prenant la main. Tu sais que la poche qui contient ton enfant est pleine de ce liquide? Il vit dedans. Il est juste en train de vouloir arriver. À partir de maintenant, les douleurs vont être plus intenses, elles vont aussi se rapprocher. C'est normal. Tu sais, le p'tit peut pas rester longtemps dans ton ventre maintenant qu'il n'a plus d'eau.

Alvenia essayait de retenir tout ce que la religieuse lui expliquait. Elle voulait comprendre pour pouvoir rester calme.

— Pouvez-vous rester avec moé?

— Bien sûr. Tu pensais tout de même pas que j'allais te laisser accoucher sans aucune aide? La supérieure a bien mentionné que les soins hospitaliers pouvaient pas être offerts sans ta signature, mais moi, j'suis pas médecin. J'suis juste une religieuse qui aime bien les enfants, n'est-ce pas?

Elle aida Alvenia à se relever et à s'asseoir sur la chaise. Elle changea le lit et le vêtement de la jeune fille. Alvenia se serait crue avec sa mère. Même encore mieux, puisqu'Imelda Beaulieu n'aurait pas eu cette assurance ni ce savoir-faire. Avec sœur Sainte-Agnès, elle pourrait avoir son enfant. Elle avait grande confiance en elle.

— Maintenant, on va compter le temps entre tes contractions. Tu me le dis quand tu en as une, ma fille, d'accord?

Alvenia se recoucha. Une douleur arriva, plus aiguë que les précédentes. Alvenia se roula en boule. Chaque fois, la religieuse regardait l'heure. L'écart se resserrait, les contractions n'étaient plus que toutes les deux minutes. La jeune fille était en sueur. Elle mordait l'oreiller quand la souffrance était trop grande.

Tout à coup, la porte s'ouvrit sur une religieuse apeurée:

— Sœur Sainte-Agnès! Enfin, je vous trouve. Venez vite à l'infirmerie. La petite Angèle s'est mise à perdre du sang à la cuisine en faisant la vaisselle. Mère supérieure vous demande pour l'aider en attendant que les médecins arrivent. Je vais rester avec celle-là.

Sœur Sainte-Agnès se leva et regarda Alvenia.

— Prie pour ton amie, c'est pas beau. J'espère que c'est pas une hémorragie.

— Laissez-moé pas toute seule. Non, s'il vous plaît, j'ai besoin de vous.

— Alvenia, sois forte! T'es ben partie, tu fais ben ça. Là, Angèle a plus besoin de mon aide…

Elle partit et laissa la jeune femme avec sa consœur.

— Là, je sais pas trop quoi faire. Je n'ai pas l'habitude avec les futures mamans, dit la pauvre religieuse qui, manifestement, était perdue.

Alvenia se sentait mal. Elle avait juré à Angèle de s'occuper d'elle. Il n'y avait qu'une façon:

— Ma sœur, j'veux aller à l'infirmerie.

— Mais… on m'a dit que vous n'avez pas signé les papiers?

— J'vas le faire aussitôt que j'y serai, promis, mais là j'ai peur. J'veux pas mourir icitte.

— Bon, d'accord. J'imagine que c'est possible… Attendez-moi ici, je vais aller chercher un interne. Ils doivent être arrivés en bas. La petite Angèle, c'est une urgence, vous comprenez?

Elle revint quelques minutes plus tard avec deux brancardiers et Gabriel. Le jeune homme aida Alvenia à se lever et à s'étendre sur le brancard. Pour préserver sa pudeur, il recouvrit délicatement ses jambes d'un drap blanc.

— Faites attention, messieurs, cette patiente est très souffrante, dit Gabriel, qui profitait de son sarrau pour se faire important.

Ils descendirent à l'infirmerie, où elle vit un médecin traverser le corridor en courant. Alvenia sentit une poussée énorme dans son ventre.

— Gabriel, je pense que le bébé sort. Gabriel, j'ai peur.

— T'en fais pas, j'suis là; pour l'instant, ça a l'air de bien aller. Mais ta copine, elle va pas bien. Ils sont trois médecins sur son cas. C'est pas bon signe…

On installa Alvenia dans une salle de consultation. De sa porte ouverte, elle voyait des médecins qui se parlaient. Ils regardaient Alvenia, hésitants. La supérieure arriva près de la jeune fille.

— On m'a dit que vous étiez prête à signer les papiers? Vous avez fait un bon choix. La douleur nous rend souvent plus raisonnables. Je vais aller les chercher et je reviens vous voir.

— Angèle, comment va-t-elle? demanda Alvenia en la retenant par le bras.

— Elle fait un placenta prævia, j'ai bien peur. Elle n'est pas sortie d'affaire, la pauvre, mais elle est entre bonnes mains. Priez pour elle.

Alvenia ne comprenait rien. «Un placenta quoi?» Gabriel arriva pour écouter le cœur de son bébé. Les contractions étaient tellement fortes et rapprochées. Toute l'attention médicale était dirigée vers Angèle, seul Gabriel s'occupait d'Alvenia.

— Laisse-moi écouter le cœur du bébé, s'il te plaît…

Le jeune médecin posa son stéthoscope sur le ventre de la future maman. Il le releva, regarda Alvenia et recommença. Il se passait quelque chose, mais Gabriel ne dit rien. Il sortit chercher un confrère.

— Écoutez bien, docteur, on dirait que le cœur s'affaiblit, non? demanda Gabriel.

Alvenia lui prit la main. Ce n'est pas qu'elle l'aimait, mais il était le seul qui la connaissait un peu.

Le médecin hocha la tête, gravement:

— Mademoiselle, on va devoir vous aider. Le bébé a l'air un peu fatigué. Rien de grave, mais on va essayer d'aller un peu plus vite. Gabriel, préparez les forceps et le chloroforme, je vous prie.

Gabriel lâcha la main d'Alvenia et partit préparer le nécessaire. La jeune fille était troublée. Rien ne se passait comme prévu.

La supérieure arriva juste au moment où on s'apprêtait à transporter Alvenia en salle de naissance.

— Signez, Alvenia, sinon je ne peux pas vous laisser recevoir de soins. Je ne peux que vous faire assister par une bonne sœur et, en vérité, aucune n'a la compétence pour vous aider dans votre état. Pour votre bien et celui de votre enfant, je vous recommande de signer tout de suite.

Alvenia eut peur pour la survie de son bébé. Elle saisit la plume et signa sans trop regarder.

Un cri émergea de la salle voisine:

— Ma sœur, venez vite! Appelez l'aumônier!

La supérieure reprit les papiers des mains d'Alvenia et se signa. Elle courut pour aller chercher le prêtre qui arriva à toute vitesse. «*In nomine Patris, et Filii et Spiritu Sanctis...*»

Alvenia ne voyait rien. Qu'est-ce qui se passait dans l'autre salle? Pourquoi entendait-elle des prières plutôt que des cris de nourrisson? Elle avait un très mauvais pressentiment.

— Angèle! Ton petit est-tu correct? ANGÈLE!!!

La supérieure revint près d'elle.

— Calmez-vous, Alvenia, et arrêtez de crier. Ça ne sert plus à rien. Le p'tit est mort et la mère aussi...

Alvenia n'en croyait pas ses oreilles. Ça ne se pouvait pas. C'était un cauchemar.

— Vous mentez. Angèle peut pas être morte, je l'ai vue ce matin. Elle était avec moé.

— Je sais, c'est difficile. Mais elle a été victime d'une hémorragie. On n'a rien pu faire. Ce sont des choses qui arrivent, ma fille...

— J'suis pas votre fille. Arrêtez de m'appeler de même!

Une violente contraction la saisit. Elle s'agrippa au bras de la supérieure et laissa sortir un cri. Elle se sentait si seule.

— Laissez-moé pas, s'il vous plaît. Restez avec moé.

— Je suis là, ne vous en faites pas.

Le choc de la mort d'Angèle avait ébranlé la supérieure qui, malgré son apparence de marbre, avait toujours beaucoup de peine quand elle perdait une pensionnaire.

Les médecins arrivèrent dans la salle de naissance pour s'occuper d'Alvenia, maintenant que le sort d'Angèle était scellé:

— Il arrive, je vois la tête. Restez concentrée, mademoiselle, et poussez!

Alvenia poussa de toutes ses forces.

— Respirez et poussez encore.

Après quelques poussées qui parurent une éternité pour la jeune fille, le bébé sortit. Il braillait à tue-tête. Alvenia le regarda, mais resta de glace. Il ne fallait pas tomber dans l'émotion. Elle devait garder la tête froide.

— C'est un beau garçon bien en vie, Alvenia. Angèle n'a pas eu votre chance, soupira la supérieure.

À ces mots, Alvenia réagit vitement. Avec le peu d'énergie qu'il lui restait, elle saisit le bras de la sœur et la tira vers elle :

— Deux cents piasses si vous écrivez que j'ai eu un bébé mort-né et qu'Angèle a eu un beau garçon en santé. Puis deux cents de plus si vous le gardez icitte deux semaines.

— Mais votre père…

— Quatre cents piasses juste pour avoir changé quelques petites choses, ma sœur ? Quatre cents piasses pour vos bonnes œuvres. Pensez-y vite, proposa Alvenia qui connaissait très bien le point faible de la religieuse.

La supérieure hésita à peine. C'était une bonne affaire. Elle savait que Georges Beaulieu ne donnerait plus un sou de plus pour son héritier et que, mort ou vivant, ses dons resteraient à la communauté. Elle hocha la tête pour montrer qu'elle était d'accord.

— Parfait. Il s'appelle Antonin, ajouta Alvenia.

La supérieure la regarda, puis se pencha vers son oreille :

— Antonin Mercier. Comme sa mère, Angèle Mercier. Et je le garde deux semaines, pas plus, sinon il part pour Montréal, vu que votre famille va vous penser en deuil, dit-elle.

Alvenia lâcha son bras et détourna la tête pour ne pas voir son fils. Officiellement, le sien était mort et elle ne devait montrer aucun signe d'affection pour celui-là, en tout cas, pas tout de suite. En entendant les pleurs de son bébé, elle ferma les yeux. Elle avait trouvé un moyen de gagner du temps et de gagner contre son père. On dirait au vieux que le bébé était mort à la naissance. Il ne restait à Alvenia qu'à trouver où l'amener.

La supérieure prit le petit des mains de l'infirmière pour aller le laver et l'inscrire aux registres. Les médecins commençaient les soins à Alvenia lorsque sœur Sainte-Agnès arriva. Elle avait les yeux rougis. La pauvre, elle venait de laver le corps inerte d'Angèle.

— Je vais prendre le relais pour la laver, messieurs. Laisse-toi faire, ma fille, j'ai l'habitude, dit-elle en reniflant.

— Elle a souffert, ma sœur, avant de mourir ? demanda Alvenia.

Sœur Sainte-Agnès pleurait doucement.

— Non, sois tranquille. Elle s'est juste endormie et son petit avec. Elle n'a rien senti. Juste de la fatigue, une ben grosse fatigue. Elle était si jeune...

Alvenia regarda le plafond. Angèle lui avait donné l'occasion de garder son enfant. Elle lui en serait éternellement redevable. « Dors en paix, mon Angèle, mère dans les faits d'Antonin Mercier. Je vais m'en occuper, tu seras fière de moé, mon amie. »

Angèle avait eu raison. Le cimetière de l'hospice était plein de jeunes mères avec leurs bébés pas baptisés. Elle et son petit iraient en grossir le nombre.

# Chapitre 13

Le lendemain de la naissance, Alvenia se leva péniblement et alla se laver la figure à la bassine sur le petit bureau de sa cellule. Son ventre, bien que vide, était encore enflé. La nouvelle maman était exténuée, mais elle n'avait pas le temps de se reposer. Le compte à rebours était lancé: elle disposait de deux semaines pour récupérer son Antonin.

Toute la nuit, elle avait pensé à son plan. Elle devait retourner au plus vite chez elle. Sa mère et sa sœur, en apprenant la mort du bébé, feraient tout pour la consoler. La réaction de son père serait probablement terrible et il voudrait sûrement s'assurer de la véracité des faits. La supérieure lui montrerait les papiers, et le tour serait joué. On aurait juste à oublier l'affaire; Florence et Julien, eux, adopteraient un autre enfant.

Tout était parfait, sauf un léger détail: Alvenia avait bien entendu la supérieure dire à son père qu'elle gardait par écrit dans son bureau une trace de ses entourloupettes. Alvenia n'était pas la première à faire changer la vérité. Si Georges Beaulieu fouillait assez pour la découvrir, tout était perdu. Il fallait que la jeune fille puisse avoir accès aux dossiers personnels de la supérieure afin de les détruire. Mais comment faire?

Elle s'habilla avec précaution et sortit de sa cellule pour aller prendre son déjeuner. Ici, on ne roulait pas les jeunes filles dans la ouate. Dès le lendemain de leur accouchement, elles devaient se rendre par elles-mêmes au réfectoire.

Alvenia y arriva péniblement. Elle avait mal un peu partout. Elle s'assit seule dans son coin. Toutes les autres la regardaient, car le bruit courait déjà à propos de la mort d'Angèle. Ça tombait bien : la jeune femme ne voulait parler à personne. Tout était allé si vite, mais elle ne devait pas s'émouvoir. Son bébé l'attendait. D'ici deux semaines, elle devait avoir réglé son problème. Elle mangea sans trop d'appétit, se leva et retourna à sa cellule. En marchant dans le corridor, elle passa devant l'escalier de l'infirmerie, qu'elle avait emprunté si souvent pour aller frotter les planchers qu'il lui faisait drôle de penser que ce temps-là était fini.

Elle descendit l'escalier doucement. Elle avait besoin de revenir dans cet endroit où il s'était passé tellement de choses. Elle ferma les yeux et écouta le silence. Alvenia avait l'impression d'avoir vieilli de mille ans en un jour. Elle entendit tout à coup des pas, et reconnut Gabriel. Il lui fit un petit sourire en coin :

— T'as l'air en forme. T'es toute une femme pour déjà descendre les marches comme ça. Ton bébé était quand même assez gros. Sept livres, c'est pas rien à passer.

Alvenia regarda par terre. Elle aurait préféré ne pas le rencontrer ce matin. Elle ne voulait pas verser dans la tristesse ou la colère. Elle devait garder son énergie pour aller de l'avant.

— J'aime mieux pas le savoir, comme il est plus à moi, dit-elle pour faire diversion.

— C'est sûr qu'il est pas à toi, vu qu'il est à ton amie Angèle. C'est curieux, j'avais pourtant juré avoir entendu brailler le tien. Tandis que celui de l'autre, ben y était ben bleu.

Alvenia ne savait plus quoi dire. Comment se faisait-il qu'il sache tout cela ? Sûrement pas la supérieure qui s'était vantée d'avoir changé les papiers officiels.

— Tu te demandes comment, hein ? Comment je sais tout ça ? Ben c'est ben simple : à chaque naissance, un médecin doit signer l'acte de naissance. Ici, souvent le bébé n'a pas de nom. Il a juste celui de la mère, pis encore il est pas souvent écrit lisible. C'est plus pratique, dit le jeune homme.

— Comment ça ? T'es pas encore reçu médecin, à ce que je sache ?

— Hier, c'était le bordel icitte. Les médecins savaient plus où donner de la tête. Alors on m'a demandé de signer l'acte du bébé qui sortait de la salle des naissances où t'étais. J'suis ben resté surpris de voir que ton bébé était mort-né. Et en plus, en fouillant un peu, j'ai trouvé que le petit qui hurlait à pleins poumons s'appelait Antonin Mercier, fils d'Angèle Mercier. Pour un bébé frette comme un glaçon, c'est pas pire, hein ? Qu'est-ce que t'en penses ?

Alvenia n'aimait pas le ton qu'il prenait avec elle. Elle ne lui devait aucune explication, mais la situation était trop importante. Elle devait réagir. Et vite.

— J'voulais pas que mon père puisse le prendre. Il marchande tout et pense pouvoir tout acheter, même mon p'tit. Au moins, là, il ne le retrouvera jamais.

— Tu veux pas le garder, toujours ? s'enquit Gabriel, qui ne souhaitait pas perdre un si bon parti qu'Alvenia.

La jeune fille devait le rassurer, sinon il dévoilerait son secret à son père, elle le sentait. Des gens comme lui, elle les voyait venir de loin.

— Jamais de la vie, mais j'aime mieux le savoir à Montréal dans une bonne famille qu'avec mon frère et sa femme. C'est mon père qui l'élèverait, et je survivrais pas à ça. Si c'est pour en faire un être insensible comme lui, jamais.

Alvenia ne mentait qu'à moitié. Si elle ne trouvait pas un endroit où mettre son fils à l'abri, la supérieure l'enverrait à Montréal.

— Si ton père est si coriace, il va badiner la sœur jusqu'à ce qu'elle craque. Oublie pas qu'elle marque les vraies affaires dans son bureau. Tu le savais pas? Elle a un calepin noir où elle note tout: adresses, vrais noms et nouveaux parents. Elle prend pas de risques, t'es pas la première qui manigance avec elle. T'as dû faire un gros don?

Le gars ne s'intéressait qu'à l'argent et à sa petite personne. Alvenia le méprisait, mais n'avait pas l'énergie pour faire autrement que filer doux.

— Ouais! T'as raison. Un gros don. Et t'as aussi raison quand tu dis que mon père ne lâchera peut-être pas le morceau comme ça si facilement. Il a déjà donné lui aussi pour le p'tit. Accepter qu'il soit mort sans vérifier, c'est pas vraiment lui.

Juste à parler d'argent, Gabriel sourit et s'approcha. Il pouvait peut-être tirer parti de la situation.

— Oublie pas que moi aussi, je sais tout. Et c'est mon nom sur le papier officiel. J'aurais juste à dire que je me suis trompé dans l'affolement du moment. Un jeune interne, sans expérience, ça peut arriver, lança-t-il d'un ton menaçant.

Alvenia était prise de tous les côtés. Elle n'avait jamais pensé que Gabriel la ferait chanter. Mais elle connaissait son goût pour l'argent, ce qui lui fit penser à quelque chose.

— J'pourrais te payer pour tenir ta langue, mais ça vaudrait quoi, cinquante piasses, tout au plus? Après tout, si t'as fait une erreur, j'en suis pas responsable. T'as pas grands avantages. J'ai autre chose à te proposer. Tu peux entrer dans le bureau de la supérieure quand tu veux, tu me l'as dit, donc tu serais capable de détruire son calepin noir. Alors il n'y aurait plus vraiment de traces de mon affaire. Dans le coffre-fort, il ne resterait plus que les papiers officiels confirmant qu'Angèle Mercier a été mère avant de mourir.

Gabriel sourit. Elle en avait dedans, la Alvenia! Elle était aussi fourbe que lui quand elle voulait.

— J'peux pas les voler. Elle me ferait renvoyer...

— Non, mais tu peux les brûler. Un joli p'tit feu durant les vêpres le soir, quand personne n'est de ce côté du bâtiment. Plus aucune trace et pas de coupable.

— Tu veux que je mette le feu?

— Pas partout, juste sur son bureau. La lampe à huile est toujours allumée, la sœur a peur du noir. Juste le bureau et pas autre chose. Un tout petit feu de rien du tout.

Le jeune homme la regarda intensément en fronçant les sourcils. Même pour lui, c'était un plan audacieux.

— Qui va prévenir qu'il y a le feu si tout le monde est à la chapelle?

— Moé, ben sûr. Je dirai à sœur Sainte-Agnès de venir me reconduire dans ma cellule, je feindrai un malaise et puis elle donnera l'alarme. Ma cellule est près du bureau de la supérieure, expliqua Alvenia.

— C'est sûr que j'aurais le temps de partir, mais il faudrait que je demande les clés à la sœur de l'accueil une bonne heure avant. J'ouvrirais la porte et boucherais la serrure avec un papier pour que le loquet ne puisse pas la barrer. Ensuite, je lui redonnerais la clé et j'y retournerais quand les vêpres commenceraient. Je pourrais même me trouver à l'infirmerie en prétextant avoir oublié des notes de cours et aider pour éteindre l'incendie. Alors là, je serais en plus dans les bonnes grâces de la supérieure... Ouin, ouin, ouin, ça pourrait ben marcher, ce plan-là.

Alvenia se délectait de voir Gabriel monter lui-même toute l'affaire. Le jeune homme émit un dernier doute:

— Mais la supérieure pourrait refaire un autre calepin. Elle n'aura pas oublié ton accouchement en si peu de temps...

— Pour ce bout-là, je m'en charge. Je n'aurai qu'à lui glisser à l'oreille que je n'aime pas les calepins. Elle ne pourra pas m'accuser d'avoir fait flamber le premier, puisque je serai à la chapelle avec plein de monde, mais elle devrait comprendre l'avertissement!

Gabriel regarda Alvenia, qui devint très sûre d'elle. Comme elle avait changé. Elle était moins naïve et plus hardie. Une vraie petite femme de futur docteur. Avec elle à ses côtés, il pourrait en faire, des entourloupettes.

— Mais tout ça, ça vaut ben quelques piasses. Pas que je suis à l'argent, mais les affaires sont les affaires. Pas pire que tu me payes au lieu d'un autre. N'est-ce pas, ma belle? dit-il en voulant la prendre dans ses bras.

Alvenia recula. Pas question qu'il la touche. Elle en avait horreur.

— Deux cents, c'est-tu assez pour tes bons services?

Le jeune homme éclata de rire:

— J'te l'aurais faite pour cent, mais j'voudrais pas manquer à la politesse en refusant.

— Aussitôt que c'est fait, j'te paye.

Le jour suivant, Gabriel resta comme convenu plus tard à l'infirmerie. Il flânait et prenait son temps sur tout. Le repas du soir arriva et, comme à l'accoutumée, il profita des largesses des sœurs pour s'alimenter un peu avant de repartir. En passant devant la religieuse de l'accueil, il lui demanda les clés du bureau de la supérieure qui, à cette heure, était attablée au réfectoire. La vieille religieuse les lui tendit en lui disant de faire vite, car elle avait faim.

— J'reviens tout de suite, juste une chose à vérifier pour demain.

Il ouvrit la porte, prit du papier chiffonné très serré et en mit dans le trou du loquet de porte. Puis il referma. Il remit la clé à la religieuse, qui partit aussitôt pour le souper.

Le jeune homme détestait souper chez lui. Sa mère le questionnait à n'en plus finir sur ses études et son père ne manquait pas une occasion de le rabaisser en lui disant que lui, il avait pu terminer son cours de médecine en un an de moins que l'avait fait Gabriel. Le jeune homme avait beau lui dire que les cours avaient changé et qu'ils étaient plus complets, son père ne l'écoutait pas.

Le jeune médecin prit son plateau et alla manger avec les hommes à tout faire du couvent. Jamais la supérieure n'aurait accepté que Gabriel s'assoie avec les pensionnaires.

Après son repas, il prit le temps de fumer une cigarette dehors. L'air frais, froid et sec, d'un soir de fin octobre lui faisait du bien.

Au moment où il entendit la cloche des vêpres retentir pour inviter les pensionnaires à la prière, il entra et prit le chemin du bureau de la supérieure. Comme prévu, personne ne se trouvait dans le corridor. Il poussa la porte et entra, puis enleva le papier dans le loquet pour ne pas l'oublier.

Il alla droit vers le bureau, sortit le calepin noir et regarda dedans. Il voulait voir combien Alvenia avait payé pour acheter la sœur. Il lut :

*« Reçu deux cents dollars pour changer "bébé Angèle Mercier mort-né" pour "bébé Alvenia Beaulieu mort-né", nés le même soir. Ladite femme, Alvenia Beaulieu, a promis une autre somme de deux cents dollars pour qu'on garde l'enfant quinze jours en ces lieux. »*

Gabriel était sceptique. Pourquoi garder le petit à l'hospice ? Alvenia lui avait pourtant dit qu'il partait pour Montréal. « Elle veut pas le garder, j'espère ? » s'inquiéta l'interne, qui ne voulait pas du morveux d'un autre. Il déchira la page en question. Ça pourrait toujours servir pour faire chanter Alvenia encore une fois. Elle le donnerait, son enfant. C'est lui qui gagnerait à la fin.

Il déposa le calepin sur le bureau avec d'autres feuilles qu'il chiffonna. Il tenta de dévisser le dessus de la lampe à huile, qui était déjà allumée, mais c'était trop serré. Il donna un bon coup et le liquide se répandit tant sur sa veste que sur le bureau. « Maudit maladroit ! »

Il remit la lampe sur le bureau et gratta une allumette. Les flammes mordirent trop rapidement non seulement les papiers imbibés d'huile, mais également les vêtements du jeune homme. Toute sa veste prit feu. Il tenta de l'étouffer en s'enroulant dans les épais rideaux, mais cela ne fit qu'alimenter le feu qui se répandit dans la pièce en montant sur les tentures. Le feu était partout et Gabriel était pris au piège. Le jeune médecin cria de toutes ses forces, en vain.

À la chapelle, Alvenia regardait l'heure. Cela faisait dix minutes que les prières étaient commencées. Elle allait attendre encore dix autres minutes. Elle voulait être certaine que Gabriel avait fait ce qu'il fallait.

Soudain, on entendit :

— AU FEU ! AU FEU !

Un homme à tout faire resté dehors voyait par la fenêtre les flammes dans le bureau de la supérieure.

Alvenia se raidit. Elle ne comprenait pas. Les pensionnaires coururent dehors avec les sœurs qui leur disaient de se dépêcher. Arrivée dans la cour, Alvenia regarda par la fenêtre de la mère supérieure et vit comme une ombre en flammes frapper dans la vitre du bureau.

— Mon Dieu, il y a quelqu'un là-dedans. Mon bureau ! C'est mon bureau qui flambe !

Quand l'incendie fut maîtrisé, on retrouva le corps de Gabriel, mort brûlé, tout noirci près de la fenêtre. Ses vêtements étaient collés sur lui. On le sortit sur le gazon. Une sœur approcha une lampe pour mieux voir et Alvenia regarda la dépouille. Leur plan était pourtant parfait. Qu'est-ce qui était arrivé ? Elle tremblait de froid et de peur.

Sœur Sainte-Agnès, qui était près d'elle, la regarda. Elle les avait souvent vus ensemble. La pauvre petite devait être sous le choc : deux de ses amis étaient décédés en quelques jours. Alvenia la remarqua. Pour que la religieuse ne fasse pas de lien entre eux, la jeune fille se jeta dans ses bras :

— Mon doux, il paraît que c'est le jeune médecin Gabriel. Je lui parlais souvent à l'infirmerie. Il était même là le soir de mon accouchement. Pauvre homme…

En la serrant contre elle, la religieuse lui caressa les cheveux.

— Pleure pas, Alvenia. J'suis là et il peut rien t'arriver.

Alvenia se colla comme un petit chat. Elle n'avait aucune peine pour Gabriel. Il était mauvais et avide. Tant pis pour lui. En réalité, c'était même parfait pour elle. Il ne pourrait jamais dire à personne qu'il avait signé un document falsifié. Tout comme il ne pourrait jamais lui faire de tort. En plus, elle venait d'économiser deux cents dollars. « Tout se paie, Gabriel… »

On finit par rentrer se coucher. Le feu n'avait endommagé que le bureau de la mère supérieure.

Alvenia alla dans sa cellule, se déshabilla et se mit au lit. Elle posa ses mains sur son ventre mou, comme si Antonin y était toujours.

— Maintenant, maman va s'occuper de la dernière personne qui pourrait te nuire, mon amour.

Alvenia sourit en pensant que cela avait été assez facile. Puis, elle s'endormit profondément.

Le lendemain matin, Alvenia se fit réveiller par des coups à sa porte. Elle se leva, alluma la lampe et regarda l'heure : cinq heures et demie du matin. Trop tôt pour la messe, qui était célébrée une heure plus tard lorsqu'arrivait l'automne. Elle ouvrit. La supérieure la regarda droit dans les yeux.

— Bonjour, Alvenia, excusez-moi de cogner si tôt, mais je me suis dit qu'avec les émotions des derniers jours, votre sommeil devait être difficile.

Elle entra dans la pièce et alla s'asseoir sur la petite chaise. Alvenia la regardait avec méfiance. La bienveillance et la confiance partagées le soir de l'accouchement étaient officiellement de l'histoire ancienne.

— Comme vous le savez, ce pauvre Gabriel Lafond est mort hier dans l'incendie de mon bureau. Curieuse de savoir pourquoi cet interne était là, j'ai fouillé dans les débris et j'ai constaté que le feu avait pris sur le bureau. C'est bizarre… Ce qui m'a fait penser que j'y garde des papiers personnels très importants et qu'un interne était au courant. Un interne avec qui vous parliez souvent, à ce qu'on m'a dit.

La jeune femme ne faisait mine de rien. La religieuse se leva et regarda Alvenia directement dans les yeux :

— On m'a dit aussi que le feu avait été très violent, sûrement que l'huile de lampe avait dû accentuer la flamme. Puis je me suis demandé si ce jeune homme voulait brûler quelque chose de bien précis. Si tout cela n'était pas un accident...

Alvenia comprit que la mère supérieure avait fait l'association, mais elle s'était préparée à ce face-à-face. Elle se leva :

— Bien dommage pour votre bureau, mais c'est un mal pour un bien, n'est-ce pas ? Il aurait été encore plus dommage si vous aviez été présente lors de l'incendie. On ne sait jamais ce qui peut arriver à une personne qui croit pouvoir diriger la vie des autres. Alors si j'étais vous, je ne ferais plus d'écrits qui peuvent attirer l'attention de gens malvaillants comme Gabriel Lafond. Ce serait de valeur que votre cimetière serve à d'autres choses qu'aux pauvres filles qui crèvent en accouchant icitte. N'est-ce pas ?

En disant ses mots, Alvenia la regardait avec un regard qui glaça la religieuse. Celle-ci comprit la menace. Cette Alvenia était une dangereuse folle à lier. La religieuse recula d'un pas et saisit la poignée de porte. La nouvelle mère comprit qu'elle avait gagné.

— Ah ! Ma sœur, je pars aujourd'hui. Je vais à l'hôtel ; on viendra m'y chercher pour retourner dans ma famille.

Alvenia alla vers son bureau, sortit de l'argent et le donna à la supérieure.

— Voyez, le compte y est. Deux cents pour la petite entourloupette et deux cents pour me garder MON bébé. Aussitôt arrivée chez moi, je vous écrirai pour vous dire où ira l'enfant. Pour la peine, vous enverrez une petite sœur le livrer.

La supérieure regarda l'argent dans ses mains. Elle en avait le frisson.

— Ne faites pas cette tête, ma mère. Même Judas a été payé.

La religieuse sortit. Elle devait filer droit, cette fille n'avait décidément aucune limite. Elle retourna dans ses appartements en surveillant par la fenêtre le moment où Alvenia Beaulieu quitterait enfin les lieux.

# Chapitre 14

La nouvelle était arrivée le lendemain matin de l'accouchement d'Alvenia. Quand Georges Beaulieu sut que son petit-fils était mort, il devint rouge de colère.

— Comment cela s'est fait ? Elle avait les meilleurs médecins. Elle était entourée comme personne pour mettre bas. La garce, c'est quoi qu'elle a pas fait comme il faut ?

Madame Beaulieu se tenait la tête entre les mains. Comment Florence et Julien allaient-ils le prendre ? La chambre était prête et tout ce linge que les femmes avaient cousu.

— Ah ! Georges, pense donc un peu à Alvenia, pauvre fille…

— Elle a rien de pauvre ! C'était pas à elle, ce bébé-là, mais à Julien. J'aurai pas d'autres occasions comme celle-là. Pas de chance que Marie me fasse un autre bâtard avec son grand flanc-mou de Lorenzo qui laisse toujours traîner ses claques sur le tapis !

Oui, depuis environ un mois, Lorenzo Lachance venait régulièrement voir Marie. Lors de sa première visite chez les Beaulieu pour fondre des cuillères en plomb, le jeune homme avait oublié ses claques. Au lieu d'attendre qu'il revienne, Marie était montée l'après-midi même chez le forgeron pour redonner au jeune homme ses merveilleuses claques.

Pour la remercier, il était revenu le surlendemain. Il lui avait apporté un petit fanal, car la jeune fille avait précisé aux Lachance qu'elle rentrait parfois après la brunante quand elle faisait des commissions, maintenant que le soleil se couchait tôt. Une jeune fille de sa trempe ne devait pas se promener à la noirceur. C'était trop dangereux. Marie avait trouvé ce présent tellement romantique qu'elle avait failli tomber dans les pommes.

Depuis, Lorenzo revenait souvent le soir chez les Beaulieu pour y passer la veillée. Madame Beaulieu les chaperonnait de près. Pas question qu'une autre de ses filles se ramasse à Québec chez les Sœurs du Bon-Pasteur.

Quand Julien apprit à Florence le décès du bébé tant attendu, la jeune femme, incapable de contenir ses larmes, s'écrasa. Son rêve de devenir maman tombait encore une fois à l'eau.

— Pourquoi le bon Dieu s'acharne sur moé?

— Tu m'as, moé, pis j'suis ben vivant. On va en adopter d'autres, ma chérie. Des tonnes, tu vas voir.

— Mais ton père voudra jamais.

— Qu'il aille au diable, le père, avec ses vieux principes qu'un enfant doit être de son sang. Peu importe qui le nôtre sera, il ne sera sûrement pas de *notre* sang. Mais je vais l'aimer pareil. Je vais proposer au père que ce soit moé qui aille chercher Alvenia à Québec, pis je vais t'en choisir un à la crèche. Un pour nous autres. Qu'est-ce t'en penses?

— Mais comment tu vas faire avec Alvenia? T'es pas pour regarder les bébés quand elle vient de perdre le sien, quand même.

— Ouin, j'avais pas pensé à ça... J'verrai au fur et à mesure. C'est sûr que j'lui ferai pas de peine, dit Julien.

Un télégramme arriva peu de temps après de Québec, informant les Beaulieu qu'Alvenia était rendue à l'hôtel, le même qu'à son arrivée, et qu'elle voulait qu'on vienne la chercher. Georges ne voulait plus perdre une seule journée pour sa fille. Alors, il fut facile pour Julien de prendre sa place. Il courut informer sa femme:

— Florence, je monte à Québec chercher Alvenia. Elle est à l'hôtel. Viens avec moé, si tu veux. On ira voir les bébés avant de récupérer ma sœur.

La jeune femme était aux anges. Bien qu'elle eût de la peine pour sa belle-sœur, le fait d'aller à Québec lui mit du baume au cœur. Ils partirent rapidement pour la ville.

À Québec, Julien et Florence se rendirent à l'Hospice de la Miséricorde. Ils eurent un peu de mal à trouver l'endroit, mais somme toute, le voyage s'était bien déroulé. La mère supérieure les reçut avec beaucoup d'empressement. Elle craignait tellement Alvenia qu'elle ne voulait pas que quiconque parle à sa famille.

— Bonjour, monsieur Beaulieu. Vous êtes avec votre dame, je présume ? voulut savoir la religieuse, encore essoufflée de sa petite course jusqu'au hall d'entrée.

— Bien sûr, ma mère. Je suis le frère d'Alvenia Beaulieu qui vient de perdre son enfant. C'est nous autres qui devions le prendre chez nous.

— On était tout prêts pour le p'tit, ajoute Florence en baissant la tête. Mais le malheur a frappé…

La religieuse suivait avec attention la conversation. S'ils étaient sûrs que l'enfant était mort, pourquoi étaient-ils ici ?

— Vous comprenez, ma sœur, que la peine que l'on ressent nous mine tous les deux. On s'est dit qu'on pourrait peut-être en prendre un autre. On va être de bons parents, pis on a les moyens de le faire vivre…

— Je n'ai aucune crainte à ce sujet. Voulez-vous voir nos chérubins ? Peut-être que votre cœur sera touché par un en particulier, leur proposa la supérieure avec un sourire exagéré.

Elle les amena au dernier étage, là où se trouvaient les bébés qui venaient de naître. Ils étaient tous couchés dans des petits lits en fer, côte à côte, tous propres et bien nourris. Deux religieuses s'en occupaient.

Florence déambula entre les rangées en regardant les bébés. Plusieurs dormaient à poings fermés. D'autres agitaient leurs petites mains en l'air, comme pour se faire remarquer. Elle vit enfin une toute petite fille d'environ cinq livres qui dormait. Elle avait les cheveux noirs et les poings près de la bouche, comme pour les sucer. Elle la regarda et sourit. Julien s'approcha.

— C'est de valeur que ce soit une fille, elle est si belle, dit Florence.

Julien prit sa femme par la taille.

— Pas grave, fille ou garçon, je vais l'aimer comme un fou. Et pis quand Alvenia saura qu'on a adopté, ça va lui faire moins mal de voir une petite fille. Elle ne pourra pas la comparer avec le sien qui est au ciel.

Florence regarda la religieuse, qui comprit qu'elle voulait la prendre dans ses bras.

— Vous pouvez, madame. Ils n'attendent que ça, se faire porter et aimer.

La jeune femme souleva doucement la petite et se mit à la bercer.

— Elle s'appelle comment ?

— Marie. Toutes les filles s'appellent Marie, et les garçons, Joseph. C'est la règle.

— Marie Beaulieu, on en a déjà une. Mais Hortense, ce serait délicieux, dit Florence.

— Hortense, la fille à Julien et Florence Beaulieu. C'est parfait, ma douce.

Les yeux de Florence pétillaient. Enfin, elle serait mère. Elle déposa un bec sur le front de la fillette et la recoucha dans son lit.

Les époux se dirigèrent dans le bureau nouvellement décoré de la supérieure. Ils signèrent les papiers d'adoption et promirent de revenir la chercher aussitôt qu'ils auraient ramené Alvenia à Saint-Damien.

La mère supérieure était aux anges. « Le bonhomme Beaulieu va être content. Y va l'avoir, son bébé. »

Julien et Florence saluèrent la mère supérieure et se mirent en route vers l'hôtel de Lévis où logeait Alvenia. Quand ils la virent, elle se mit à pleurer. Pas le choix, elle devait jouer la comédie pour faire croire que son enfant était bien mort.

— Ah ! Florence, si tu savais. J'ai le cœur en miettes. Mon enfant… il aurait été si ben avec vous deux, pis moé j'aurais pu le regarder grandir. J'aurais pas été inquiète de le savoir je ne sais où.

— C'est correct. Dis rien. On est là pour toi et on partage ta peine, murmura Julien en prenant sa petite sœur dans ses bras.

Ce n'était pas le temps de lui avouer qu'ils venaient d'adopter une petite fille. Julien fit monter Alvenia et Florence dans la voiture, puis le trio se mit en route, en silence. Pendant tout le trajet, Alvenia regarda au loin. Elle avait bien joué son rôle de mère éplorée. Imelda allait gober cela facilement et Marie aussi, elle en était certaine. Il ne lui restait que son père. Il faudrait jouer avec beaucoup d'aplomb. Le vieux n'était pas fou pantoute.

Une seule chose l'angoissait vraiment. Comment faire monter Antonin à Saint-Damien sans éveiller de soupçons et, surtout, où confier l'enfant ? Mais elle allait trouver, elle avait des heures devant elle tout en faisant la route. Le froid picotait les joues. On était chanceux en ce début de novembre, la neige n'était pas arrivée. Comme il lui avait paru long le temps où elle était restée à Québec. Elle avait vécu tant de choses. Elle avait mûri et changé. Elle se sentait moins eau de rose. Elle avait tellement pleuré que les larmes ne pourraient plus jamais couler.

« Lucidité. Je ne veux qu'être lucide pour mon fils. Pas d'émotions ni de larmes à l'œil. »

Elle repensa à Gabriel. Un moment, elle éprouva un léger remords, mais elle le balaya tout aussi vite. « Je lui ferai chanter quelques messes. C'est pas cher payé pour le service qu'il m'a rendu. »

Puis, en regardant Florence du coin de l'œil, elle prononça ses premiers mots du voyage :

— Je suis ben contente de vous retrouver tous, affirma-t-elle sans le penser le moins du monde. Y paraît qu'on a une nouvelle voisine ? C'est Marie qui m'a écrit ça.

— Ben oui, une famille pauvre comme la gale, répondit Julien en gardant les yeux sur la route. Mais du bon monde. Le père est journalier, y travaille quand y peut. Ils ont deux enfants, de beaux petits, mais un peu maigres. Pour moé, la nourriture roule pas sous la table chez eux. La bonne femme est ben honnête, elle veut même garder des enfants en pension. Je suppose que ça leur donne quelques cents. Avec les familles qui s'en vont aux États, souvent les parents partent ensemble et font garder pour quelques mois les enfants avant de venir les reprendre quand ils sont installés. Drôle de façon de faire. La bonne femme Ti-toine, des Abénakis, a fait ça, elle, pour joindre les deux bouts. Pis c'est ben payé, parce que ça passe par monsieur le curé.

Alvenia écoutait attentivement. Julien lui aurait-il donné la solution à ses problèmes ? Elle se tut et admira le paysage de Bellechasse qui commençait.

Ils arrivèrent enfin à Saint-Charles pour la nuit. L'auberge du village était accueillante et tenue par la sympathique madame Gosselin. Ils pourraient se refaire des forces pour le dernier bout de chemin. Alvenia en avait bien besoin : le voyage lui avait cassé les reins. Elle avait eu du mal à descendre de la voiture. Ses hanches étaient encore endolories de son accouchement et, depuis deux jours, ses seins perdaient du lait maternel. Elle devait mettre des bandages de coton dans son corset pour ne pas mouiller sa robe. Et d'ailleurs, quelle robe ? Elle lui pétait sur le dos.

En arrivant à l'accueil, madame Gosselin les salua :

— Ben le bonjour ! Des gens du coin ou ben de la ville qui sortent respirer l'air de la campagne ?

Julien répondit :

— Des gens d'icitte, on vient de Saint-Damien, plus haut dans le comté.

— C'est-tu là qu'un curé a parti un couvent de bonnes sœurs? Y paraît qu'il quête tout le temps. Un vrai bâtisseur, celui-là!

— Ouais, c'est ben lui, notre bon curé Brousseau. Un vrai père pour nous autres, répondit Florence qui se collait près de son mari.

L'aubergiste les regarda, complice:

— Pour moé, vous deux vous êtes en lune de miel. À vous coller de même, on voit ben!

— Non, on est mariés depuis un bout. Mais ma femme est ben frileuse, répondit Julien en souriant à belles dents.

— Ben celle-là, elle a l'air à bout, poursuivit-elle en se tournant vers Alvenia. On dirait qu'elle vient de courir devant un bœuf en furie. T'as ben l'air fatiguée, chère?

Alvenia se replaça une mèche de cheveux. Elle pouvait bien avoir l'air à bout, elle venait d'accoucher d'un bébé de sept livres. Elle aurait voulu le crier sur les toits.

— Oui, j'suis un peu fatiguée. Les routes, vous savez, ça bardasse en masse... J'aimerais voir ma chambre, si vous voulez ben me la montrer.

La dame passa devant son comptoir et prit la valise de la jeune fille. Elles montèrent les escaliers, suivies de Julien et Florence. Alvenia soufflait comme un veau qui vient de naître. La dame la regarda par-dessus son épaule.

— T'aurais du poids à perdre, ma jolie. T'es rondelette pour ton âge. Quand tu vas avoir eu des enfants comme moé, le derrière va t'élargir pas mal. Mange moins de chocolat, pis marche en masse, lui conseilla-t-elle.

«Marche en masse... M'as te pousser dans le derrière si t'arrêtes pas de jacasser, vieille effrontée», pesta Alvenia.

Elle finit par arriver à sa chambre. Une belle pièce avec des napperons de dentelle partout et une jolie catalogne sur le lit. L'hôtesse y déposa la valise d'Alvenia et la laisse seule. La jeune fille s'assit et respira un bon coup. Puis elle alla se laver la figure à la bassine déposée sur le petit bureau de chambre. Elle retourna ensuite s'allonger dans son lit.

Alvenia était crevée, mais elle n'arriva pas à s'endormir. Elle manigançait dans sa tête. La nouvelle voisine l'intéressait au plus haut point. Quel genre de femme était-elle ? Probablement une pauvresse qui n'essayait que de faire vivre ses enfants. Était-elle douce ou autoritaire ? Maternelle ou indifférente, un peu comme sa mère à elle ? Elle se l'imaginait les cheveux grisonnants et la voix très aiguë. Sur cette image, elle finit par s'endormir.

Alvenia se réveilla très tôt et avec une faim de loup. Elle avait eu du mal à enfiler sa robe. Le corsage voulait déchirer. Sa poitrine était dure et douloureuse.

En voyant la jeune fille descendre dans la salle à manger, madame Gosselin la prit par le bras :

— Viens avec moé, ma fille. J'ai quelque chose à te montrer dans la cuisine.

Sans pouvoir rouspéter, Alvenia fut littéralement propulsée dans la pièce voisine. Madame Gosselin ferma la porte derrière elles, puis se dirigea vers le comptoir. Elle en sortit des feuilles de chou, qu'elle tendit à la nouvelle maman :

— Tiens, tu te mets ça sur les puces. Avec ça, elles vont désenfler pis ton lait va tarir, lui conseilla-t-elle en regardant sa poitrine.

Alvenia ne savait pas comment réagir. Elle resta figée, les yeux ronds.

— Tu te demandes pourquoi j'te dis ça ? J'en vois passer en masse des filles qui remontent chez elles après avoir été aider une parente éloignée à Québec. J'suis pas folle. Hier, t'avais des cernes vis-à-vis des seins. Pauvre chouette, j'espère que t'as pas trop souffert au moins en délivrant. Tu sais, ma fille a vécu la même chose que toé... J'ai assez braillé de pas le connaître, ce p'tit-là. Les hommes, y nous font tourner la tête, pis y nous larguent en s'en lavant les mains...

Alvenia fondit en larmes:

— Non, Léopold m'a pas lâchée, y'est mort. C'est pas pareil. Sinon, y m'aurait mariée.

— En plus, t'es en deuil. Viens, ma chatte, que j'te console un peu. J'suis une mère, moé aussi. Pauvre p'tite fille...

Madame Gosselin la prit dans ses bras. Elles restèrent là un temps, puis Alvenia alla retrouver Julien et Florence. Sa belle-sœur vit qu'Alvenia avait pleuré. Comme elle la comprenait... Elle aussi avait perdu son enfant.

Le déjeuner fut pris rapidement, puis ils flânèrent un peu à Saint-Charles avant de reprendre le chemin vers Saint-Damien. Là, il faudrait qu'Alvenia surveille tout. «À commencer par les cernes de lait sur mes vêtements», pensa-t-elle en remplaçant les feuilles de chou. Il le fallait pour son fils.

Ils arrivèrent vers la tombée de la nuit. En novembre, les jours sont courts et cette lumière entre chien et loup rassurait la jeune fille. Il n'y avait personne sur la rue principale et c'était parfait.

Julien lui tendit le bras pour l'aider à descendre du carrosse:

— Tu dois avoir hâte de te reposer, Alvenia. Tu sais, on a pas pris le temps d'en parler ben ben, mais pour ton p'tit, j'ai ben de la peine. J'l'aurais élevé comme mon fils, tu sais. J'faisais pas juste ça pour faire plaisir au père. Tu me crois, hein?

Alvenia le regarda avec un léger sourire. C'était sans doute sincère, mais son frère avait beaucoup baissé dans son estime.

— J'te remercie, Julien. Mais j'aime mieux pas trop en parler. C'est déjà assez dur de même.

Marie, excitée comme une gamine, arriva avec madame Beaulieu qui, elle, était plutôt froide et raide comme un piquet de clôture.

— Alvenia, t'es enfin là! lui lança Marie. J'ai tellement de choses à te raconter que j'sais pas par où commencer.

Julien posa les valises sur le tapis et referma la porte. Il toussota:

— Tu pourrais commencer par lui offrir tes condoléances... Qu'est-ce t'en penses?

Marie arrêta net de bouger et rougit, consciente de sa maladresse.

— Non, Marie a raison, trancha Imelda. Ce qui est arrivé est arrivé et c'est mieux de pas en parler. De même, on risque moins de s'échapper devant le monde. En tout cas, c'est ce que dit votre père.

— C'est vrai, mère, j'aime mieux qu'on me laisse tranquille avec ma peine, dit simplement Alvenia.

— Voilà une marque de sagesse, ma fille. Tu as mûri. Au moins, cette aventure n'aura pas été inutile, conclut Imelda en se pinçant les lèvres.

Dans toute cette scène, Alvenia n'était pas la seule à jouer la comédie. Imelda s'était retenue avec peine de se jeter au cou de sa fille pour lui dire comment elle souffrait elle aussi de la mort du petit. Mais son mari avait été ben clair: «Pas d'émotions avec Alvenia, sinon elle pouvait leur refaire le coup des pattes en l'air avec un autre!»

Florence et Julien saluèrent tout le monde et repartirent. Ils auraient aimé leur confier que dans quelques jours, Hortense serait là, mais ce n'était pas le temps.

Alvenia s'assit au salon. Elle regardait ce décor si familier et pourtant si loin d'elle maintenant. Rien n'était plus pareil.

— Tu dois être fatiguée, affirma Marie. Veux-tu un grand verre de lait ou bien un thé chaud?

— Non, rien, j'ai surtout mal au dos. Pis j'ai faim...

Madame Beaulieu la regarda, compatissante. Faire autant de route quelques jours à peine après avoir déboulé... Elle devait être épuisée, pauvre petite.

— J'ai fait du bouilli avant que les dernières carottes commencent à ramollir. Tu te rappelles comment la mère a de la misère à garder ses carottes l'hiver?

— Oui, j'ai pas oublié, dit-elle en souriant à son aînée.

Marie se dérhuma.

— Comme père arrive à peu près juste dans une heure pour le souper, je vais aller te chercher une bonne pomme. Tu sais ce qu'on dit : une pomme par jour éloigne le médecin pour toujours !

La jeune fille alla à la cuisine et revint aussitôt en tendant le fruit à sa cadette. Marie était bien intentionnée, mais Alvenia voyait ben que sa sœur ne savait plus comment lui parler. Elle prit la pomme, la mangea et attendit que Georges Beaulieu, maître et seigneur de la maison, arrive pour le souper.

# Chapitre 15

Georges entra et essuya ses bottes sur le tapis. Il revenait de plumer un colon de Saint-Lazare. Un pauvre cultivateur à qui le bonhomme Beaulieu avait passé cinq cents piastres pour acheter des machines agricoles. Ben sûr que le commerçant savait que le vieux pourrait pas le rembourser. Encore une fois, Georges avait saisi les machineries et, sans ses instruments, le pauvre gars ne pouvait pas cultiver. Il ferait faillite ben vite. Pis là, le père Beaulieu pourrait ramasser la terre pour une pinotte.

Alvenia le regarda se dégreyer. Elle était prête à tout, mais son père ne dit rien. Il ne la regarda même pas. Le souper eut comme bruit de fond les bla-bla de Marie, qui était particulièrement en voix, encouragée par le retour de sa sœur.

Après le repas, Alvenia se leva pour ramasser la table. Elle passa près de son père qui lui dit :

— Tu parles pas ben ben.

— J'ai rien à dire. J'ai juste le goût d'être tranquille.

Elle continua son chemin vers la cuisine. Quand elle revint, il continua.

— J'ai lu dans le journal que l'Hospice de la Miséricorde de Québec avait été la proie des flammes. Tu le savais, Alvenia ?

Elle le regarda, suspicieuse. Où voulait-il aller avec cette affirmation ?

— Ben sûr, j'y étais. J'peux vous dire aussi qu'il y a même eu un mort. Pis que c'était juste dans le bureau de la supérieure que le feu a pris…

Georges examinait bien sa fille, qui s'était tout à coup mise à parler comme une pie. Elle était nerveuse, il le sentait.

— C'est ben de valeur pour la sœur supérieure, continua-t-il. Elle gardait ben des documents importants dans son bureau. Des preuves pis des faits, qu'elle m'avait dits.

— Quand vous êtes venu me reconduire ? demanda innocemment Alvenia.

— Non, non, non. J'suis allé la voir un mois avant ta date.

Alvenia ne répondit rien. Elle avait peur d'en dire trop et d'éveiller des soupçons. Georges, pour sa part, trouvait ça anormal que sa fille, qui avait autrefois tellement de répartie, ne lui demande pas pourquoi il était venu au couvent sans passer la voir. « Elle cache quelque chose… Elle est sur ses gardes. »

Alvenia, qui n'avait pas envie de soutenir son regard inquisiteur, se leva :

— J'vas boire un thé. J'ai frette à soir, c'est ben cru !

Madame Beaulieu n'avait pas compris la discussion qui venait de se dérouler sous son nez, mais sentit que son mari tramait quelque chose. L'atmosphère était tendue et elle n'aimait pas cela.

Marie, qui planait sur son petit nuage, n'avait rien remarqué. Lorenzo avait promis de lui rendre visite ce soir. Elle ne l'avait pas annoncé à sa mère de peur qu'elle refuse, car Alvenia était là.

Vers vingt heures, comme convenu, le jeune homme arriva. Il avait mis un bon chapeau de feutre et retroussé son collet de manteau. Le vent venait de loin ce soir et il ne voulait pas attraper froid. Il attacha son cheval sur le coin de la maison et lui mit sa couverture sur le dos. La vieille jument de son père avait commencé à avoir le souffle[9], il fallait lui faire attention.

Il monta sur la galerie et sonna à la porte. Marie se leva drette debout dans le salon, comme si on l'avait piquée aux fesses avec une aiguille.

— Qui c'est qui arrive icitte? demanda madame Beaulieu qui lâcha net son tricot. Vite, Alvenia, va te cacher.

— Elle va rester icitte. Elle est revenue pis elle a l'ventre plat. Reste icitte, ordonna Georges sans lever les yeux de son journal.

Marie replaça sa jupe:

— C'est Lorenzo, mère, y vient me voir…

— Marie! T'aurais pu attendre un peu avant de recevoir de la visite!

Sa mère la regarda avec des yeux pleins de feu. Marie se retroussa le menton en se dirigeant vers la porte. C'était la première fois qu'elle défiait un peu sa mère. Alvenia le remarqua tout de suite et sourit. «Vas-y, Marie, t'as le droit toé aussi d'être heureuse», pensa-t-elle.

Marie alla ouvrir. Lorenzo, le bout du nez rouge vin, sourit:

— Y fait frette à soir. Bonsoir, Marie.

— Entre, Lorenzo, viens jaser avec père. Il est au salon. Il lit son journal. Tu sais, avec l'hiver qui commence betôt, père va être là ben plus souvent.

Marie priait pour que son père n'ait pas un commentaire désobligeant face à Lorenzo. Il ne l'avait vu qu'une fois. La plupart du temps, Georges n'était pas au salon le soir.

Monsieur Beaulieu, qui avait les oreilles qui silaient pas mal, se leva et alla au-devant de Lorenzo. Il lui serra la main.

— Enchanté, monsieur Lachance. Venez, mon cher, que j'vous présente mon autre fille, Alvenia. Elle nous revient de Québec. Elle est allée…

9. Dans le temps, c'est ainsi qu'on désignait une certaine maladie pulmonaire chez les chevaux. À la longue, elle pouvait être mortelle.

Marie le coupa. Elle ne voulait pas que son père se trompe dans les détails :

— Aider la cousine de ma mère qui n'a pas eu d'enfant et se meurt de solitude ! En plus, Alvenia a failli revenir un mois avant, mais la cousine a attrapé une... quelque chose qui a fait qu'elle était malade, et Alvenia est restée jusqu'au temps prévu, expliqua-t-elle en oubliant de respirer.

Madame Beaulieu la regarda avec une lueur de désespoir dans les yeux. Lorenzo se brassa la tête et sourit. Trop de détails pour lui !

C'était presque drôle à voir comment Marie pouvait se mettre facilement les pieds dans les plats. « Enfin, une distraction », pensa Alvenia. Quelque chose qui, pendant un instant, lui ferait oublier sa douleur. En souriant doucement, elle se leva et tendit la main au nouveau venu.

Le reste de la soirée, Alvenia s'étonna de voir Marie en pâmoison devant son Lorenzo. Alvenia ne comprenait pas trop, elle ne le trouvait pas particulièrement beau. Mais ce qui acheva de l'étonner, c'est le comportement de son aînée. Elle avait plutôt l'habitude de fuir les hommes, pas de leur faire les yeux doux. Alvenia poussa un petit soupir. Mine de rien, elle s'ennuyait de ces premiers moments d'émoi qu'elle reconnaissait trop bien.

Vers onze heures, elle alla se coucher. Ses feuilles de chou devaient être changées.

Le lendemain, de bonne heure, Alvenia essaya de lorgner vers les voisins. Ils habitaient une petite maison de bois blanchi avec de la chaux. Il y avait des volets rouges de chaque côté des fenêtres. Avec ces ornements, elle semblait moins commune. Il était certain qu'à côté de la maison des Beaulieu, elle paraissait fade, mais bon... Pour des pauvres, c'était parfait. De la fenêtre de sa cuisine, Alvenia pouvait bien voir chez eux.

Elle sortit sur la galerie, espérant croiser quelqu'un. Tout à coup, la voisine sortit. Elle devait bien être dans la trentaine. Elle était mince et belle avec ses cheveux châtains légèrement frisés. Elle avait les yeux bruns et semblait gentille. Elle avait les bras pleins de linge mouillé qu'elle commença à étendre sur la corde.

— Vous avez pas peur de prendre frette ? lui demanda Alvenia en souriant.

La voisine, qui n'avait pas remarqué la jeune fille, sursauta à cette question. Elle se retourna :

— Ah, bonjour. Frette ou pas, j'ai pas ben le choix. On est ben petitement en dedans pis l'humidité, c'est pas bon pour les enfants. En faisant geler le linge, c'est moins pire.

Alvenia descendit de sa galerie pour aller la rejoindre, tout sourire :

— J'me présente, Alvenia Beaulieu.

— Ouais, j'sais. La sœur de mademoiselle Marie, c'est ça ? On parlait de vous au magasin l'autre jour.

— Et on disait quoi de moé ?

— Que vous étiez chez votre cousine et que vous avez fait l'école. Ah ! J'me suis pas présentée. J'm'appelle Maria, Maria Blouin.

La femme lui tendit la main et Alvenia la saisit. Elle voulait aller voir dans sa maison pour s'assurer qu'elle était suffisamment bien tenue pour accueillir son précieux garçon. Mais comment faire ?

Elle fit semblant d'être parcourue par un frisson :

— Brrr, il fait frette à matin. Novembre nous fait pas de cadeau. Vous avez du thé sur le poêle ? Le mien est pas encore prêt.

Maria resta surprise de cette demande.

— Ben ouais ! Entrez vous chauffer un peu. J'vas mettre des rondins de plus dans le poêle.

La voisine finit d'étendre son linge, puis invita Alvenia à la suivre. L'intérieur était propre et rangé. Deux jeunes enfants jouaient sur le plancher de bois de la cuisine.

— C'est mes enfants, Jean pis Jacques. On a pris les noms pendant le sermon du curé. Y paraît que c'est deux apôtres. On peut pas se tromper en leur donnant le nom de deux saints.

Alvenia trouva ces réponses intelligentes et fut rassurée par ce qu'elle voyait. Oui, la famille était pauvre, mais les enfants étaient propres et peignés. La maison était chaude et une bonne soupe chauffait même sur le poêle. Quoi demander de plus ?

— J'dois partir, vous m'excuserez. Y faut que j'aille voir monsieur le curé pour lui annoncer que j'suis ben revenue, dit Alvenia.

— Mais vous avez pas bu votre thé.

— Ah, merci, ce sera pour une autre fois, Maria. J'peux vous appeler Maria ?

— Ben sûr.

— Je sens que, vous et moé, on va devenir de bonnes amies. Du moins, je l'espère ben gros. Bonne journée, là ! dit-elle en levant la main.

Alvenia rentra vite chez elle. Ni sa mère ni Marie et encore moins son père ne l'avaient vu aller chez la voisine. Elle chauffa le poêle et mit de l'eau à bouillir, comme elle avait jadis l'habitude de le faire. Marie descendit enfin, les yeux dans les nuages d'avoir vu et parlé à son Lorenzo la veille.

— Toé, t'es en amour, lui dit Alvenia en pouffant de rire.

— Ouais, peut-être... Rassure-moi, c'est pas un péché ?

— Ben non. Une bénédiction, ma sœur, la rassura Alvenia en lui prenant le menton.

Marie sourit. Elle était timide. Elle ne savait pas quoi dire à Alvenia, mais elle brûlait d'envie de lui poser des questions sur ce qu'elle avait vécu dans les derniers mois. Après un moment de silence, elle prit son courage à deux mains :

— As-tu eu mal quand... euh...

— Tu parles de l'accouchement ?

— Non, non... Ça, j'sais que ça doit être une grande épreuve, mais rien à côté de perdre son enfant. En passant, j'sais que père veut pas qu'on en parle, mais moé, Alvenia, j'ai ben pleuré pour toé pis pour lui. On avait tricoté et cousu tellement fort pour ce p'tit cœur. J'le voyais déjà dans mes bras à m'appeler matante.

— Pis de me le dire aussi à moé…

— Oui, c'est vrai ! Ç'aurait été ton neveu à toé aussi.

— Non, lança Alvenia en laissant échapper une larme. Personne peut comprendre icitte que je l'ai porté, que j'lui ai chanté des berceuses dans ma bedaine, pis que j'ai souffert pour lui. Personne veut que j'aie été maman !

Elle ne souffrait pas d'avoir perdu son fils, mais plutôt de ne pas pouvoir le dire et le montrer. Marie lui prit les épaules :

— Oui, tu as raison et plus jamais je l'oublierai. Tu as été maman. Mais la vie en a voulu autrement, tu pourras pas le voir grandir pis être avec lui. Il faut te faire une raison, Alvenia, sinon tu vas virer folle.

Alvenia ne répondit rien, mais riait dans sa barbe. « Oh que si ! Oh oui, je vais être là pour lui. »

Vers dix heures, Alvenia prétexta une marche et sortit seule de la maison. Sur les trottoirs de bois un peu gelés, les villageois la regardaient et la saluaient poliment. D'aucuns étaient curieux, d'autres la plaignaient encore pour la mort tragique de Léopold. Peu importe, Alvenia se foutait des regards obliques. Elle avait une mission ce matin et elle était déterminée à l'accomplir avec beaucoup de doigté.

Elle arriva au presbytère et pria le ciel que le curé Brousseau lui-même la reçoive. Il était la seule personne du village, en dehors de sa famille, qui était au courant pour sa grossesse. Après la mort de Léopold, elle avait eu besoin de se confier et lui avait tout avoué en confession. Le curé, bon comme du bon pain, avait promis de tenir son secret.

Elle monta sur la galerie et sonna à la porte. On entendit le carillon se perdre jusque dans le presbytère. Monsieur le curé arriva avec son chapelet dans la main.

— Alvenia, quelle joie ! Venez, ma fille. J'ai su que vous étiez revenue. J'ai aussi appris pour la mort de votre fils, la supérieure m'a averti… Quelle tristesse.

Alvenia baissa la tête ; elle devait jouer le jeu de la mère abattue et repentante. La supérieure avait fait sa *job*.

— J'ai tellement souffert de voir son petit corps tout bleu. J'l'aimais, moé, monsieur le curé. Même si j'le donnais. J'l'aimais.

— Venez vous asseoir, je vais vous faire un thé. Y fait pas chaud dehors, et ici, encore moins. Les cordes de bois qu'on me donne, je les garde pour les pauvres de la paroisse.

La générosité proverbiale du curé Brousseau rassura Alvenia. Elle s'assit et il lui apporta une tasse de thé brûlant. La jeune fille ne savait pas trop comment la tenir : elle était beaucoup trop chaude.

— Ah oui, pardon pour ma tasse. Les anses, c'est pour les riches qui peuvent en acheter ! Laissez-la refroidir un peu pour pas vous brûler. Pendant ce temps-là, racontez comment vous avez vécu ces derniers mois. Votre père est pas jaseux de ces affaires-là, mais la supérieure du couvent m'a écrit que vous aviez voulu gagner votre place comme une bonne fille de campagne.

Alvenia fut aux anges que la sœur l'ait louangée un peu. Elle qui n'avait pas beaucoup d'affinités avec la religieuse.

— Oui, j'voulais faire comme les autres. Mais les filles de riches sont ben correctes. J'ai justement rencontré une certaine Angèle Mercier. La fille d'un ancien marchand de bois, comme mon père. Le pauvre était décédé quand sa fille est tombée… Donc, je me suis prise d'amitié avec cette Angèle. Elle voulait garder son enfant. J'imagine qu'elle pouvait, avec son héritage…

Alvenia attendit la réaction du prêtre.

— Il est vrai que l'important est que l'enfant soit bien nourri et bien élevé. Pourquoi pas le garder, si elle le peut? Je n'aime pas juger les filles à qui ça arrive. La chair est faible, c'est la Bible qui le dit. Il ne faut pas juger, mais aider. Tant que ça ne fait pas scandale, je ne vois pas trop d'embûches à son projet.

L'homme était bon et compréhensif. La jeune fille poursuivit, plus confiante:

— Malheureusement, elle pourra pas le garder... Sa grossesse a mal viré et, vers la fin, elle craignait pour sa vie. Elle m'a demandé de m'occuper de son enfant s'il lui arrivait quelque chose. Elle est morte en couches, pauvre Angèle. Son garçon, un beau bébé en santé de sept livres ben pesées qu'on m'a dit, y'est orphelin. Elle n'avait pas d'autre famille, donc le p'tit est seul dans vie. J'me sentirais coupable de pas tenir promesse, vous comprendrez, monsieur le curé. Elle a laissé une grosse pension pour son fils. Imaginez, j'ai tout cet argent et je sais pas quoi faire! Si, au moins, j'avais quelqu'un que je connaîtrais qui puisse le prendre... J'ai parlé à la supérieure de mon tracas et elle m'a dit qu'elle le garderait à Québec tant que j'aurais pas une solution. Comme si on pouvait claquer des doigts et lui trouver une famille! J'ai ben pensé le prendre, mais imaginez que les gens se mettraient à compter? Ils seraient ben capables de penser que c'est le mien. Pis avec mon pauvre Léopold qui est parti, j'ai pas de mari.

Alvenia éclata en sanglots. Pis elle en mettait. Il fallait que la solution tant attendue vienne du curé. Le prêtre se leva.

— Voyez-vous, Alvenia, souvent, avant de prendre une décision, je regarde les événements autour de la situation. Je pense que le bon Dieu nous parle par ce qui nous arrive. Imaginez qu'hier soir, votre frère Julien et sa femme sont venus m'annoncer qu'ils avaient adopté une petite fille, justement à l'Hospice de la Miséricorde, et qu'ils veulent aller la chercher dans quelques jours. Tout est déjà arrangé pour ça. Maintenant, que diriez-vous si je vous disais qu'ici, à Saint-Damien, je connais le couple qu'il vous faut pour garder le p'tit ? Des gens de chez nous, ben propres et fiers, mais ils ont besoin d'un peu plus d'argent.

— Ce serait merveilleux !

— Parfait. La supérieure pourra préparer les deux poupons ensemble pour la route. Je vais lui écrire pour qu'elle fasse le nécessaire. C'est quoi son nom ? demanda le curé en prenant un papier.

— Antonin, Antonin Mercier. La mère a formulé ce nom avant de mourir. Pauvre Angèle !

Le prêtre inscrivit le nom et se releva.

— Pleurez pas, Alvenia, ça va s'arranger. Je vais informer votre frère pour le p'tit et…

— Non, ne lui parlez pas de la mère ou de moé. Si Angèle savait qu'on dirait son nom partout, elle se retournerait dans sa tombe. Dites-lui simplement que vous attendez un bébé pour votre couple… C'est qui, au juste ?

— Les Drouin, justement voisins de chez vous. Quelle coïncidence ! Mais j'y pense, à voir le bébé de votre amie si près de vous, ça vous tournera pas les sangs ?

Alvenia se leva et mit ses gants :

— Non, au contraire, j'pourrai voir de mes yeux comment son fils est élevé. Il faut que je reprenne ma vie. J'dois tourner la page. J'ai fauté, mais là j'repars.

— Soyez assurée que le bon Dieu, avec un geste de charité comme le vôtre, vous a déjà pardonné.

Alvenia sourit. Rien de tel qu'une bonne bénédiction pour clore une affaire. Elle avait réussi à positionner son fils sous sa fenêtre. Elle allait suivre de près ce qui allait se passer chez la voisine.

Avant de franchir le pas de la porte, elle se retourna :

— Ah ! Monsieur le curé, une faveur. Dites pas à la famille d'accueil que c'est moé qui ai parlé du p'tit. Ils pensent tous que j'suis allée à Québec chez la cousine de ma mère. Pis pour la pension, vous me direz comment par mois. J'vous payerai, pas de problème. La mère en a laissé en masse pour l'enfant. J'compte sur vous pour notre petit secret.

Le curé leva la main pour la saluer. « Bonne et discrète. Deux belles qualités. J'aurais ben aimé pouvoir les marier, elle et son Léopold », pensa-t-il en la regardant s'éloigner.

Alvenia prit ensuite le chemin du village. Elle voulait revoir la mère de Léopold. Elle marcha et arriva chez le notaire Théberge. Elle cogna à la porte et la vieille vint ouvrir. Comme elle avait pris un sérieux coup de vieux ! Son dos était voûté et elle avançait péniblement.

En voyant Alvenia, elle leva les bras en l'air :

— Mon Alvenia qui nous est revenue. Tu vas bien, ma fille ? Et puis, ton voyage ?

— Je vais bien.

Elle aurait aimé lui parler de son bébé. Lui dire que son Léopold avait un enfant merveilleux, mais elle se tut. Elles jasèrent de tout et de rien. Alvenia regarda la femme avec tristesse. La vieille femme avait les mêmes mimiques que Léopold.

Une heure plus tard, Alvenia revint enfin à la maison. Elle était fatiguée, mais heureuse de la tournure des événements. Dans quelques jours tout au plus, son fils arriverait à Saint-Damien. Elle avait le sentiment de tenir la promesse qu'elle avait faite à son amie. Ce n'était pas ainsi que les deux jeunes femmes avaient envisagé leur avenir, mais d'une certaine façon, elles élèveraient leurs fils ensemble. Après tout, si Antonin était bien l'enfant d'Alvenia, c'est le nom d'Angèle qu'il portait.

# Chapitre 16

« Ramener un autre bébé pour la voisine de mes parents ? »

Julien fut très surpris de la demande du curé. C'était sûr que, tant qu'à faire, pourquoi pas, mais il aurait voulu vivre ce moment spécial rien qu'avec son épouse. Il soupira : « Autant s'y faire, on ne dit pas non au curé. »

Deux religieuses emmèneraient les enfants par train jusqu'à Saint-Charles. Florence et Julien les récupéreraient là-bas. Il faudrait une autre personne avec eux pour tenir l'autre bébé.

Julien était bien embêté. Qui pouvait-il bien solliciter ? Marie était trop nerveuse pour tenir un bébé nouveau-né sur une telle distance. Alvenia, c'était hors de question. Elle aurait trop de chagrin et aurait sans doute du mal à revoir les sœurs. Ce serait trop. Il en vint à la conclusion que sa propre mère était le meilleur choix. Il décida de le lui demander. Cela signifiait également qu'il devait l'informer que son projet de fonder une famille était en voie de se concrétiser. Sa mère ne pourrait pas lui refuser cela.

La veille du voyage, Julien se rendit chez ses parents. Il entra et alla s'asseoir au salon. Bien sûr, il s'était assuré que son père ne serait pas là. Une chose à la fois.

— Mère, venez donc vous asseoir, j'ai une nouvelle à vous annoncer.

À ces mots, Marie courut au salon en replaçant son tablier. Elle voulait tout savoir des nouvelles.

— Marie, va-t'en. J'veux parler à mère et pas à toé, ordonna Julien d'un ton sévère qui ne lui ressemblait pas.

Marie, le nez entre les pattes, rebroussa chemin. Alvenia, qui était restée dans la cuisine, tenta de la rassurer. La porte entre les deux pièces était ouverte, elle entendrait sûrement ce que son frère dirait. Marie, ravie, se colla contre le cadrage de la porte. Elle tendit l'oreille.

Elle entendit rapidement la voix de Julien :

— J'irai pas par quatre chemins, moé pis Florence, on a adopté.

Imelda faillit s'étouffer :

— Adopté ! Mais quand ?

— Quand on est allés chercher Alvenia. On a fait un croche pour voir la supérieure de l'Hospice de la Miséricorde et on a signé les papiers. C'est assez de tataouinage de même. Florence en peut plus. Celui d'Alvenia est mort, on le fera pas revenir.

Madame Beaulieu devint tout étourdie. On aurait dit qu'elle venait de recevoir un coup de massue direct dans le front.

— Un bébé ! Et il arrive quand, ce p'tit-là ?

— CETTE petite-là.

— Parce que c'est une fille, en plus… Ton père le prendra pas.

— Qu'il l'prenne ou pas, j'm'en fous. Elle s'appelle Hortense, pis c'est notre fille. Y'a rien à ajouter, lança Julien avec un ton qui ne laissait pas place à la riposte.

Imelda se frotta les mains. Une fille, Hortense, pas possible. Dans la cuisine, Marie, surprise à s'en décrocher la mâchoire, ne disait rien. On aurait dit qu'elle venait de voir un fantôme.

Julien enchaîna :

— Ce qu'on a fait, c'est pour le mieux. On a dit à tout le monde qu'on attendait un enfant. C'est pas parce que ce p'tit-là est mort que le monde va comprendre. Y fallait un bébé.

Il avait raison, Imelda le savait bien. Tout le monde savait maintenant que Florence et Julien voulaient adopter et même, elle, la future grand-mère, disait que c'était pour plus que bientôt. Il devait y avoir un enfant. Ou une enfant, pour bien dire.

— T'as raison, mon garçon, l'honneur de la famille est en jeu. Sinon, les gens se poseraient des questions et quand ils commencent à se poser des questions, il n'est pas question qu'ils s'en posent, dit Imelda qui baragouinait toute seule.

Alvenia était aux anges. Julien serait quand même père, et d'une fille, en plus. Marie pourrait catiner et elle, Alvenia, pourrait veiller tranquillement sur son fils.

— Elle arrive quand, cette merveille, Julien? Histoire que je prépare ton père.

— On part demain matin pour Saint-Charles. Moé, Florence, pis vous!

— Moi? Ben voyons, pourquoi faire?

— Parce que le curé fait monter un enfant en élève pour la voisine. Y faut croire qu'il en a trouvé un pour elle. Ça va lui faire quelques cennes, pauvre femme.

— Amène une de tes sœurs, j'suis ben trop vieille. Le voyage va me tuer!

Marie sortit de la cuisine en trombe:

— Pas question que j'm'y colle! Moé, les bébés, j'suis pas assez habituée pour les tenir longtemps!

Alvenia sentit qu'il était temps qu'elle joue un peu de violon pour en mettre plein la vue. Elle sortit à son tour à toute vitesse et dit:

— J'veux pas les voir! Vous êtes cruels de parler de bébé dans ma face. Ayez un peu de cœur!

Puis, elle monta les escaliers et claqua la porte de sa chambre. La scène était jouée.

— Bon ben, j'irai demain, ç'a l'air, concéda Imelda. Mais vous autres, faites attention à votre sœur. Voulez-vous qu'elle vire folle, ma parole?

Julien remercia sa mère. Il lui donna un bec sur la joue et retourna chez lui pour préparer le voyage.

Pendant la nuit, il tomba une petite neige sur les chemins; elle fondrait toutefois aussitôt que le soleil serait plus haut dans le ciel. L'air de ce mois de novembre était sec. Julien se réjouit en buvant son thé: «Les petits n'auront pas froid.»

Il était encore très tôt quand Florence et lui arrivèrent chez les Beaulieu. Julien avait pris la grande voiture, rien de moins, pour aller chercher sa fille. Florence avait fait chauffer des briques pour les pieds d'Imelda et entassé des couvertures à n'en plus finir pour abriter les bébés. Imelda, malgré tout, portait un foulard sous son chapeau et trois paires de jupons! Elle prit place à l'arrière de la voiture, aidée de son garçon.

Georges, à qui Imelda avait appris la nouvelle de l'adoption le soir précédent, ne se montra pas le nez. Il voulait décanter avant de parler à Julien. Le couple aurait pu au moins prendre un garçon, qui aurait pu travailler avec eux pour payer sa pension. «Y doit ben y avoir un certain temps où tu peux les redonner, ces bâtards-là...», ruminait-il, pas ému pour deux cents à l'idée de devenir grand-père.

Marie leur envoya la main depuis la galerie; quant à Alvenia, cachée derrière le rideau du salon, elle les regarda partir avec une touche de nervosité. «Pourvu qu'ils reviennent avant que le soir arrive pis que le gros frette pogne», pensa la jeune mère.

Marie, aussitôt rentrée, se pratiqua avec un coussin à tenir sa future nièce:

— Regarde, Alvenia, j'suis pas pire pantoute! Oh... Excuse-moé, j'ai encore parlé de bébé, dit Marie en baissant les yeux.

— C'est correct, crains pas, répondit Alvenia en souriant. À c't'heure que Julien va en avoir une, on se cachera pas pour en parler, hein? Le temps va sûrement me guérir.

Toute la journée, Alvenia se joua dans la tête la scène où elle pourrait enfin voir son fils. Le prendrait-elle en pleurant ou bien le regarderait-elle de loin ? Elle ne le savait pas, mais elle avait si hâte ! La supérieure était aussi ben de filer doux pis de leur donner le bon bébé. De toute façon, elle le reconnaîtrait tout de suite, c'était facile de le différencier. Le soir de l'accouchement, elle l'avait à peine regardé, mais elle avait remarqué une tache rouge comme une petite bulle de sang en dessous de son oreille gauche.

À Saint-Charles, l'excitation était tout aussi vive. Imelda, Julien et Florence attendaient les religieuses à l'hôtel du village. Les voyageurs avaient fait bonne route et étaient arrivés vers treize heures. Julien plaçait ses briques dans le four pour les chauffer pour le retour.

Assises sur un banc près du poêle à bois, les deux femmes surveillaient fébrilement les allées et venues des gens. Florence n'arrêtait pas de se frotter les mains. Elle ne voulait pas saisir Hortense avec des doigts froids, convaincue que la première rencontre serait décisive.

Le train des sœurs arriva et les passagers descendirent. Les deux religieuses entrèrent dans l'hôtel avec, dans leurs bras, les deux trésors.

— Bonjour, messieurs dames. Je suis sœur Saint-Martin et voilà ma compagne, sœur Saint-Henri. Je vous rassure tout de suite, vos bébés vont bien. Il ne reste qu'à signer la paperasse pour confirmer que nous vous les avons remis pour la garde officielle.

— Pour celui-là aussi ? demanda Imelda en pointant le poupon enveloppé dans un drap bleu.

— Oui, à moins que la personne qui prend l'élève ne soit avec vous, dit la religieuse.

— C'est notre voisine, ma sœur, elle ne pouvait pas venir. Elle a déjà deux enfants, voyez-vous, expliqua Julien en prenant les papiers.

Il les signa. Hortense était officiellement une Beaulieu. La sœur reprit les papiers :

— Ils sont déjà baptisés. Elle du nom de Marie et lui du nom d'Antonin. Mais si vous vous entendez avec votre curé de paroisse, il acceptera probablement de changer les noms.

— Antonin?, s'étonna Julien en prenant le petit paquet rose des mains de sœur Saint-Martin. C'est ben drôle qu'il porte pas le nom de Joseph, la supérieure avait pourtant dit...

— Julien, donne-moé-la! implora Florence, qui n'en pouvait plus d'attendre de tenir sa petite dans ses bras.

Florence prit délicatement sa fille contre son cœur et commença à la bercer doucement, les larmes aux yeux. «Enfin!» Après avoir vécu une fausse couche, sentir la chaleur de ce petit corps tout près d'elle était une extase.

Imelda étira son cou et sourit en découvrant l'adorable petite. Pas de doute, elle allait sûrement l'aimer autant que si elle était de leur sang. On lui mit Antonin dans les bras, qui commença aussitôt à hurler.

— Mon doux! Une vraie sirène! Une chance que c'est pas la nôtre qui hurle de même, lança madame Beaulieu en faisant sauter dans ses bras Antonin.

Florence fut ravie d'entendre «la nôtre». Hortense faisait déjà partie de la famille.

Ils embarquèrent en voiture, les femmes et les enfants à l'arrière. Julien plaça les briques chaudes dans des couvertures de chaque côté des femmes pour réchauffer les bébés emmitouflés dans une tonne de couvertures. Jamais Julien ne claqua les rênes autant! Le cheval dévala les pentes et, juste avant dix-huit heures, ils étaient revenus à Saint-Damien.

L'attelage entra dans la cour. Imelda avait le bébé sur ses genoux, ses bras et surtout son dos n'avaient pas tenu. Antonin était mignon, mais la vieille dame ne lui montrait pas trop d'intérêt. Pour elle, ce n'était qu'un petit malheureux que ses parents avaient abandonné. Marie, le rideau retroussé, scrutait la scène pour essayer d'apercevoir Hortense. Alvenia restait calmement assise au salon. Elle respirait profondément. Il ne fallait pas pleurer ni montrer le moindre sentiment.

Marie ouvrit la porte :

— Rentrez au plus vite, j'ai chauffé le poêle comme en enfer. La p'tite aura pas frette.

Julien aida les femmes avec leurs paquets à descendre.

— Lui, tu vas le porter chez la voisine tout de suite ? demanda Imelda à son fils.

— Entrez-le un peu, on pourrait le changer de couche avant pour qu'il soit présentable, dit-il.

Imelda acquiesça, d'autant plus que Florence avait des couches pour le village. Il faudrait peut-être le faire boire aussi. Dans la voiture, on leur avait donné seulement le reste du lait collé sur les briques pour le tenir au chaud. Pendant le chemin entre Saint-Lazare et Saint-Damien, les petits avaient braillé en masse.

Tout le monde entra dans la maison et on déposa les petits sur la table de la cuisine. Florence découvrit très vite Hortense, mais Antonin, personne ne s'en occupait vraiment. Marie, qui les regardait, appela Alvenia :

— Viens voir ta nièce, elle est si belle, dit-elle.

Sans trop d'empressement, Alvenia se leva du salon. Lorsqu'elle arriva dans la cuisine, c'était plus fort qu'elle, les larmes lui montèrent aux yeux.

— J'vas faire chauffer du lait pour eux. Marie, reste pas là, déshabille l'autre. Y va cuire avec la façon que t'as chauffé le poêle, dit Alvenia qui voulait s'activer pour garder son sang-froid.

Marie enleva la grosse couverture sur Antonin, puis une autre, et encore une autre.

— Y sent l'urine, pauvre enfant. Mais là j'peux pas, c'est trop pour moi, lança Marie qui se pinçait le nez.

Florence avait déjà commencé à changer sa fille. Alvenia hésita à s'avancer, mais n'en pouvant plus de voir sa sœur rechigner, elle s'avança vers la table :

— Bon, tasse-toé, Marie, t'es une vraie emplâtre. C'est rien qu'un bébé, y te mordra pas.

Elle retira la petite jaquette qui recouvrait le garçon, dont la peau était si douce. Son cœur de mère avait tellement mal de se retenir de crier: « C'est mon fils, mon Antonin! »

Elle enleva sa couche et le changea. Le p'tit poussa quelques cris. Lui avait-elle fait mal? Sans faire attention, l'avait-elle piqué avec les épingles à couche?

Elle lui enleva sa capine et regarda si la petite tache rouge était là, sous l'oreille. Quand elle la vit, elle soupira.

Florence, qui était juste à côté d'elle, crut reconnaître le trouble de sa belle-sœur:

— Tu as de la peine de voir des bébés? Tu sais, j'sais ce que tu ressens. J'te plains, Alvenia…

— Marie, donne-lui son lait, s'il te plaît, demanda la jeune mère toute bouleversée.

— Pas question! Mère, faites-le, vous. J'ai pas vraiment le tour, dit Marie.

— Ah non, répondit Imelda, ce n'est pas possible. Je l'ai escorté jusqu'ici, je n'ai plus de bras! Alvenia, fais-le, toi. Florence peut pas, elle a déjà notre Hortense dans les bras.

La nouvelle maman respira un grand coup. Elle prit ensuite son fils et s'installa dans la berceuse. D'instinct, le petit se tourna vers son sein. Mais la jeune femme lui donna le biberon. « Comme je voudrais te nourrir de mon lait… Tu sais, il m'en reste encore un peu. Bois, mon amour, et deviens un homme fort comme ton père », pensa-t-elle en lui flattant la joue. L'enfant but tout le lait chaud. Il avait tellement faim.

Imelda, qui regardait sa fille avec cet enfant dans les bras, eut le cœur brisé. Elle avait vieilli, pauvre femme, depuis un an. La mort de Léopold, la grossesse d'Alvenia, les cachettes à tout le monde et là, le deuil de son petit-fils. Tellement de peine d'un coup… Comment sa fille pouvait-elle passer au travers? Pour sa part, elle avait du mal, mais Imelda n'était pas femme à montrer ses sentiments. Elle avait appris à garder la tête froide devant toute chose. Il faut dire que Georges l'avait beaucoup aidée dans cette voie. Il était lui-même tellement éloigné de sa femme.

Comme plus personne ne parlait, Julien revint sur l'anecdote du prénom :

— Savez-vous que celui-là, il s'appelle Antonin Mercier ? C'est ben drôle. Là-bas, ils les baptisent tous à la naissance du nom de Marie ou de Joseph, mais lui, ils l'ont nommé Antonin. J'sais ben pas pourquoi.

— Tu me fais penser qu'on va aller voir le curé pour qu'il change le nom d'Hortense, ajouta Florence. C'est pas que Marie, on aime pas, mais il y a déjà une Marie Beaulieu.

Marie sourit. Il est vrai qu'une Marie, c'était suffisant.

— Il a-tu fini de boire, le tien, Alvenia ? demanda Julien. J'vas aller le reconduire chez lui.

Alvenia hocha la tête. Antonin dormait maintenant dans ses bras. Elle savait que cette proximité ne reviendrait peut-être jamais. Elle en avait savouré chaque seconde. Et maintenant, elle devait le laisser partir, pour son bien. Elle le regarda, si paisible dans ses bras : « Maman va veiller sur toé. Crains rien, mon amour. Maman va être l'ombre qui va te suivre toujours... Je t'aime tant. »

Elle se leva et le donna à Julien, qui lui remit tout son attirail contre le froid. Il sortit en tenant dans ses bras Antonin qui se remit à pleurer. Avait-il compris qui était sa mère ? Avait-il ressenti l'amour d'Alvenia ? Elle ne le savait pas. Mais son cœur se brisait au moindre son de sa voix. Elle le regarda partir par la fenêtre... cette fenêtre qui serait désormais leur seul lien.

Julien arriva chez les Blouin et cogna. Maria ouvrit et sourit. Le curé lui avait dit que le petit arriverait dans la soirée.

— Excusez-moi de vous déranger, mais v'là votre élève. On vient de le faire manger et pis de le changer de couche. Il a du poumon, le p'tit ! Quand y braille, on l'entend.

— Pis la vôtre, comment va-t-elle ? Monsieur le curé m'a dit que vous alliez chercher du nouveau !

Julien, heureux comme un nouveau père, gonfla le torse de fierté :

— Ah, belle comme un cœur ! Elle s'appelle Hortense, Hortense Beaulieu. Ma femme en est folle. C'est le grand bonheur.

— Toutes mes félicitations. Un enfant, c'est un cadeau du bon Dieu, peu importe comment il arrive. Et lui, c'est Antonin, qu'on m'a dit ? Viens, mon chéri, Maria va te bercer près du poêle. Ils aiment la chaleur, ça va le calmer. Merci pour le dérangement, monsieur Julien.

Elle referma la porte. Julien revint chez sa mère.

— Il pleurait-tu encore ? demanda Alvenia sans trop d'émotion.

— Ben non, Maria va le bercer. Une bonne mère, cette Maria. Il aurait pas pu être mieux.

Le mot « mère » était de trop. Alvenia éclata en sanglots et monta dans sa chambre. Julien resta surpris.

— Laisse-la faire, dit Imelda. Elle vit son deuil. C'est encore beau qu'elle ait pu donner le lait au p'tit orphelin. Moi, j'aurais craqué à sa place.

Florence, qui avait pris la place d'Alvenia dans la berceuse, regarda sa fille. Elle la serra sur son cœur. Georges Beaulieu n'était pas là pour l'accueillir, mais Florence s'en réjouit. Le moins cet homme approcherait sa fille, le mieux elle se porterait. Julien vint les rejoindre et caressa doucement la petite tête de cheveux noirs.

Du coin de l'œil, Marie regardait Julien et Florence avec leur bébé. Elle se surprit à penser qu'il serait doux d'avoir un enfant avec Lorenzo. Mais pour cela, il fallait passer par l'œuvre de chair, et juste à y penser, Marie eut le vertige.

# Chapitre 17

Les jours suivants furent maussades pour Alvenia. Après avoir mis toute son énergie pour faire venir son fils à Saint-Damien, elle se sentait maintenant vide. Elle le savait si près, mais ne pouvait pas le voir. Avait-il bien dormi ? Buvait-il bien ? Elle était comme une lionne en cage. Elle ne supportait aucune compagnie et vivait le plus souvent dans sa chambre. Elle mangeait peu et très vite.

Imelda était découragée de voir sa fille dépérir. Marie essayait bien de lui parler, mais Alvenia n'était pas bavarde et dormait beaucoup.

— Emmène-la prendre une marche, lui dit Imelda. Elle va nous claquer dans les mains à pas manger de même.

Marie monta dans la chambre de sa sœur. Alvenia, assise sur un coffre, regardait par la fenêtre. Les rideaux de dentelle battaient légèrement au vent. Elle avait ouvert sa fenêtre, malgré le mois de novembre. Il faisait un froid de canard et Marie se frotta les bras.

— Ferme ta fenêtre, tu vas virer consomption. Il manquerait plus que tu tombes malade.

Elle alla vers sa sœur qui ne bougeait pas et ferma la fenêtre. Marie la regarda.

— J'sais que t'es triste, mais y faut que tu te brasses la carcasse. Viens dehors marcher avec moé. L'air est sec, ça va ben respirer aussi.

Alvenia se leva. Pourquoi pas ? Prendre l'air lui ferait sûrement du bien. Elle s'ennuyait tant. Cela faisait plus d'une semaine qu'elle n'avait pas revu son fils. Elle se mourait de chagrin. Et puis, impossible pour elle de débarquer chez les Blouin et de dire : « Savez-vous, j'aimerais bercer le p'tit ! » Ça éveillerait des soupçons. Elle ne pouvait pas se permettre de révéler son secret.

Elle descendit l'escalier. Georges, assis à la table de la cuisine, regarda sa fille :

— T'as ben l'air au bout ! Remonte-toé, Alvenia. De la peine quand Léopold est mort, le monde pouvait comprendre. Mais de la peine pour avoir été chez la supposée cousine de ta mère, ç'aurait pas de sens.

Pour une fois, Alvenia dut reconnaître que son père avait raison. Elle devait se relever et reprendre une vie normale. Elle mit son manteau et ses bottes. Marie la suivit, et les deux jeunes femmes partirent sur les trottoirs enneigés. L'hiver était ben pris. Il y avait un bon deux pouces de neige au sol.

— J'dois aller chez la couturière. Tu sais, j'me fais faire pour les fêtes une robe de velours rouge. Un tissu que m'a vendu Lorenzo le premier jour que je l'ai vu, lui dit Marie.

Une robe pour les fêtes. Alvenia se revit tournoyer en dansant avec Léopold dans sa robe de velours verte. Elle était tellement heureuse dans ce temps-là.

— Tu réponds pas, Alvenia ?

Alvenia sortit de ses souvenirs et se cala le chapeau :

— Oui, oui, allons-y.

Elles montèrent la côte de l'église jusque chez la couturière. La dame les accueillit avec un grand sourire.

— Bonjour, Marie. Et bonjour, Alvenia. Contente que vous soyez revenue parmi nous.

— Oui, j'suis ben contente, lui répondit Alvenia sans trop d'entrain.

La couturière la regarda. Sa cliente préférée n'avait pas l'air d'aller bien. Peut-être les souvenirs de sa dernière robe? Elle craignit soudainement de lui dévoiler la robe de Marie, mais alla tout de même la chercher. Pas le choix, il fallait faire l'essayage. Elle la déposa devant les jeunes filles, sans rien dire. Marie prit la parole:

— J'ai choisi pas mal le même patron que la tienne... J'la trouvais trop belle. Dans le temps, j'portais presque toujours du noir ou du gris, mais j'aime plus les couleurs voyantes aujourd'hui. Ça te fait rien pour le modèle, j'espère?

— Pas un pli. Tu fais ben de te colorer un peu. T'avais tellement l'air d'être l'ombre de maman.

La robe arriva. C'est vrai qu'elle était belle avec ses rubans et sa dentelle.

— Allez l'essayer, mademoiselle Marie.

Alvenia regarda partir sa sœur derrière le paravent. Elle avait l'air tout excitée. Elle l'enfila et revint vers elle, radieuse.

— Avec ça, votre cavalier va ben vous demander en mariage, lui dit la dame, fière de son ouvrage.

Marie n'avait pas pensé à cette éventualité. Elle et Lorenzo étaient d'âge à se marier pis à fonder une famille. À cette seule pensée, Marie eut une faiblesse.

— Tu vas ben? lui demanda Alvenia.

— Oui, un vertige, rien de plus!

— Y reste juste quelques petits ajustements et elle sera prête. Vous allez être belle pour les fêtes avec ça sur le dos.

Marie sourit et fit signe à sa sœur qu'elles devaient partir. Alvenia saisit la poignée, mais la porte était gelée. Elle fermait dur. La couturière l'ouvrit d'un coup de hanche. Puis, regardant Alvenia, elle lança:

— J'espère vous voir à la messe de minuit avec votre belle robe verte. Vous êtes si jeune, mademoiselle. Vous avez encore la vie devant vous...

Alvenia baissa les yeux. Elle sortit et respira un bon coup. Il n'y avait pas si longtemps, c'était elle qui était si heureuse et attendait les fêtes. Elle prit le bras que sa sœur lui tendait et toutes deux se mirent en chemin vers la maison familiale. Elle voyait bien que sa sœur voulait l'aider, mais elle ne pouvait pas se confier à elle. Marie parlait trop et sans réfléchir.

En arrivant chez elle, Imelda vint leur ouvrir:

— Alvenia, le curé est venu pendant ton absence et demande si tu peux aller le voir demain.

— Bien sûr, répondit Alvenia.

Imelda était contente. Monsieur le curé avait dû entendre entre les branches que sa fille n'allait pas bien. Les commérages avaient aussi leur bon côté. Lui, il la remettrait sur pied avec deux Amen.

Ce soir-là, dans leur chambre, Marie tournait en rond. Elle semblait agitée. Alvenia, qui voulait dormir, lui dit:

— Arrête de marcher comme un pingouin et couche-toé au plus vite. J'dors debout!

Marie vint s'asseoir sur le lit de sa sœur. Elle passait du rouge écarlate au blanc d'outre-tombe et se frottait les mains d'inconfort. Elle se lâcha d'un seul coup:

— Faire l'amour, ça fait-tu mal?

— Ben non, lui répondit Alvenia qui ne savait pas trop comment réagir à cette question.

— Ben, j'suis pas folle et mère m'en parle souvent. Y faut toujours ben qu'il te rentre le machin en dedans.

— Oui, il te pénètre, c'est ça!

— Mais ça doit chauffer, brûler, démanger, enflammer, déboîter! J'sais pas, moé, tu m'as rien dit.

— Tu m'as rien demandé non plus, lança Alvenia en riant.

— Ben là, j'te le demande. Si je suis pour m'évanouir, j'aime mieux rester vierge.

Alvenia la prit dans ses bras. Pauvre petite Marie. Si apeurée par la vie et par leur mère qui, chaque fois qu'elle pouvait, mettait la chose comme le martyr de Jeanne d'Arc au bûcher. Elle lui releva la tête. Marie avait les larmes aux yeux.

— Faire l'amour, Marie, c'est la plus belle chose qui peut t'arriver. Quand il te prend la première fois, tu ne perds pas ta virginité. Tu veux lui donner. C'est un échange avec des baisers et des caresses. Lorsque Léopold me touchait, j'me croyais au ciel. C'est tout sauf apeurant.

Alvenia revivait chaque caresse et chaque baiser qu'ils s'étaient donnés.

Marie la regarda, sceptique :

— Tu me jures que c'est pas si pire que ça ?

— Je te le jure. Tu vas adorer. Pis j'ai ben vu que toé et Lorenzo, vous vous aimez. Laisse-le pas partir, Marie. L'amour, tu peux le perdre en cinq minutes. Profites-en au maximum. Moé, j'voudrais tant qu'il me revienne.

— Mais tu vas sûrement en trouver un autre. T'as pas d'enfant, t'es libre comme l'oiseau ! lui dit Marie, qui tentait de se faire rassurante.

Si seulement elle savait.

Le lendemain matin, Alvenia prit le chemin du presbytère. Il neigeait à plein ciel. Elle se doutait bien que c'était pour le premier paiement de pension d'Antonin : on était déjà à la fin du mois de novembre. Elle arriva devant la galerie, qui n'avait pas été déblayée. Le curé ne voulait pas que son bedeau se donne un tour de reins cette année avec le pelletage. L'an passé, le pauvre vieux avait eu une odeur de liniment tout l'hiver. Il n'y avait que les pas du prêtre dans la neige. Il était visiblement revenu sous peu de l'église après la messe du jour. Elle mit ses pas dans ceux du prêtre pour ne pas trop mouiller ses bottes et cogna.

La servante vint lui ouvrir :

— Entrez, entrez. Y fait-tu assez frette ? Mes vieux os craquent depuis hier. Je vous l'dis, l'hiver est pas passé !

Alvenia se dépêcha de refermer la porte. De toute façon, il n'y avait presque pas de différence entre le froid de dehors et celui de la glacière qui tenait lieu de presbytère.

— Vous devriez garder vos pelures, le curé a encore donné le bois franc aux pauvres. On chauffe icitte avec des rondins de tremble frais coupé. Ça chauffe tellement que j'pourrais me mettre les mains sur les bûches, pis je sentirais rien pantoute! Mais j'me ferme la trappe. Y serait ben capable de les donner aussi.

Le curé arriva, son manteau de laine sur le dos.

— Bonjour, Alvenia, voulez-vous un thé pour vous réchauffer? Moi, j'suis abonné au thé d'octobre à mai!

La servante en profita pour passer un message au bon curé:

— C'est pas le thé qui cuit la nourriture. Votre soupe va être crue si vous mettez pas du bois sec dans le poêle. Les miracles, vous en faites pas encore, dit la vieille en levant les bras au ciel.

Alvenia la regarda partir. La dernière fois que la jeune fille était venue, la servante avait pris un congé. Elle ne venait pas d'ici, mais de Saint-Anselme. Une pauvre veuve que le curé engageait pour la faire vivre, parce que ses enfants ne s'occupaient pas d'elle. C'était tout un numéro lorsqu'elle était exaspérée.

— Vous inquiétez pas pour elle, Alvenia. Elle bougonne, mais dans le fond, elle a bon cœur. C'est que la soupe crue est dure pour elle, puisqu'elle n'a presque plus de dents. Venez avec moi. On sera plus tranquilles pour parler.

Alvenia le suivit dans son bureau et le prêtre ferma la porte derrière eux.

— C'est pour la pension, je suppose?

— Exact. Ça fait déjà quelques jours que l'enfant de votre amie Angèle est arrivé chez les Blouin. Habituellement, le premier paiement se fait à ce moment-là, donc Maria aimerait être rémunérée. Ça ne fera pas de mal, surtout que son mari a de la misère à trouver du travail à ce temps-ci de l'année... En passant, c'est un bien beau garçon, ce petit Antonin. On dirait qu'il va avoir les yeux vert émeraude. Sa mère serait fière de lui.

Alvenia se raidit. Il avait ses yeux? Quand elle l'avait vu, il avait les yeux gris foncé, mais ça avait dû changer. Elle avait déjà entendu que la couleur arrive plus tard d'habitude.

— Tant mieux pour lui. J'pense souvent à sa pauvre mère, dit Alvenia. Elle aurait tant aimé l'élever elle-même.

— Il est très bien, propre et bien changé. J'suis allé le voir deux fois depuis qu'il est par chez nous.

Alvenia ne pouvait pas savoir comment il allait, mais elle surveillait de sa fenêtre.

— Combien pour la peine? demanda-t-elle.

— Cinq piastres par mois. C'est le prix normal. J'espère que sa mère en a laissé assez?

— Oui, pas de trouble.

La jeune femme sortit cinq dollars de sa poche. Le curé prit le billet, le mit dans une enveloppe, la cacheta et inscrit dessus: «DON DU DONATAIRE».

— Bon, dossier réglé. J'en profite pour vous rappeler que l'avent est commencé. N'oubliez pas de venir aux célébrations et de faire preuve de générosité. J'me rappelle, quand j'étais jeune, que ma mère faisait une galette plate et plutôt sèche avec de la farine de sarrasin. On disait la galette de l'avent. Elle en donnait à nos voisins qui étaient pauvres. C'est peut-être là que j'ai pris ma vocation, qui sait!

Le curé se leva, signifiant par là qu'il avait autre chose à faire. Alvenia serra la main du prêtre, le remercia de l'aider à veiller sur l'enfant d'Angèle, puis partit. Elle n'était pas tout à fait tranquille, cela dit. Il fallait qu'elle trouve le moyen de savoir si l'argent irait bien à son fils et non à tous les autres enfants des Blouin.

Le lendemain, une très bonne odeur se dégageait de la cuisine des Beaulieu. Alvenia, inspirée par le souvenir du curé Brousseau, préparait des galettes. Elle sépara sa haute pile de biscuits en trois parts : une pour sa famille, une pour les Lessard, ses voisins de gauche, et une pour les Blouin, bien sûr.

Imelda arriva dans la cuisine.

— Pour qui toutes ses galettes ?

— Pour nous et nos voisins. C'est monsieur le curé qui m'a parlé d'une tradition dans sa famille, qui faisait des galettes de l'avent pour les pauvres. Je sais que les Lessard sont pas dans la misère, mais les Blouin roulent pas sur l'or. Surtout que, ces temps-ci, le pauvre homme peine à trouver du travail. C'est pas comme l'été, où tout un chacun se cherche des bras pour les travaux des champs.

Sa mère la regarda, étonnée de la voir si laborieuse tout d'un coup. Et d'où lui venait cet élan de bonté pour autrui ? Ah, et puis peu importe. Imelda était surtout soulagée de voir que son Alvenia reprenait le dessus.

— Tu vas chez les Lessard ?

— Non, je commence par les Blouin. Ils ont moins à manger. Puis pour madame Lessard, Marie est plus près d'elle que moé. Elle pourrait faire sa part pour la tradition, dit Alvenia.

Imelda trouva que ça avait du gros bon sens. Elle appela Marie, lui expliqua le projet de sa sœur et lui donna les galettes des Lessard.

— Allez-y en même temps, les filles. Y faudrait pas qu'on pense qu'on aime mieux les Blouin que les Lessard.

Les deux jeunes femmes partirent donc chacune de leur côté. Marie se relevait le menton. La bonne femme Lessard lui disait tout le temps qu'elle avait le dos rond. Alvenia partit à la rencontre de son fils, le cœur battant et les doigts chauffés par les galettes.

Elle cogna chez les Blouin :

— ENTREZ ! cria Maria, car le bébé hurlait à tue-tête.

En entendant son fils brailler, Alvenia tira les galettes sur la table et courut vers Maria qui l'avait dans les bras. Antonin avait la figure rouge comme une bette et les petits poings en l'air.

— Qu'est-ce qu'il a, le p'tit?

— Des coliques, pour moé... Mais c'est drôle, habituellement, des coliques c'est tous les jours, mais c'est la première fois qu'il me fait ça, expliqua la pauvre femme.

Alvenia, sans demander la permission, lui prit l'enfant des bras. Elle le monta vers son épaule et lui parla doucement. Tout à coup, Antonin dégoba d'un jet.

— Y'est malade, appelez le médecin, proposa Alvenia.

— J'ai pas les moyens de payer le médecin. Ça va passer. Y'est ben correct habituellement. Regardez, il a même commencé à sourire!

— Dites à votre mari d'aller chercher le médecin tout de suite. J'vas payer pour les frais. C'est pas vrai qu'on va le laisser mourir.

Maria prit peur. Elle ne voulait pas que son Antonin meure, elle en avait la responsabilité. Elle courut elle-même chez le médecin, qui revint à la course avec elle. C'était pratique, il ne restait qu'à cinq maisons des Blouin.

Le docteur plaça un drap sur la table de la cuisine et y coucha l'enfant. Il releva sa petite jaquette pour voir son ventre. Il était dur. Antonin avait des spasmes.

— On dirait bien qu'il fait une indigestion, votre garçon. C'est quoi qu'il a pris ce matin?

— Juste du lait qui avait chauffé sur la lampe.

Maria montra la lampe à huile accrochée au mur. Cette lampe était bien spéciale. Devant celle-ci se trouvait une pince en fer. On plaçait la bouteille de lait dans la pince et la chaleur de la lampe chauffait le lait.

— Encore des façons de bonne femme, dit le médecin. On devrait interdire ces maudites lampes. Depuis quand le lait était placé là?

Maria regarda par terre, mal à l'aise. Elle frottait le plancher avec son pied:

— Depuis hier soir... On n'est pas riches et c'est le seul lait qui me restait pour lui ce matin...

— Ne jamais donner du lait caillé à un bébé. Vous pouvez le tuer en faisant cela. Je vais lui donner un liquide pour lui calmer l'estomac. Alvenia, pourrais-tu aller chercher du lait frais ? Le bébé doit boire dans une demi-heure, environ, le temps de calmer les spasmes. Vous devriez demander du lait au curé, madame Blouin, quand vous en manquez. Il tire deux vaches l'hiver rien que pour les pauvres.

La pauvre Maria encaissa la semonce sans rien dire. Alvenia raccompagna le docteur jusqu'à la porte :

— J'irai vous payer chez vous, docteur. Les pauvres, ils ont pas d'argent pour les soins. Ça sera ma bonne action pour les fêtes.

— T'es une bonne fille, je te remercie pour eux, dit le vieux médecin, bien heureux pour une fois de recevoir de l'argent au lieu d'une poule ou des rondins de bois.

Alvenia traversa chez elle. Elle entra en trombe dans la cuisine et alla droit vers la glacière. Elle prit une bouteille de lait et ressortit aussi vite. Elle entra chez les Blouin sans frapper et fit chauffer une bouteille sur le poêle pendant que Maria berçait Antonin.

— J'ai l'air d'une négligente… Pensez pas que j'm'en occupe pas ben, hein ? J'me priverais de manger pour lui, dit Maria, la larme à l'œil.

— J'vous juge pas. Mais y va falloir plus de lait pour votre trâlée. Vous avez ben une p'tite étable derrière la maison ?

— Ouais, c'est pour les poules et la truie.

— Je vais vous acheter une vache pour le lait. Vous la mettrez dans la grange avec les autres animaux.

— J'peux pas accepter, protesta Maria en se levant. On se connaît à peine et vous me donneriez une vache ? Ça vaut pas moins de vingt piastres, une bonne vache ! C'est ben trop !

— Bon ben, disons que je vous la prête. Et si je viens qu'à manquer de lait, vous me la redonnerez. D'accord ? proposa Alvenia.

Maria baissa la tête. De toute façon, elle n'avait pas d'autre option, sinon elle perdrait la garde du bébé. Imaginez si la famille apprenait l'incident qui venait de se passer.

— J'ai pas le choix d'accepter votre charité.

Le lendemain, très tôt, on livrait une belle vache noire chez les Blouin. Une Canadienne pur-sang. Rien n'était trop beau pour ce fils tant aimé.

# Chapitre 18

Il faisait assez doux pour un matin de décembre et Georges était de bonne humeur. Se promener avec son cheval, non castré en plus, le rendait fier comme un paon. C'était un bel étalon, repris d'un fermier incapable de rembourser l'argent qu'il lui avait prêté.

En croisant une voisine enceinte, il repensa à la discussion qu'il avait eue la veille avec Julien au sujet d'Hortense. Georges avait été dur et Julien l'avait envoyé valser jusqu'au ciel.

— Cette petite bâtarde n'héritera jamais de mon argent. J'le donnerai aux religieuses avant elle, tu m'entends ben ? Pis en plus, une fille… Seigneur… Au moins, si t'avais choisi un gars, il aurait pu nous aider. T'avais le choix, c'est pas les bâtards qui manquent dans ces couvents-là !

— Ton argent, tu peux te le mettre où j'pense. J'ai pas besoin de toé pour faire vivre ma famille. Hortense est ma fille, pis si tu la veux pas, on a juste à pus se voir à part pour les contrats.

Julien était parti en claquant la porte du bureau. Ce que pensait son père lui était sans importance. Depuis l'agression de sa femme, les relations avec lui étaient limitées à l'essentiel.

Georges arriva à destination. Il attacha sa bête à l'anneau de fer devant la bâtisse du forgeron Lachance, lui mit une couverture sur le dos et entra dans le commerce.

— Bonjour, monsieur Lachance. J'ai un étalon qui boitille à cause d'un fer un peu lousse. Son ancien propriétaire n'avait pas les moyens de ben s'en occuper. Seriez-vous capable d'arranger ça ?

Le vieux sortit dehors pour constater. Effectivement, un des fers menaçait de blesser l'animal. Une belle bête toute noire avec un losange blanc au front. Dès qu'il lui mit la main sur la croupe, le cheval se cambra.

— Tout doux, mon joli ! On dirait ben qu'il sent la jument qui vient de partir d'icitte, dit le vieux Alphonse en lui agrippant la patte.

— Y va me rapporter gros. J'vas le louer pour sa semence. C'est une bête exceptionnelle et son engin vaut cher, ajouta le commerçant.

— Ah ça, c'est sûr !

Le forgeron commença à enlever les vieux clous du fer. Il en profita pour faire la jasette :

— Mon garçon apprécie ben votre fille Marie, en passant. Moé, j'suis ben content de ça. Depuis qu'il l'a rencontrée, y reste à commercer au tour de la paroisse, y vient souvent coucher à maison. Pis moé, j'me sens moins seul.

Georges se foutait des amours de Marie. Si elle pouvait se marier, cela ferait une bouche de moins à nourrir. Le forgeron, devant le silence de Georges, continua :

— Et pis j'vous dis que votre plus jeune est généreuse. J'ai parlé ce matin au père Bruneau, qui reste vers Saint-Lazare sur le grand chemin. Y m'a dit qu'Alvenia avait fait acheter une belle vache à son voisin Blouin. Une Canadienne, en plus. Vous savez, y sont pas riches. Votre fille a fait là un geste ben charitable. Ça en prend, du lait, pour la trâlée d'enfants qu'il y a dans c'te maison-là !

Georges, qui ne savait rien de l'affaire, resta bouche bée. Il ne parlait jamais à ses voisins, qui ne valaient rien à ses yeux. Mais pourquoi donc Alvenia les aidait? Sa fille n'était pas si charitable que ça, pis une vache ça coûte cher!

Georges sourit, il fallait faire preuve de doigté:

— Oui, Alvenia est comme ça. Vous savez, elle a hérité d'une toute petite somme au décès de ma mère. On dirait que ma fille veut mourir en odeur de sainteté. Elle retient ça de sa mère: Imelda pourrait gruger les balustres de l'église sans s'user les dents. Elle est allée pendant des mois aider la cousine de ma femme et là elle paye une vache. Brave fille!

Georges rit de bon cœur et le forgeron, aussi. Il enleva le fer et en remit un neuf.

— Là, votre protégé va pouvoir grimper n'importe quelle jument sans se blesser.

— Ah, j'y en souhaite, des grimpettes. Y faut ben qu'il paye son avoine, le bougre. Merci ben, Alphonse.

Monsieur Beaulieu repartit vers chez lui. Décidément, il aurait intérêt à rendre une petite visite à son voisin de temps en temps. Il descendit la côte du village bien lentement pour montrer aux écornifleux de châssis que son étalon avait du panache.

Il arriva chez lui, le rentra dans la petite grange derrière la maison et lui donna du foin puis un peu d'avoine. Il mit de la paille pour sa litière. Pas question que son membre reproducteur se vautre dans du fumier. Et il sortit.

Il arriva chez son voisin qui sortait, lui aussi, de sa minuscule grange. On pouvait voir au travers des murs tant les planches avaient un jour entre elles.

— Bonjour, monsieur Blouin, j'me présente. Georges Beaulieu, votre voisin.

Le jeune homme s'essuya les mains sur son pantalon, un peu surpris.

— Bonjour, Octave Blouin...

— J'aurais dû venir vous voir avant, mais mes affaires font en sorte que j'suis rarement chez moé. Y paraît que vous avez une nouvelle vache ? J'veux justement en commercer et j'aimerais la voir pour juger si celui qui vous l'a vendue a de belles bêtes. Vous savez que les Canadiennes jouissent d'une bonne réputation, dit Georges qui ne laissait pas le temps au jeune homme de parler.

— J'l'ai pas achetée, c'est votre Alvenia qui nous l'a offerte pour que les enfants aient du lait frais. Imaginez, elle est venue aussi nous porter des galettes de l'avent, une tradition de chez vous qu'elle a dit. Nous, on savait pas que ça se faisait, mais les p'tits gars les ont ben aimées. Pendant qu'elle était chez nous, Antonin, le bébé qu'on a du curé en élève, a été malade parce qu'il avait bu du vieux lait. Alvenia a pas fait ni une ni deux, elle a réagi tout de suite, pis elle a même payé le docteur. Une bonne fille que vous avez là, monsieur Beaulieu. Le cœur sur la main.

Dans la tête de Georges, les indications s'accumulaient. Ce n'était plus la vache qui l'intéressait, mais ce mystérieux bébé. Personne ne lui en avait parlé. D'où il arrivait, celui-là ? Du curé ? Et pourquoi Alvenia en avait-elle eu pitié à ce point ? Il fallait continuer à creuser.

Il demanda à voir la vache. « Une bête de cette valeur a dû lui coûter un bras », pensa-t-il en la flattant.

— C't'une belle bête, y'a pas à dire ! Ce serait parfait chez nous… Brrr, y fait ben frette icitte ! Auriez-vous une bonne tasse de thé ? J'pourrais aller en boire une chez nous, mais ma femme en fait du pas buvable, prétexta le commerçant, inconscient qu'il utilisait le même stratagème que sa fille pour entrer chez les Blouin.

— Ouais, venez-vous-en… On est pas riches, mais ma femme fait le meilleur thé du coin !

Georges le suivit dans la maison. La table trônait en plein centre. Un poêle à bois donnait une bonne chaleur. Il n'y avait pas de vases ni de broderie. On vivait au minimum.

— Bonjour, dit Maria qui tenait dans ses bras le petit Antonin.

Georges s'approcha de l'enfant. Des yeux verts... Ce vert émeraude unique que seuls lui et sa fille Alvenia avaient.

— Y'est pas laid, le p'tit! Y'a des beaux yeux, dit-il.

— Ben regarde donc ça, il a la même couleur que vous! Nous, icitte, on a tous les yeux bruns, dit le jeune homme. Mais lui, il est pas à nous. C'est un orphelin que le curé nous a envoyé en élève. On est payés un peu pour le garder. N'empêche qu'on l'aime ben, le p'tit Antonin.

Georges lui demanda s'il pouvait le prendre. Lui qui détestait les bébés et les trouvait bruyants, il voulait absolument prendre celui-là.

Maria le lui donna doucement:

— Vous allez voir, y'est pas farouche.

C'était vrai. L'enfant ne brailla pas. Il lui sourit même. Georges avait une étrange intuition.

— Y'a quel âge, le beau garçon? demanda-t-il en redonnant l'enfant à Maria.

— Quelques semaines, probablement. Peut-être que le curé le saurait, lui? suggéra-t-elle.

Georges sourit.

Le lendemain, Georges monta à son tour au presbytère. Il n'aimait pas vraiment approcher de trop près le curé Brousseau. Le prêtre était réputé pour quêter sans arrêt pour ses bonnes œuvres et il avait le tour de toujours soutirer quelques piastres ici et là. Il arriva et attacha son cheval bien en vue de la rue: «De la belle promotion, ça!» Il sonna et attendit sur la galerie en regardant sa bête, sourire aux lèvres.

Ce fut le curé Brousseau qui arriva. Sa ménagère était couchée: elle faisait une légère fièvre.

— Entrez, monsieur Beaulieu. Gardez votre manteau, y fait pas chaud.

Georges n'allait sûrement pas commenter ce propos. S'il disait qu'il faisait froid, il lui demanderait l'aumône pour un peu de bois. Le commerçant suivit l'ecclésiaste jusque dans son bureau. Le prêtre ferma la porte derrière eux :

— Assoyez-vous sur le seul bon fauteuil que j'ai. Oh, je sais, je ne suis pas à plaindre. Il y en a des pires que moi, n'est-ce pas ?

Georges savait très bien où il voulait aller avec ces plaintes, mais il n'était pas question qu'il donne une cent de plus à la paroisse. Il payait sa dîme et donnait dix cents chaque dimanche. Il faisait bien attention que tout le monde le voie en le sortant dès le début de la messe pour le mettre en évidence sur le prie-Dieu.

— Vous avez donc ben, un beau… euh, calendrier. Une belle image dessus, dit-il pour changer le sujet.

Le prêtre voyait bien qu'il ne réussirait pas à quêter cette fois-ci. Parler du calendrier au lieu des pauvres était assez facé[10].

— Vous avez besoin de quelque chose, monsieur Beaulieu ? Ou vous souhaitez payer une messe pour vos défunts ? demanda sérieusement le prêtre.

— Non, c'est par rapport à une inquiétude. Mes voisins, vous savez, les pauvres Blouin. J'suis allé les voir hier, y sont pas riches. J'vous dis que c'est pas le luxe dans maison. Le père m'a même confié qu'ils ont pris en charge un bébé en élève pour joindre les deux bouts.

— C'est bien vrai, malheureusement… Il faut dire qu'être journalier l'hiver, c'est pas le métier le plus lucratif qui soit. Mais avec la pension du bébé et quelques petites choses que je leur donne, ils arrivent à passer au travers.

— Il a pas l'air vieux, le p'tit bonhomme. Ça doit être de l'ouvrage pour madame Blouin.

— Il a tout près d'un mois, j'crois bien ? Pas loin de votre Hortense, en tout cas. D'ailleurs, ils viennent du même endroit.

---

10. Par chez nous, « facé » désigne quelque chose d'un peu arrogant. On dit aussi qu'une personne est facée lorsqu'elle fait un geste un peu déplacé.

Georges se frotta les mains sur ses pantalons. Il tenait peut-être une piste.

— C'est la supérieure de l'Hospice de la Miséricorde qui vous l'a référé?

— Non, une âme charitable qui veut garder l'anonymat. Vous comprenez que ces bébés n'ont pas vraiment de références dans la vie. Et c'est mieux ainsi. N'est-ce pas, monsieur Beaulieu? Vous devez penser comme moi, certainement... Votre Alvenia n'a pas laissé de trace de sa mésaventure, après tout.

Le curé voulait clore la discussion. Rien de tel que de remettre sur le nez du père la faute de la fille pour couper court aux questions indiscrètes.

Georges se leva et remit son chapeau. Il en avait assez appris. Le reste, ce n'était surtout pas le curé qui lui dirait ce qu'il voulait savoir. Il sortit en saluant le prêtre et repartit chez lui. Il fallait maintenant qu'il sonde sa fille: «Cet enfant-là a pas mal trop d'airs de famille... Elle va me le payer cher si elle m'a joué une patte!»

Le soir, au souper, Georges regardait fixement sa fille. Elle était là en face de lui avec un air lointain.

— Le beurre... Alvenia, le beurre. T'es dans les nuages, ma parole!

Alvenia le regarda. Pourquoi demandait-il le beurre quand celui-ci était tout près de lui?

— Excusez, père, le voici.

— Vous savez, hier je suis allé jaser chez les Blouin. J'aurais dû faire ça depuis longtemps, mais fais ci, fais ça, pis on oublie d'être poli avec les nouveaux arrivants.

— T'aurais dû y aller avant. C'est du ben bon monde, même si y sont pauvres comme le chemin. Y'ont rien, c'est pas mêlant! déclara Imelda.

Alvenia se raidit. Ce n'était pas le style de son père de faire des politesses, surtout auprès des pauvres. Georges se délectait. On aurait dit que sa femme était de mèche avec lui pour faire avancer la conversation.

— Ben là, je suis resté surpris, ils ont une vache. Pas vrai, Alvenia?

La jeune fille le regarda. Il avait flairé quelque chose de louche. Elle devait être prudente. Cela ne lui donnait rien de jouer celle qui ne comprenait pas.

— Oui, pis une Canadienne en plus. Moé, tant qu'à donner, je regarde pas à la dépense, dit la jeune fille.

Elle avait du cran pour lancer cela directement dans la figure de son père. Il ne la laisserait pas si facilement tranquille :

— Pourquoi une vache ? T'aurais pu acheter une corde de bois pour les aider, non ? À chauffer comme y chauffent, ils en auront jamais assez, c'est sûr !

— Parce que les enfants en manquaient. J'ai eu assez de perdre le mien sans voir mourir de faim les enfants des autres.

Alvenia lâcha sur la table sa serviette de tissu et monta directement à sa chambre.

Imelda regarda son mari, les couteaux dans les yeux :

— Belle chose à faire que de parler de bébés devant notre fille qui vit un deuil. Y'a assez de voir Florence minoucher Hortense sans en remettre. Maintenant, elle va pleurer toute la nuit.

Après le repas, Georges se rendit dans son bureau. Il avait touché juste, il en était convaincu. Il écrivit à la supérieure de l'Hospice de la Miséricorde :

*« Chère mère,*

*Je vous écris pour vous remercier des bons soins que vous avez prodigués à notre fille. Nous connaissons notre Alvenia, elle a un caractère fort.*

*J'ai tellement de questions dans la tête sur son petit. Vous m'avez dit qu'il était mort à la naissance, mais j'ai une grande raison de croire qu'il est plutôt ici à Saint-Damien, arrivé par les bons soins du curé de la paroisse. Mes voisins ont pris en élève un petit garçon du nom d'Antonin qui ressemble beaucoup à ma fille. Et si je regarde l'âge, on dirait qu'il serait né pas mal dans le même temps. Alors m'est venue l'idée. "Et si Alvenia avait payé pour faire accroire que son bébé était mort ?"*

*Je ne vous accuse pas, ma sœur, une erreur peut si facilement arriver dans l'énervement d'une naissance... Mais comme vous le savez déjà, tout a un prix. Je vous écris donc aujourd'hui pour vous dire que je suis prêt à payer mille dollars pour récupérer mon petit-fils. Pensez-y, mille dollars, c'est plusieurs zéros.* »

Georges signa au bas de la lettre et cacheta l'enveloppe. Il savait que la supérieure avait autant faim d'argent que lui. Si elle avait trafiqué les papiers, à ce prix-là, elle le lui dirait.

En découvrant la lettre de Georges Beaulieu, trois jours plus tard, la supérieure en frissonna. « Quel genre de famille est-ce donc ? » pensa-t-elle. Le père était fou et la fille, une incendiaire, elle en était certaine.

Elle revit la scène : Alvenia lui disant qu'il aurait été dommage que la pauvre religieuse ait elle aussi été dans le bureau au moment du feu. Ça ne prenait pas la tête à Papineau pour comprendre qu'elle la menaçait. Cette furie ferait tout pour son enfant.

« Si le père pense que je vais plier devant sa liasse de billets, il se trompe. J'ai trop peur à ma vie. Seigneur, éloignez-moi de ces pauvres âmes. »

Elle saisit une feuille de son beau papier à lettres et entreprit de répondre à Georges Beaulieu. Elle lui indiqua que les papiers n'avaient jamais été falsifiés et que le petit d'Alvenia était bel et bien mort. Il était enterré dans le cimetière du couvent dans la section dite des limbes, n'ayant pas eu la chance d'être baptisé avant de mourir. Elle en remit une couche en écrivant qu'elle était déçue qu'un homme honorable comme lui puisse penser si peu d'une religieuse comme elle.

« Seigneur, éloignez-moi de ces pauvres fous », se dit-elle en cachetant l'enveloppe.

Quand Georges reçut la lettre, il fut consterné d'apprendre que son héritier était bien mort. Il n'avait plus de doute, maintenant.

S'il avait été vivant, la supérieure aurait sauté sur l'argent. Il soupira. Il aurait tellement aimé le prendre à sa fille pour en faire un vrai Beaulieu. Tant pis… Il n'aurait pas de descendance digne de lui. Il brûla la lettre, tandis qu'il regardait ses rêves partir en fumée.

Les fêtes arrivèrent sans qu'Alvenia ait l'occasion de revoir son bébé. Son père avait l'air de ne plus vouloir déterrer les morts. Il fallait filer doux. Elle regardait, pourtant, souvent à la fenêtre pour voir si elle ne verrait pas le petit dans les bras de Maria. Elle se mourait d'ennui, mais ne le faisait pas paraître. Cette fin d'année 1904 serait douloureuse. Léopold ne lui sortait pas de la tête et, comme si ce n'était pas assez difficile, Imelda avait formulé le désir d'inviter monsieur le notaire et sa femme pour le jour de l'An.

Alvenia devait se concentrer sur son enfant. Ne pas pleurer. Surtout, ne pas pleurer.

# Chapitre 19

Le jour de l'An 1905 arriva. Imelda avait sorti l'argenterie et Marie l'avait polie. Un sapin richement décoré par les bons soins d'Imelda était installé près du piano. Tout était comme l'an passé. Alvenia se sentait terriblement nostalgique. À pareille date l'année dernière, elle vivait de si doux moments avec son Léopold. Comme sa vie avait changé en quelques mois…

Les Beaulieu avaient convié à souper les notables du village, comme à leur habitude : le notaire et sa femme, le médecin et son épouse, deux ou trois commerçants et leurs douces moitiés. À la demande de Marie, on avait même invité le père Lachance. Comme le vieux forgeron n'avait qu'un seul garçon et que ce dernier serait chez les Beaulieu, il était inconcevable de le laisser tout seul.

— Vous, aimeriez-vous ça être seule ce soir, mère ? demanda Marie.

Imelda n'avait plus d'argument pour s'opposer à sa fille.

— Qu'il vienne, mais j'espère qu'il a un habit sur le sens du monde, le vieux ! Nos invités sont des gens distingués et fiers. Pas des lourdauds incultes.

Pour cela, Marie y avait déjà pensé et avait demandé à Lorenzo de fournir un habit à la mode à son père. En fait, tout avait été prévu par la jeune fille. Ce soir serait très spécial, puisque Lorenzo demanderait la main de Marie. Elle n'en avait parlé à personne, sûrement de peur de se faire dire non par sa mère. Juste à penser que sa fille pourrait marier un fils de forgeron, Imelda serait bien capable de faire une crise cardiaque.

On souperait, puis Marie jouerait un air classique au piano. Après la musique, Marie se lèverait dans sa magnifique robe en velours rouge et Lorenzo viendrait s'agenouiller devant elle. Il lui demanderait sa main en lui offrant une bague de fiançailles. Cette pratique commençait en ville et Marie trouvait magnifique de porter une bague avant de mettre l'anneau de mariage. Le signe tangible d'une promesse importante faite devant tout le monde. Son père ne rouspéterait pas devant les gens et sa mère ne ferait que se pincer les lèvres en signe d'agacement. De toute façon, elle était majeure et il était grand temps qu'elle fasse sa vie.

Marie commença à mettre la table. Elle choisit les plus belles serviettes de table, celles avec les fleurs dorées sur le revers, de même que la vaisselle avec les dessins de paon. Pour terminer, elle choisit de faire trôner un magnifique chandelier au centre de la table. Elle comptait les chaises et les couverts. « C'est bon, j'ai tout ce qu'il faut pour douze », se réjouit-elle.

Julien et Florence ne furent pas invités. Georges ne voulait pas entendre brailler le bébé toute la veillée. Il avait des affaires à conclure avec d'aucun d'entre eux. « Qu'ils la gardent chez eux, leur Hortense », avait lancé Georges sur un ton qui ne laissait pas place à la discussion.

Imelda avait beaucoup de peine de voir les relations de Georges avec son fils se dégrader, mais elle n'y pouvait rien.

Lorsque tout fut fin prêt, Marie monta dans sa chambre pour se préparer. Alvenia y était déjà. Elle lisait, assise sur son lit. Elle n'avait pas vraiment hâte de faire face à tout ce monde. Son seul réconfort, c'était de savoir que le notaire Théberge et sa femme seraient là aussi pour partager, en silence, sa peine.

— Tu vas mettre ta robe verte, hein ? demanda Marie.

— Pas question, j'l'aime pus pantoute. Et pis j'ai pas ben gros le cœur à la fête, lui répondit sa sœur.

Marie s'approcha et s'assit sur le lit d'Alvenia, suppliante :

— Tu peux pas me faire ça. J'serais trop mal à l'aise d'arriver devant le monde avec une robe si chic et si voyante. Mère va mettre sa robe grise. Tu vois le tableau : Imelda et Alvenia en gris et Marie en rouge écarlate. Si au moins tu mettais ta robe verte, on serait toutes les deux colorées.

— T'es pas écœurée de porter du linge gris ou brun, Marie ? Du rouge, c'est parfait, ça va te faire super bien. Mais demande-moé pas de me mettre sur mon trente-six…

Marie lui prit les mains et décida de lui confier son secret :

— Écoute… À soir, j'me fiance avec Lorenzo. Tu dois m'aider un peu. Mère le sait même pas.

Alvenia sursauta. Marie ? Sa Marie qui faisait le saut dans le monde des adultes ? Il était temps. Elle défierait toute la famille en mariant un commerçant de porte à porte.

— Là, j'suis obligée de te suivre ! Ma robe verte va faire un peu de distraction, mais crois-moé, ma vieille, toute l'attention va être sur toé ! lui dit Alvenia en la serrant dans ses bras.

— J'fais ben, hein ? lui demanda Marie, comme une enfant qui ne savait pas trop ce qu'elle devait faire.

— Ben sûr ! Vis, Marie, vis. C'est pas le père ou la mère qui va te rendre heureuse. Y'a rien que toé, toé pis ton Lorenzo aux grands pieds, se moqua Alvenia en chatouillant sa sœur.

— T'es juste jalouse… Moi, j'les aime, ses grands pieds, lança Marie, qui était rendue debout sur le lit et sautait comme une enfant.

La visite arriva, un invité après l'autre. Georges sortait à chaque arrivée pour aller montrer la place dans l'étable de chaque cheval. Ce n'était pas désintéressé.

— Mettez votre cheval ici, docteur. Il aura pas frette. J'suis pas du genre à inviter quelqu'un chez nous, pis à laisser geler son cheval dehors ! Avez-vous vu mon étalon ?

À ce rythme-là, Georges avait déjà vendu les services de son cheval fringant au docteur, puis à Mathias, le commerçant de Saint-Malachie.

Marie et Imelda, pendant ce temps, accueillaient les femmes des notables. Alvenia, qui préférait rester un peu à l'écart, surveillait les plats dans la cuisine.

Dès que tout le monde fut entré, Georges alla chercher un petit whisky de son cru pour réchauffer les cœurs.

Personne n'osait demander pourquoi Julien et sa femme n'étaient pas présents. Imelda avait prévu le coup et avait dit à chaque épouse que la petite Hortense faisait de la fièvre. Rien de grave, mais assez pour ne pas pouvoir la sortir.

— Dommage, on aurait aimé la voir, cette petite merveille, répondit la femme du notaire.

— Une autre fois, promit Imelda qui priait le ciel que son mari change d'idée.

Après le petit remontant, on passa à table. Alvenia et Marie servirent la soupe et le pain. Il sentait bon, Imelda l'avait fait en après-midi. La croûte était dorée et la mie, bien serrée.

— Vous me donnerez votre recette, très chère. Ma mie à moé est pleine de trous. Et vous, monsieur, quel est votre nom? demanda la femme du commerçant Mathias.

Le vieux Lachance se raidit et se racla la gorge.

— Je m'appelle Alphonse Lachance. Je suis forgeron de métier et le père de Lorenzo, le fiancé de mademoiselle Marie.

À ces mots, tout le monde se tourna lentement vers Marie. Lorenzo avait bien mis son père au courant, mais il avait oublié de lui parler du protocole. Marie devint de la même couleur que sa robe. Elle allait perdre connaissance si quelqu'un ne disait pas quelque chose.

Alvenia, pour sauver sa sœur, pinça la cuisse du vieux commerçant assis à côté d'elle, ce qui le fit sursauter et lever la table. La soupière tourna sur le côté et se répandit d'un coup, ébouillantant la femme du docteur, qui avait enfilé une robe rose bonbon. Elle se leva rapidement, la robe cernée de soupe aux tomates. Imelda bondit et courut vers elle pour essuyer la tache. Lorenzo ramassa la soupière; Marie, quant à elle, tomba dans les pommes la face dans le corbeille à pain. Pour une demande romantique, on repassera!

Après tout ce brouhaha, Imelda regarda Marie qui revenait lentement à elle:

— Ma fille, viendrais-tu avec moi dans la cuisine? Nous allons chercher une autre nappe pendant qu'Alvenia aide la femme du docteur à se laver un peu, expliqua Imelda, les lèvres si pincées que l'on ne voyait plus aucune ouverture.

Marie se releva tant bien que mal et rejoignit sa mère à la cuisine. La réplique d'Imelda ne tarda pas:

— Qu'est-ce que ce vieux fou a dit, ma fille?

Habituellement, Marie se serait mise à pleurer. Mais elle repensa à ce que sa sœur lui avait dit. Elle se releva le menton et regarda sa mère:

— Il a dit que moé et Lorenzo, on va se marier en juin, mère. Et que vous le vouliez ou non, j'm'en fiche comme de ma première dent de lait.

— Marie!!!!

Imelda se mit la main sur le cœur. Elle feignit une crise cardiaque. Mais la jeune femme avait déjà pris une nappe propre et se dirigeait vers la salle à manger.

— Vous êtes pas plus cardiaque que moé j'suis aveugle.

Marie, pour la première fois de sa vie, venait de tenir tête à sa mère. Elle changea la table, aidée d'Alvenia, et le repas se poursuivit. Lorenzo était blanc comme un drap, son père, fier comme un paon et Georges, indifférent comme une huître.

La soirée se déroula sans Imelda, qui boudait dans sa chambre, prétextant une migraine. Marie joua du piano avec une force jamais vue. Elle voulait faire voir à sa mère que sa migraine, elle pouvait se la mettre où le dos perd son nom.

Alvenia dansa même avec monsieur le notaire qui la regardait les larmes aux yeux en pensant que son Léopold devrait être à sa place.

Les invités partirent vers vingt-trois heures. Georges était déjà allé se coucher. Marie, qui avait reçu sa bague de fiançailles entre deux morceaux, était aux anges. Assise sur le sofa, elle la retournait dans tous les sens. Alvenia rangea la maison en pensant à l'année toute nouvelle qui allait bientôt commencer. Elle écoutait le silence de la maison. Bientôt, Marie partirait et elle resterait seule avec ses parents. Pas question pour elle de penser refaire sa vie. Elle trouverait bien quelque chose pour s'occuper.

Le lendemain matin, Alvenia se leva la première. Tous les autres dormaient encore. La soirée d'hier avait eu son lot de folie et de surprises. Marie n'avait pu s'endormir qu'au petit matin. Et le lendemain du jour de l'An était la seule journée où, la plupart du temps, Georges Beaulieu ne travaillait pas.

Alvenia alluma le poêle pour faire du thé. Elle appréciait ces matins solitaires où elle pouvait prendre le temps de penser. Elle regarda par la fenêtre. « Es-tu réveillé, mon amour ? »

Elle alla dans la miche à pain, se prit deux belles tranches qui n'avaient pas trouvé preneur hier et mit du beurre dessus. L'eau bouillait sur le poêle. Elle saisit la cafetière et mit l'eau, puis le thé. L'arôme qui s'en dégagea la ravit.

Elle allait s'asseoir quand on cogna à la porte.

Surprise, elle alla ouvrir. Maria était là, sur sa galerie, avec les deux petits qui la suivaient et Antonin dans ses bras. Le cœur d'Alvenia fit deux tours.

— Venez dans la cuisine. J'ai du thé sur le feu, vous en voulez une tasse ? demanda-t-elle à Maria qui secouait Antonin pour le faire rire.

Lorsqu'ils arrivèrent dans la cuisine, le plus vieux voulut enlever son manteau.

— Non, Jean, garde ton manteau. Pouvez-vous me tenir Antonin, s'il vous plaît ? Sinon, il va vouloir enlever aussi son chapeau.

Elle mit Antonin dans les bras d'Alvenia qui l'accueillit comme le plus beau des cadeaux. Elle commença à le bercer. Elle le regardait en souriant, le flattait sur les joues et sur le front.

— Ah ! Y vous sourit, mademoiselle. Y'est ben fin. Le plus fin des bébés. Après les miens, ben sûr. Les garçons vous ont fait un beau dessin pour le jour de l'An : ils voulaient vous remercier pour la vache. Depuis qu'Antonin boit son lait, y grossit à vue d'œil.

Alvenia prit le dessin : un semblant de vache avec d'énormes cornes.

— Ah, merci ! J'suis touchée, tellement. Si vous saviez…

— Elle le voit ben, t'as les larmes aux yeux, lança sèchement Georges en arrivant dans la cuisine. C'est fou ce qu'un enfant peut faire de beaux dessins, hein, Alvenia ?

Alvenia se leva et redonna Antonin à Maria.

— Voulez-vous du thé, père ? J'viens d'en offrir à notre gentille voisine.

Georges était toujours très perplexe. Il était convaincu que sa fille le menait en bateau. Mais il n'avait aucune façon de le savoir vraiment.

— Très beau, votre petit en élève. C'est de valeur que ce soit un bâtard. Y'aura pas grand avenir, dit Georges en regardant Alvenia.

Maria baissa la tête, monsieur Beaulieu était très imposant.

— Y'aura l'avenir qu'y aura, trancha Alvenia en se rapprochant de Maria.

Les deux femmes, l'une à côté de l'autre, le regardaient. Georges leur fit la révérence.

— J'vas aller voir à mon étalon, pis le faire courir dans le village par un bon froid sec. C'est bon pour lui. Bonne année, madame Blouin.

# Chapitre 20

La première moitié de l'année 1905 passa à une vitesse folle. Entre l'accueil de la petite Hortense et la planification des noces, la maison des Beaulieu ne dérougissait pas.

Le mois de juin arriva en un claquement de doigts. Plus que deux semaines avant que Marie et son Lorenzo convolent en justes noces. Imelda avait tellement chaperonné les deux tourtereaux qu'elle avait l'impression que c'est elle qui se mariait. Après l'annonce choc de leurs fiançailles, la mère avait boudé Marie pendant un mois. Elle avait fini par se rendre à l'évidence: Lorenzo Lachance l'appellerait belle-maman.

Vint ensuite toute la préparation du trousseau: des nappes, des serviettes brodées, de la vaisselle de qualité... Imelda virait complètement folle pour équiper sa fille. Georges ne voulait pas leur trouver une maison et, surtout, il n'était pas question d'avoir Lorenzo sous son toit. Les ébats de nouveaux mariés ne lui disaient rien. Le jeune couple irait donc vivre avec le père de Lorenzo. Le vieux n'avait aucune classe, pas de rideaux convenables aux fenêtres, pas de matelas. Il dormait sur une paillasse. «On se croirait au Moyen Âge là-dedans», avait plaidé Imelda à son mari pour justifier ses dépenses.

Madame Beaulieu retourna au magasin général pour aller chercher d'autres articles de maison qu'elle avait fait venir par catalogue pour sa fille. Madame Labonté n'en revenait pas du lot d'accessoires que la mère achetait, mais elle n'allait pas s'en plaindre. Elle passait les commandes et écoutait patiemment sa cliente :

— Pauvre enfant, elle va aller vivre dans une maison sans grand confort, lui confia Imelda.

— Avec de l'amour, on passe à travers tout, rétorqua madame Labonté qui roulait dans du papier des tasses en porcelaine pour la future mariée.

Imelda s'approcha. Elle était sur le point de livrer une confidence. Le cou de la bonne femme Labonté s'allongea de dix pouces. À moitié couchée sur le comptoir pour ne rien manquer, elle écoutait farouchement.

— En plus, y chausse des douze ou treize… Vous voyez ce que je veux dire ? chuchota Imelda.

— Ça va vous prendre un grand tapis ?

— Coudonc ! Vous êtes pas vite à matin. Tout le monde sait que les pieds piiiis…

— Euh… Les tapis ?

— Ben voyons ! Le pénis, madame Labonté ! Les pieds pis le pénis vont de pair !

Elle avait presque hurlé la phrase. Madame Chabot, qui regardait des cuillères à thé dans l'allée voisine, les fit toutes tomber par terre.

Madame Labonté se mit la main sur la bouche :

— Ben oui, on dit ça ! Oh, pauvre petite fille ! Mon Adélard chausse des sept, pis j'en ai ben en masse, croyez-moé ! Mais c'est peut-être ben des histoires de commérage. Si j'étais vous, j'le demanderais direct à votre fille.

Imelda se rabaissa le corsage et leva le menton :

— Ma fille n'a encore rien vu, voyons. C'est une pauvre enfant qui, le soir de ses noces, va se faire ramoner les amygdales.

— Excusez-moé, madame Beaulieu. Jamais j'dirais que votre Marie pis son Lorenzo ont sauté… la clôture. Mais si ça vous inquiète pour votre fille, vous avez qu'à prendre de front le futur époux. Demandez-lui de vous dire, preuve à l'appui, les dimensions de son membre!

— Vous voulez toujours ben pas que j'lui dise de le mettre sur la table?

— À la guerre comme à la guerre! Vaut mieux laver sa nappe, madame, que de ramasser sa fille les yeux cernés le lendemain des noces.

Imelda remonta chez elle en ayant dans la tête une question aussi étonnante que précise: quelle était la longueur du membre de son futur gendre?

Elle commençait à avoir une idée de la façon de s'y prendre en fin de journée. C'était un beau soir d'été; Lorenzo et Marie choisirent de veiller sur la galerie, yeux dans les yeux.

Imelda, qui brodait à côté, se rongeait les sangs. C'était sa chance:

— Marie, ma fille, pourrais-tu aller voir ta sœur en dedans et nous faire un plateau de biscuits avec du thé?

— Mais on vient de manger, mère…

— Vaut mieux manger là, pendant que tes amygdales sont à leur place, lança Imelda en lui montrant le chemin de la cuisine.

Marie, qui ne comprenait rien, s'exécuta. Imelda déposa sa broderie et regarda Lorenzo qui se replaçait la couette du toupet.

— Mon cher, je passerai pas par quatre chemins, vous êtes en âge de me répondre. Votre physionomie est-elle ce qu'on croit qu'elle est ou ben a-t-on surestimé vos capacités à surprendre une pauvre jeune femme sans défense? Il est assez gênant de vous demander ça. Alors, allez-y, je suis prête à tout. Vous ne pouvez savoir jusqu'où une mère peut aller pour sauver sa fille, déclara Imelda la main sur le cœur.

Lorenzo, qui n'avait rien compris du magnifique discours de sa belle-mère, tenta de répondre de son mieux:

— J'espère avoir de la rigueur dans mon mariage. C'est ce que votre fille mérite. Je pourrais lui décrocher le ciel, dit-il en se sentant l'air poète.

— Jusqu'au ciel ?! Là, j'vas me sentir mal…

Marie arriva avec Alvenia. Elle avait demandé à sa sœur de s'occuper un peu de leur mère. Elle était collante comme un collant à mouches.

— Venez voir le coucher du soleil, mère, de l'autre côté de la galerie. Le ciel est en feu ce soir. D'ici on ne voit rien, lui proposa Alvenia.

— Y'a pas juste le ciel qui va être en feu ! Pauvre Marie, se lamenta Imelda.

La mère s'en alla voir le soleil en pleurant à chaudes larmes, accompagnée de sa cadette qui devinait bien la cause du tourment d'Imelda.

— Tu lui as dit quelque chose de triste ? demanda Marie à son fiancé.

— Non, j'lui ai juste dit que j'pourrais te décrocher le ciel tellement j't'aime, ma Marie.

Ils s'embrassèrent alors doucement.

Une semaine avant le mariage, Lorenzo alla voir le curé. Il avait dit à Marie que c'était pour se confesser, ce que devaient d'ailleurs faire les mariés avant le grand jour. Une âme pure pour accéder aux bénédictions du ciel.

Mais, en réalité, Lorenzo voulait parler d'homme à homme au prêtre. Il avait une préoccupation bien précise qui le fatiguait royalement.

— Ah ! Le futur époux ! Entrez, mon Lorenzo. Si vous saviez comme j'ai été heureux de savoir que vous alliez vivre avec votre père. Le pauvre Alphonse, ça va lui faire de la compagnie.

— On est ben contents, surtout que Marie a commencé à décorer la maison. C'est sûr que c'est pas comme chez eux. On n'est pas si riches. Mais avec un napperon icitte, pis des rideaux là, ça fait plus chic.

Ils entrèrent dans le bureau du curé. Le religieux referma la porte. Ce n'était pas qu'il craignait que sa ménagère écornifle à la porte. Pis les fenêtres étaient toutes grandes ouvertes. Mais c'était juste par principe.

— Parlez, mon Lorenzo, qu'est-ce que je peux faire pour vous ?

Lorenzo virait sa calotte dans ses mains. C'était un peu délicat.

— Vous savez, monsieur le curé, j'suis le seul enfant de mes parents...

— Oui, et alors ?

— Ben, comme on dit, ils ont mis le paquet. Vous me comprenez ? Pour moé, ils ont mis *le paquet*.

Le curé le regarda, les yeux ronds. Il commençait à comprendre ce dont le jeune homme voulait parler.

— Et il est gros comment, le paquet ?

— Douze pouces, monsieur le curé. Le paquet, c'est douze pouces, répéta Lorenzo, soulagé d'avoir vidé son sac.

Le prêtre écarta ses mains sur le bureau.

— C'est sûr que c'est plus que la moyenne, mais c'est un cadeau du ciel, peut-être. Ça dépend du bord que vous voyez ça !

Lorenzo se mit à tourner sa calotte :

— Au repos, monsieur le curé... Douze pouces au repos.

— Mon doux, là c'est un cadeau de Lucifer en personne. Sainte-Marie, priez pour nous !

Le pauvre curé ouvrit les yeux bien grands et se signa.

— Vous êtes sûr de ça ? C'est pas une farce que vous me faites, là ?

Lorenzo fit non de la tête et baissa les yeux.

— Ben y faut ce qui faut, mon fils. Demain, j'pars pour Québec. À l'évêché, ils ont ce qu'il faut pour ça.

— Ah ouin ? Y font quoi avec ça, monsieur le curé ?

— Faites-moi confiance, je vais vous ramener quelque chose. C'est une sorte de petite bague en cuir. Dans votre cas, ça va ben prendre la peau d'une vache au complet, mais ça va aider. Vous avez informé votre promise ? Parce que ça pourrait être un empêchement de mariage. Rappelez-vous qu'il faut que le mariage soit consommé pour être complet. Si ce que vous me dites est vrai, c'est tout un repas qu'elle va consommer, la pauvre…

— Vous avez raison, y faut que j'lui dise avant le mariage. Mais on n'a jamais rien fait, on s'est même pas touchés un peu partout…

— Elle a jamais mis la main dessus ? demanda le prêtre.

— Euh… non. Vous dites dans vos sermons qu'on peut pas…

— Mais personne m'écoute jamais, voyons ! Oh là là !

Le curé prit le jeune homme par les épaules :

— Lorenzo, à soir, vous allez simplement lui dire la longueur. On va voir comment elle va réagir. Si elle veut continuer avec vous ce martyre, j'vous marie, lance le curé.

Ce soir-là, assis au salon, Lorenzo attendit qu'Imelda s'assoupît avec son journal dans les mains. Le jeune homme respira profondément. Il regarda Marie dans les yeux et lui sourit.

— Marie, j'ai quelque chose à te dire. Quelque chose de très important.

— Vas-y, mon Lorenzo, tu peux tout me dire.

— J'ai un membre assez généreux, merci.

— Un membre de ta famille ?

— Non, mon membre dans mes culottes…

— Généreux comment ? voulut savoir Marie, les yeux ronds comme des billes.

— Douze pouces au repos…

Lorenzo regardait le plancher. Marie écarta ses mains pour mesurer les circonstances. Elle lui prit la tête :

— T'es ben certain ? Parce que douze pouces, c'est une règle à mesurer en classe.

— Ouais, c'est ça que j'ai pris avant d'aller voir le curé...

— Le curé! T'as parlé de ça au curé?

Lorenzo regardait par la fenêtre. Marie eut besoin d'un moment pour se ressaisir. Après quelques minutes, elle leva le doigt en l'air comme un député en plein discours qui veut se faire élire:

— On va y arriver ensemble, Lorenzo. Ensemble, on peut venir à bout de tout!

La tirade réveilla Imelda, qui se redressa dans la berceuse. Elle regarda l'heure, puis statua qu'il était assez tard et que la veillée était officiellement terminée.

La soirée finissait un peu en queue de poisson, mais qu'importe. Lorenzo, soulagé, serra la main de Marie dans la sienne. Elle savait tout et elle voulait encore se marier. Comme il était heureux! Il salua sa douce, remercia Imelda pour la soirée, et reprit le chemin de la forge.

Marie, quant à elle, prit le chemin de son lit, mais ne trouva pas facilement le sommeil. Elle avait besoin de parler:

— Alvenia, tu dors?

— Oui, pourquoi?

— Lorenzo m'a fait une confidence ce soir. Il m'a parlé de son membre qui le fait souffrir...

Alvenia se retroussa. Elle avait entendu toutes sortes de récits sur les maladies vénériennes au couvent.

— Il a une maladie là?

— Non, mais il est affligé, car elle est différente de celle des autres.

Alvenia ne comprenait pas.

— Il est au-dessus des autres... Ben quoi? Regarde-moé pas comme ça. J'suis une adulte et je peux en parler. Sa verge est plus grosse que les autres. Bon, c'est dit. Et moi, j'lui ai dit que je l'accompagnerais là-dedans. On est un couple et on va se serrer les coudes.

«Ou se serrer les pattes», pensa Alvenia, mais elle garda pour elle cette réflexion. Pour l'heure, elle était surprise d'entendre sa sœur parler ouvertement de sexualité. En tout cas, une chose était sûre, Marie était vierge!

— Tu t'y feras, lui dit-elle, souriante. La longueur n'a pas vraiment d'importance. Dors à c't'heure. Tu te maries dans deux jours. Tu dois être fraîche comme une rose!

Marie souffla la bougie. Elle se coucha et s'endormit profondément. Sa sœur avait sûrement vécu la même chose.

— Comme tu es élégante, Marie! lui souffla Alvenia quand elle la vit dans sa robe de mariée. On dirait une reine.

Il était vrai que Marie était très belle. Elle avait perdu cet air insignifiant de la Marie gênée derrière sa mère. Elle était épanouie et respirait le bonheur.

Georges Beaulieu avait sorti son habit rayé. La dernière mode à Québec. Il l'avait acheté le jour où il avait déposé Alvenia au couvent. Il voulait le mettre au baptême de son petit-fils, mais cela n'avait pas été possible.

Habituellement, à cette époque, les mariages étaient célébrés très tôt, vers les cinq ou six heures du matin. Ensuite, on allait déjeuner chez la jeune mariée et on dînait chez le marié. Mais pour l'occasion, Georges avait exigé que le mariage soit vers onze heures. Imelda avait voulu payer la robe de mariée, alors il fallait que tout le monde la voie. À cinq heures du matin, il n'y avait pas assez d'écornifleux à son goût. Georges, lui, souhaitait que tout le village voie le luxe de sa voiture avec son étalon. C'était lui, le père, qui monterait sa fille par la rue principale jusqu'à l'église. Suivrait ensuite un grand dîner chez lui, avec notables et amis.

Chez les Lachance, c'était bien différent. Le père et le fils s'étaient levés et avaient pris le temps de déjeuner ensemble. Le vieux lui avait parlé de son mariage et de la beauté d'âme de sa mère.

— J'suis ben nerveux, le père, pour à soir. Vous savez, on a jamais, moé pis Marie…

Le forgeron avait tout compris. Il fit un clin d'œil à son fils.

— À soir, j'vas dormir dans la grange. On est assez ben dans la tasserie de foin à rêver! Pis toé, mon grand, tu vas faire honneur à ta femme. Mais écoute ton vieux père. Avec ta mère, ça s'est pas passé le premier soir. Elle était trop nerveuse. Y faut respecter ça, mon fils. Ta femme, tu dois la respecter en priorité. La chérir et la respecter, c'est ça que tu vas jurer devant le bon Dieu.

Lorenzo prit la main de son père et lui sourit. C'était un homme bon et plein de sagesse.

Un peu avant onze heures, on vit tout le monde se rendre à l'église pour les noces.

Julien, Florence et la petite avaient été invités spécialement par Marie, qui se foutait maintenant de ce que pensaient ses parents. Alvenia regardait la petite Hortense et se languissait d'Antonin. Elle craignait tellement d'être découverte par son père qu'elle n'osait plus l'approcher. Elle l'avait vu quelques fois dehors au printemps, jouant sur une petite couverture à même le sol. Il se traînait, maintenant. Georges, lui, à tout bout de champ, se donnait des prétextes pour aller le voir. Antonin ressemblait à Julien, enfant. La ressemblance était presque gênante.

Sur le perron de l'église, Lorenzo attendait sa Marie. Il se frottait les mains d'impatience et regardait au loin pour voir arriver l'attelage du beau-père. Il n'eut aucun mal à le voir; le beau-père en question s'était surpassé. Il avait installé des rubans blancs et rouges autour de la voiture et il avait même mis les grelots! Le bruit qu'ils faisaient avait attiré l'attention de tout le monde du village.

Marie descendit au bras de son père et Lorenzo lui sourit. Il la trouva superbe. Ils entrèrent dans l'église au son de l'orgue. Imelda avait grassement payé le joueur d'orgue et avait choisi le meilleur pompeux à pédales du village. Pas question que l'orgue manque d'air en plein milieu d'un chant.

Les jeunes mariés ne se lâchaient pas des yeux. Les vœux furent prononcés sans hésitation, au grand bonheur de monsieur le curé. Marie avait été raisonnable : elle avait accepté la petite différence de Lorenzo.

Quand la cérémonie fut finie, le curé donna un cadeau au jeune marié.

— Directement de l'évêché, lui dit-il en lui tapant sur l'épaule.

Un peu gêné, Lorenzo prit le paquet et le remit discrètement à son père. Les deux tourtereaux sortirent dehors, suivis du cortège.

On avait même demandé un photographe pour la photo de famille. Pas une simple photo des mariés, avec un minable décor. Non, Imelda avait demandé une photo extérieure avec tout le cortège. Une vraie innovation. Le photographe, qui n'était pas habitué avec la lumière extérieure, demanda aux participants de se coller. « Souriez ! » On vit monter une petite boucane. Tout le monde applaudit.

Le cortège descendit chez les Beaulieu. On entra tous dans la maison qui avait été décorée avec soin par Imelda et Alvenia. Il y avait des fleurs dans des pots partout. La table était recouverte d'une nappe en dentelle de grand prix, entièrement brodée à la main. Le couvert en argenterie était tellement poli qu'on pouvait se voir dedans et les serviettes de table portaient les initiales des mariés. Rien de trop beau ou de trop chic pour Marie qui, pour la première fois de sa vie, sortait de l'ombre.

Monsieur Lachance, un peu mal à l'aise dans ce décor princier, tenait toujours le cadeau du curé. Il ne savait aucunement ce qu'il pouvait y avoir dans le paquet. Georges lui proposa de s'en délester :

— Donnez-moé ce paquet, monsieur Lachance, j'vas le mettre avec les autres cadeaux de nos invités. Il est rare que le curé fasse un cadeau aux mariés. Nos enfants doivent être ben spéciaux, vous pensez pas ?

On dîna tous ensemble, en demandant fréquemment aux jeunes mariés de s'embrasser. Lorenzo se faisait poncer au vin de cerises à grappes. Lui qui ne buvait jamais, il commençait à avoir le nez rouge. Mais Marie se privait pas elle non plus, elle y allait généreusement dans la petite boisson rouge. N'était-ce pas jour de réjouissances?

Arriva le spectaculaire gâteau de noces, qu'Imelda avait réussi à faire monter sur trois étages. «De l'architecture culinaire!» comme elle avait dit.

— Coupe un morceau pour ton mari, Marie. Tu dois le nourrir à c't'heure!

L'encouragement venait de Julien qui était content de retrouver les siens. Georges avait fini par abdiquer devant son fils. Il était vrai que la petite Hortense était une beauté. Elle portait, pour l'occasion, une petite robe rose pâle avec des fleurs bleues et lilas tout autour du cou. Florence n'arrêtait pas de coudre ou de broder pour sa fille.

Marie coupa un morceau et le servit à Lorenzo qui lui embrassa le bras. Il était pas mal moins gêné que d'habitude, le petit vin de cerises aidant.

Vinrent ensuite le digestif au grand salon et l'ouverture des cadeaux.

Marie et Lorenzo furent assis bien en vue pour que tous les invités puissent contempler les cadeaux offerts. De cette façon, tout le monde saurait qui avait offert quoi. Honte à ceux qui avaient été gratteux sur les présents!

Le premier présent fut un magnifique vase à fleurs en verre taillé offert par le docteur et sa femme. Imelda invita les invités à applaudir la merveille. Puis vint le cadeau de madame et monsieur le notaire: un service de coupes à vin d'une élégance à couper le souffle. Alvenia leur donna des taies d'oreiller brodées à leurs initiales. Imelda et Georges, une coutellerie en argent massif. Julien et Florence, un service en faïence.

Ce fut ensuite au tour du cadeau du bon curé Brousseau. Tout le monde attendait ce moment unique dans l'histoire de la paroisse. Le prêtre, qui quêtait tout le temps, donnait quelque chose aux jeunes mariés? Une première!

En souriant, Marie ouvrit le paquet et Lorenzo, maintenant un peu paqueté, souriait naïvement. On découvrit un genre de beigne en cuir assez épais, merci. Tout le monde le regardait avec surprise.

— Ça doit être un *washer* pour les chevaux, suggéra le notaire.

— Non, on dirait plus un morceau pour une grosse pompe à eau, rétorqua Georges qui ne comprenait pas.

— C'est une bague à pénis ! proclama Lorenzo en se levant fièrement.

— MON DOUX ! cria Imelda en tombant dans les pommes.

Après cet incident, on préféra ne pas poursuivre en musique. De toute façon, Marie ne savait plus où regarder, elle n'aurait pas pu voir les notes de son piano. Georges, très mal à l'aise, poussa Lorenzo et Marie jusque dans la voiture et claqua les fesses de son étalon pour qu'ils disparaissent au plus tôt.

Julien, hilare, lança un joyeux : « Vive les mariés ! »

On savait de quoi tout le monde parlerait le lendemain. Imelda ne s'en remettrait pas. Sa fille serait cernée à vie ; quant à la verge de son beau-fils, elle passerait dans les annales de la paroisse.

# Chapitre 21

Alvenia se retrouva seule avec sa mère et son père. La vie reprit son cours. On parlait de moins en moins dans la maison. Le piano de Marie fut déménagé chez les Lachance. De toute façon, personne ne jouait plus de l'instrument chez les Beaulieu.

L'automne arriva avec grand regret. Alvenia avait eu au moins la joie, durant la saison estivale, de voir jouer son fils dehors. Elle était devenue la mère de la fenêtre, comme elle se le rappelait souvent. La mélancolie l'emporta peu à peu. Elle cessa définitivement de mettre ses robes colorées et adopta les anciennes robes ternes de Marie. Le gris et le brun étaient de mise compte tenu de son humeur. Elle était toujours jeune, mais elle avait l'air d'avoir vieilli d'un coup. Dans le village, on l'appelait désormais la vieille fille. Alvenia s'en moquait. Sa vie ne servait pas à grand-chose, sauf à prier pour son Antonin. Elle sombrait de plus en plus dans la solitude.

Aux fêtes, Julien et Florence firent la surprise de leur vie aux Beaulieu. Un an après avoir accueilli Hortense, ils avaient choisi d'adopter deux petits jumeaux. « Au moins, c'est des garçons cette fois-ci », avait dit Georges.

Marie, de son côté, avait trouvé comment s'y prendre avec autant d'abondance. Lorenzo et elle travaillaient fort, mais la grossesse n'arrivait pas, au grand désespoir d'Imelda, qui rêvait de bercer les enfants de sa fille.

En février 1906, une nouvelle fit sortir Alvenia de sa langueur. La delle du village, mademoiselle Couture, avait attrapé l'influenza. Tout de suite, on l'avait renvoyée chez ses parents. Pas question de contaminer les enfants.

Le nom d'Alvenia avait été évoqué pour remplacer la malade. Le commissaire lui paya donc une visite pour tenter de la convaincre d'accepter le poste :

— Vous voudriez ben reprendre les classes, mademoiselle Beaulieu ? Avant la mort de votre fiancé, vous donniez un bon service… Les notes de vos élèves étaient bonnes.

Alvenia prit le temps d'y penser. Elle n'avait pas trop le cœur à l'ouvrage, mais elle pourrait peut-être dépanner. Après tout, ça ne l'engageait pas à grand-chose. Le commissaire lui avait garanti que ce n'était que pour le reste de l'année. Elle finit par accepter.

La semaine suivante, elle se rendit à l'école du village, très tôt avant le début de la classe. C'était une toute petite maison près de l'église. En entrant, elle fut saisie par l'odeur réconfortante de la craie et du papier. Elle se sentit bien.

Elle alla jusqu'au bureau de la maîtresse. Tout était bien rangé, le cahier pour l'histoire et les mathématiques bien en vue. « Ce doit être les cours favoris de celle que je remplace », pensa Alvenia.

Les élèves arrivèrent un à un. Ils allèrent s'asseoir à leur place et Alvenia alla au tableau écrire son nom.

— Bonjour, bonjour. J'suis la delle Beaulieu. J'remplace l'autre demoiselle qui est bien malade. On va commencer par une prière pour qu'elle guérisse. Joignez vos mains et récitez avec moi : Je vous salue, Marie…

Les petits élèves entonnèrent la prière, sans rouspéter. La journée passa vite entre la grammaire et les petits qui commençaient à peine à lire. Elle retourna chez elle en fin de journée. C'était l'avantage de faire l'école dans le village.

Dans ce nouveau quotidien, les semaines d'Alvenia se déroulèrent enfin un peu plus rapidement. Déjà, la neige commençait à fondre.

Un jour, en passant devant les Blouin, elle s'arrêta. Par la fenêtre, elle vit Antonin marcher autour de la table de la cuisine. Il tomba et se cogna sur le coin d'une chaise. Aussitôt, elle se précipita et entra sans frapper à la porte :

— Antonin !

Elle prit le petit qui avait une grosse prune sur le front. Elle y déposa un baiser et regarda Maria, les couteaux dans les yeux :

— Faites un peu attention, voyons ! Vous êtes payée pour le surveiller et vous occuper de son bien-être, déclara-t-elle avec un ton menaçant.

Maria n'apprécia pas du tout cette intrusion :

— Rendez-le-moé tout de suite. C'est moé sa mère, icitte.

— Sa mère ?! Vous n'êtes que celle qui s'en occupe, rien de plus ! lança Alvenia qui ne réfléchissait plus du tout à ce qu'elle disait.

— Peut-être ben, mais j'ai pas à me faire sermonner par une femme qui n'a pas eu d'enfant. Vous saurez, mademoiselle Beaulieu, qu'on est ben reconnaissants pour la vache, mais ça vous donne pas le droit de rentrer chez nous en nous narguant, lança Maria qui était en colère.

Elle savait très bien qu'Antonin était un enfant en élève, mais elle l'aimait. C'est elle qui le nourrissait et lui donnait son bain. C'est elle qui le berçait quand il avait de la fièvre. Et c'est elle qui lui avait appris à marcher. Alors, la voisine n'avait pas à lui dire qu'elle ne savait pas l'élever.

Alvenia se rendit compte de la gaffe qu'elle venait de faire. La colère l'habitait toujours, mais elle tenta de se reprendre :

— Vous avez raison, s'cusez-moé, j'sais pas ce qui m'a pris d'entrer de même, regretta Alvenia en lui rendant Antonin.

Alvenia ressortit en bouillonnant: «Elle me dira pus jamais qu'elle est sa mère, certain. Sinon j'arrête de payer, pis elle va le perdre. Elle est aussi ben de filer doux», pensa-t-elle en serrant les dents.

Il valait peut-être mieux pour un temps de ne pas aller voir le petit, en tout cas le moins possible. Et peut-être chercher un nouvel endroit pour l'abriter.

À la fin mars, Georges Beaulieu tomba malade. L'influenza courait toujours et le commerçant, qui croisait pas mal de monde dans une journée, avait fini par l'attraper. Le médecin venait régulièrement le voir. On lui donnait du sirop et des médicaments pour la fièvre. Rien n'y faisait. Le malade ne prenait pas de mieux.

— Il maigrit à vue d'œil, remarqua Imelda qui se lavait les mains dans la cuisine.

Le mot d'ordre était de se laver les mains le plus souvent possible. On ouvrait les fenêtres le jour pour faire circuler l'air et, sur l'ordre de sa mère, Alvenia ne donnait aucun soin à son père: «Tu dois rester en santé pour tes élèves. Tu as remplacé une malade, il ne faudrait pas que tu le deviennes à ton tour!»

Cela convenait parfaitement à Alvenia. Elle s'en moquait, de la maladie de son père. Elle ne ressentait pas le moindre amour pour cet homme qui l'avait toujours méprisée. Au moins, là, couché dans son lit, il laissait Antonin tranquille. Georges Beaulieu, malgré tous ces mois passés, ne lâchait pas l'affaire. Il est vrai que Julien et Antonin étaient des copies conformes.

Alvenia ne comprenait pas trop ce qui poussait Imelda à prodiguer autant de soins à ce mari qui l'avait si souvent rabaissée et trompée. «Sûrement pour les convenances, j'peux pas croire», conclut-elle. Aux yeux d'Alvenia, son père ne valait pas plus que le dernier des hommes.

Un soir, Georges toussa et son mouchoir se couvrit de sang. Le médecin, appelé au chevet du malade, dut constater que Georges Beaulieu allait mourir. Imelda fit aussitôt appeler le prêtre pour l'extrême-onction. Elle était nerveuse :

— Alvenia, qu'allons-nous faire, toutes les deux, sans ton père ?

— Vous en faites pas, mère, ni le diable ni le bon Dieu n'en voudront ! répondit Alvenia en se lavant les mains.

Imelda en eut les larmes aux yeux :

— T'as donc rien dans le cœur pour parler comme ça ?

— De moins en moins, mère. La vie me rend plus dure, j'cré ben…

Monsieur le curé arriva accompagné de son servant de messe. Il amenait avec lui le saint viatique. Il donna les derniers sacrements au moribond. Il fit une prière supplémentaire avec Imelda pour lui donner du courage, puis repartit.

Toute la nuit, Imelda veilla son mari. Au petit matin, son Georges respirait par saccades et cherchait son souffle. Imelda, qui l'avait marié par amour, suppliait le ciel de voir enfin son homme sans cette malice et cette méchanceté qu'il lui avait montrées toute sa vie. Son cœur devait être bon tout au fond, elle en était persuadée. Elle espérait que, sentant sa mort arriver, il lui dirait un mot aimable.

Au désespoir, la pauvre femme alla chercher sa fille. Imelda voulait offrir un bouillon de poule à son mari pour le réchauffer un peu, mais ne voulait pas le laisser sans surveillance pendant la préparation.

Alvenia se leva et se dirigea sans presse vers la chambre de son père. Elle entra avec un mouchoir sur la bouche et le nez afin de ne pas attraper le virus. Son père toussait et avait le visage livide. La jeune fille s'approcha et le regarda avec froideur.

Georges l'aperçut et l'appela en levant la main. Il vint pour toucher son bras, mais Alvenia recula. Elle ne voulait avoir aucun contact avec lui. Il la dégoûtait. Son visage se crispa soudain. Alvenia devina qu'il ne lui en restait pas pour longtemps. Son souffle était si faible qu'il semblait inexistant.

Elle se pencha vers lui. Georges attendait un pardon de sa part, mais les mots qui sortirent de la bouche de sa fille furent bien différents :

— Va au diable, le père, pis profites-en donc pour lui dire qu'Antonin est ben mon fils.

Elle recula avec un sourire mauvais que son mouchoir dissimula à peine. Georges la fixa un moment, les yeux pleins de larmes, puis son regard s'éteignit… Alvenia attendit un moment pour être certaine que c'était fini, puis sortit rejoindre sa mère.

— J'pense ben que le père est parti, mère.

— As-tu pu lui parler, Alvenia ? Avez-vous pu vous dire tout ce qu'il fallait ?

— Oui, toute. Pour ça, je lui ai tout dit.

Imelda éclata en sanglots dans les bras de sa fille. Elle ne vit pas son visage épanoui. « Tout est bien qui finit bien », pensa Alvenia en lui caressant les cheveux.

Julien arriva moins d'une heure plus tard. Il regarda son père et soupira. Ils ne s'étaient jamais compris. Georges n'avait jamais été tendre avec son fils.

Marie arriva avec Lorenzo. Tout s'était enchaîné si vite après l'extrême-onction qu'elle n'avait pas eu le temps de dire au revoir à son père. Elle pleura dans les bras de sa mère. C'était la seule de ses enfants que Georges avait laissée un peu tranquille. Elle avait toujours pensé que c'était un signe de l'affection qu'il lui portait ; en réalité, toutefois, c'était simplement parce qu'il la trouvait tellement banale.

On déposa Georges Beaulieu sur les planches en prenant soin de bien aérer la maison. On avait répandu, comme le voulait la coutume, des branches de cèdre et de sapin partout. L'odeur serait un peu moins pire. Pendant trois jours, on le garda allongé à la chaleur dans la maison. Jour et nuit, Imelda le veilla. Alvenia égraina son chapelet en bâillant. Prier pour le repos de l'âme de son père lui semblait complètement inutile. Il ne devait même pas en avoir une.

On le mit en terre sous la pluie froide du début d'avril.

De retour à la maison, Marie rassembla ses proches :

— J'aurais eu quelque chose à dire au père, une belle nouvelle. J'attends un enfant. Moé pis Lorenzo, on va être parents. Le premier p'tit Beaulieu, pour vrai !

« Plutôt le deuxième, oui... », pensa Alvenia.

Imelda se réjouit de la nouvelle et Julien embrassa sa sœur. Tout le monde félicita Lorenzo. Cette naissance à venir mettait un baume sur le deuil des Beaulieu, en tout cas sur Julien, Marie et Imelda.

Alvenia était insensible à tout, mais elle sentit la jalousie monter en elle. Elle était devenue en quelque sorte la réplique de ce père qu'elle haïssait tant. Au moins, une chose était sûre : là où il était, Georges ne la dérangerait plus.

Dans les jours qui suivirent le décès, Imelda, Julien, Marie et Alvenia se rendirent chez le notaire pour l'ouverture du testament.

Imelda était nerveuse. Elle espérait que Georges laisserait un petit quelque chose à Julien malgré le fait qu'il lui avait tenu tête. Si ce n'était pas le cas, elle lui donnerait une partie de sa part à elle.

Julien souhaitait hériter du commerce et des terres à bois. Un bon magot qui leur assurerait une vie agréable, à lui et à Florence, et qui mettrait leurs enfants à l'abri du besoin toute leur vie.

Marie, elle, n'attendait rien de précis. Lorenzo et elle s'habituaient à vivre modestement et elle n'haïssait pas cela. Elle avait trouvé l'amour, c'était ce qui comptait.

Enfin, Alvenia non plus n'attendait rien. Elle avait reçu l'héritage de sa grand-mère et elle s'en contentait. De toute façon, elle n'imaginait pas de scénario dans lequel son père lui léguerait quoi que ce soit.

Le notaire Théberge les reçut tous et les fit asseoir dans son bureau. Il se replaça les cheveux, geste qu'il faisait quand il était nerveux, puis se racla la gorge :

— Bon, je dois commencer par vous dire que Georges Beaulieu a fait un testament en deux parties. Si la première partie est acceptée, la deuxième sera annulée selon son consentement. Vu que les époux ont fait dans le temps un contrat de mariage de communauté de biens, madame Imelda Beaulieu serait en droit de recevoir un montant. Mais à la mort de votre père, madame Beaulieu, pour avoir accès à votre indépendance, vous avez demandé que cette clause soit annulée. Donc, Georges Beaulieu pouvait donner tous ses biens à qui il le voulait. N'est-ce pas, madame Beaulieu ?

— Oui, mon père avait inscrit sur son testament qu'une part allait à Georges, mais que l'autre devait me rester en biens propres malgré notre mariage. Mon père avait demandé à ce moment-là que Georges signe une dérogation pour que je puisse profiter comme il me plaisait de ma fortune, confirma Imelda.

Le notaire continua.

— Bien. Nous allons donc procéder à l'ouverture de la première partie du testament. Je demanderais à madame Beaulieu, à Julien et à Marie de sortir un moment. Cette partie ne concerne qu'Alvenia.

Tout le monde regarda la jeune femme, qui ne comprenait rien du tout. Qu'est-ce que le vieux Georges avait encore manigancé ? Ils sortirent dans le corridor, et le notaire ferma la porte. Il avait les larmes aux yeux. Il passa devant Alvenia en la regardant et s'assit en face d'elle. L'atmosphère était tendue.

— Alvenia, dit-il, tu sais que je t'aime bien, hein ? Ce que je vais lire est très important, aussi bien pour toi que pour moi. Une semaine avant sa mort, ton père m'a fait venir chez vous et a ajouté cette partie à son testament.

Il prit la première enveloppe, l'ouvrit devant la jeune femme et en fit la lecture :

*« Moi, Georges Beaulieu, sain de corps et d'esprit, lègue à ma fille Alvenia tous mes avoirs, que ce soit argent, fonds de terre, bâtiments du commerce ou placements, y compris la maison familiale, pour qu'elle puisse assurer un héritage digne de ce nom à mon petit-fils Antonin Mercier. Ce dernier est le fils naturel d'Alvenia Beaulieu et de Léopold Théberge, son fiancé malheureusement décédé avant de savoir qu'il était père. »*

Le vieux notaire reposa la lettre sur son bureau. Ses mains tremblaient tant l'émotion était grande. Il attendait la réaction d'Alvenia. Était-ce un délire de mourant ou plutôt la réalité ? Son fils Léopold avait-il eu un enfant ?

Alvenia se frotta les yeux de découragement. « Le chien… Il me met au pied du mur, même mort. » Le dilemme était total. Si elle validait l'hypothèse de son père, son secret serait révélé et tout le monde verrait Antonin comme un bâtard. Son père aurait gagné. Mais elle pourrait partir d'ici et vivre dans le luxe avec son fils. Si elle niait tout, elle perdrait vraisemblablement l'argent. Dans tous les cas, elle ne pouvait sans doute pas nier qu'elle avait eu un enfant avec Léopold. Le notaire était sûrement trop brillant pour croire que Georges aurait monté une histoire aussi grave. « Tout s'achète, qu'il disait, mais pas moé. Moé, il m'aura pas », résolut-elle.

Elle prit une grande respiration et leva les yeux vers le notaire, qui était suspendu à ses lèvres :

— Écoutez, j'peux pas en bonne conscience accepter l'héritage… Il est vrai que j'ai eu un enfant avec votre Léopold, mais il est mort à la naissance à l'Hospice de la Miséricorde. Si vous voulez aller voir, les papiers vous le diront. Antonin, le petit en élève chez les voisins, c'est pas le mien, mais le père s'est imaginé que c'était le cas. Il voulait tellement cet enfant-là…

— Si le p'tit avait vécu, tu nous l'aurais dit, Alvenia, hein ? supplia presque le vieux père.

Le notaire éclata en sanglots. Son cher Léopold avait bien eu un fils. Cette nouvelle perte qu'il ne soupçonnait même pas il y a une semaine ne fit que raviver sa blessure.

Alvenia regarda le père de Léopold. C'était à son tour d'avoir de la peine. Elle, pour sa part, n'avait plus de larmes pour cela. Elles avaient déjà toutes été versées. Elle tenta de se faire rassurante envers cet homme bon qui aurait été, avec un tout petit peu plus de chance, son beau-père :

— Oui, sûrement… En tout cas, je l'aurais pas fait adopter par Julien comme mon père le souhaitait. Cela étant dit, je crois que j'ai plus besoin d'être ici, n'est-ce pas ? Connaissant mon père, après m'avoir mis l'hameçon au nez, il ne me laissera rien dans la deuxième partie. Je me trompe ?

Le notaire fit non de la tête. Alvenia le remercia et sortit dans le passage. Imelda, Marie et Julien se tournèrent vers elle, curieux de connaître le contenu de cette première partie du testament.

Alvenia ne dévoila rien :

— Entrez, entrez, moi j'ai fini. La première partie était pour dire qu'il me pardonnait de lui avoir fait honte en tombant enceinte. Mère, le notaire est donc maintenant au courant de ma grossesse. Pour le reste, j'ai déjà eu ma part avec grand-mère.

Rouge de honte, Imelda entra dans le bureau du notaire. Julien et Marie la suivirent.

Alvenia sortit sur la belle galerie des Théberge, celle-là même qui avait jadis accueilli ses amours naissantes. Elle eut une pensée pour Léopold : « Tu serais fier de moi, mon amour, j'en suis certaine. » Elle prit une grande respiration et sourit. Elle avait tenu tête à son père jusqu'au bout et, elle en était convaincue, avait ainsi protégé son Antonin.

À l'intérieur, dans la confidentialité du bureau du notaire, la lecture du testament de Georges Beaulieu continua. Imelda hérita de la belle maison victorienne de Saint-Damien. Marie toucha une bonne somme d'argent et Julien, juste parce qu'il portait fièrement le nom de Beaulieu, gagna le reste. Bref, tout le monde était content.

Les dernières semaines de l'année scolaire passèrent très vite. Les élèves avaient de bons résultats.

La jeune institutrice qui s'était absentée donna sa démission ; Alvenia devint donc officiellement la nouvelle maîtresse du village. Elle était bien contente de garder son emploi. Elle trouvait un certain plaisir à se faire appeler « la delle ». C'était un signe de respect dans le coin.

On disait partout que la delle Beaulieu était maline, mais que c'était pour le bien de ses élèves. Il était vrai que la jeune femme ne supportait plus la médiocrité. Elle souffrait assez de voir son fils, par la fenêtre, porter des vêtements usés et des souliers trop grands pour lui. Elle était devenue d'une rigueur qui dépassait même celle de sa mère. Depuis la mort de son père, elle se faisait toujours un chignon très serré. Cette coiffure la rendait sévère. Elle avait perdu sa beauté de jeune fille. Même ses beaux yeux vert émeraude n'avaient plus le même éclat. La rage de ne pouvoir vivre normalement la rongeait peu à peu.

— Les examens de fin d'année arrivent. J'dois apporter des copies chez nous le soir. Y'a toujours des enfants innocents qui ont de la misère à comprendre du premier coup, se plaignait Alvenia.

Imelda la reprit :

— Dis pas ça ! Il faut être patiente avec ces petits trésors.

— Vous parlez sans rien comprendre, mère. Vous avez pas d'expérience en travail. Vous n'avez que torché le père toute votre vie, lança Alvenia d'un ton sec.

Depuis la mort de Georges, la jeune fille était peu à peu devenue méchante avec sa propre mère. Imelda avait la larme facile et cela irritait extrêmement Alvenia.

— Parle-moé pas de même, ma fille. Tu m'fais brailler !

— Ben tant qu'à brailler tout le temps, allez brailler dans votre chambre et fichez-moé la paix. J'ai du travail à faire.

Imelda fila droit dans sa chambre en reniflant. Alvenia comprit qu'elle était devenue la maîtresse de la maison. Sa mère, à son âge, n'avait plus grande utilité à ses yeux.

Marie venait de moins en moins à la maison : elle préparait la venue du bébé. Alvenia prétextait de ne pas avoir le temps pour aller la visiter. Un fossé se creusait entre les sœurs et Imelda ne savait plus quoi faire pour réparer les choses.

Pour toutes ces raisons, la pauvre mère vieillissait dans le stress. Sa cadette ne lui facilitait pas la vie, mais Imelda acceptait tout pour ne pas se retrouver seule. Alvenia l'avait même obligée sur testament à lui donner la maison, faute de quoi elle partirait s'installer ailleurs et seule. « Par chance que la maison est à moé, sinon elle me jetterait dehors », pensait parfois Imelda en égrainant son chapelet.

# Chapitre 22

En 1911, Imelda vivait encore avec Alvenia, qui ne se radoucissait pas. Marie avait maintenant deux enfants: Henri, le plus vieux, et Madeleine, la petite dernière des Beaulieu. Juste le prénom de Madeleine suffisait à donner des frissons à Alvenia. Elle l'avait trop entendu pendant ses mois passés à l'Hospice de la Miséricorde.

La rentrée des classes arrivait. L'automne tirait la couverte.

Cela faisait déjà quelques années qu'Alvenia était institutrice, mais cette fois, elle se sentait nerveuse. Son Antonin, qui avait maintenant six ans, commençait l'école.

Elle avait tellement épié par la fenêtre ses moindres mouvements. La première fois qu'il était monté dans un arbre. La première fois qu'il avait tiré une roche à un moineau. Elle avait vécu l'évolution de son fils à distance. « La mère dans la fenêtre », se répétait constamment Alvenia pour s'encourager à tenir son rôle.

Pour Antonin, elle n'était que la voisine qui lui disait bonjour de temps en temps, sans plus. Pas un mot gentil, pas une caresse.

Son frère adoptif, qui avait deux ans de plus que lui, avait déjà Alvenia comme institutrice. La veille de la rentrée, il avait mis en garde Antonin et lui avait dit qu'elle était bête comme ses pieds.

Le p'tit Mercier avait du toc et fit le fier, mais dans le fond, il avait une certaine peur de cette femme à l'allure sévère.

La grande entrée arriva, malgré le stress de la mère et la peur du fils. Antonin se pointa à l'école avec un petit cahier et un crayon. Alvenia l'accueillit comme les autres enfants et l'invita à s'asseoir. Elle retenait presque son souffle tant l'émotion était grande.

Lorsque tous ses élèves furent arrivés, elle demanda aux petits nouveaux de venir prendre place à l'avant de la classe. Antonin, qui s'était assis au fond, fit la moue. Il s'avança tout de même et se dirigea sur la gauche.

— Antonin Mercier, assis-toi juste devant moi, s'il te plaît.

Le jeune garçon devint rouge comme une tomate. Pourquoi elle le cernait comme ça? Il obéit tout en faisant la moue. Alvenia le regarda avec un petit pincement. Elle tenta de se faire rassurante:

— On est voisins, alors on peut être près ici aussi. N'est-ce pas, mon jeune ami?

Antonin esquissa un sourire. Il n'aimait pas être devant, mais n'avait pas le choix. Sa maman lui avait bien dit de se tenir tranquille et de bien écouter, alors il resta sage.

— Nous allons tous nous présenter chacun notre tour en avant, en disant quelques mots sur nous. Comme ça, on connaîtra tout le monde. Je commence: Je m'appelle Alvenia Beaulieu et je suis maîtresse ici depuis quelques années. J'aime les gâteaux et les gros orages.

Elle désigna une fillette, qui s'avança:

— J'm'appelle Mathilde Aubin. J'ai un p'tit frère nouveau et j'aime les bonbons.

— Merci, Mathilde, tu peux te rasseoir.

Elle désigna ensuite Antonin. Le petit garçon se leva et alla devant:

— J'm'appelle Antonin Mercier, ma maman est Maria et je l'aime beaucoup…

Alvenia répliqua froidement :

— Maria n'est pas ta mère, tu es un orphelin en élève seulement. Va dans le coin pour avoir menti devant la classe.

Antonin eut les larmes aux yeux. Il se rendit dans le coin, dos à la classe. Alvenia comprit qu'elle l'avait blessé. Elle regrettait, mais cela avait été plus fort qu'elle. Il n'avait pas le droit d'appeler Maria « maman ». C'était elle, Alvenia, sa mère. Elle aurait voulu le lui dire. Comment faire pour qu'il lui pardonne ?

Lorsque tout le monde se fut présenté, elle alla vers lui et lui dit :

— T'as raison de l'appeler maman, Antonin. On peut avoir plusieurs mamans, tu sais ? Tu peux retourner à ta place maintenant.

Mais Antonin ne bougea pas d'un poil. Il ne le savait pas, mais il avait le caractère de sa mère biologique.

— Non, j'reste ici. C'est vrai que j'ai menti. Mais ma mère à moi, elle m'a laissé tout seul, pis j'la déteste.

Alvenia reçut ces mots comme une épée au cœur. Elle ne l'avait pas abandonné, elle avait au contraire tout fait pour qu'il soit bien. Elle lui avait donné sa vie. Elle n'insista pas. Elle devait laisser passer le temps.

— Ta punition est finie, Antonin. Tu iras à ta place quand tu voudras. Et je suis triste moi aussi pour ta mère.

Le petit bonhomme se serrait la bouche pour ne pas pleurer. Son frère avait raison, elle était méchante, cette institutrice-là. Il finit par retourner à sa place, mais ne la regarda plus de la journée. Aussitôt que la cloche sonna, il prit son cahier et son crayon et courut dehors.

Alvenia sortit pour s'expliquer, mais Maria était là : Antonin lui sauta dans les bras en l'embrassant. Il lui murmura quelque chose à l'oreille et la famille repartit à la maison. Alvenia resta là, les regardant descendre la côte main dans la main. Elle avait gâché la première journée d'école de son fils.

Elle retourna chez elle. Imelda avait fait cuire un poulet. L'air sentait bon.

— C'est moé, mère, j'suis rentrée.

Imelda n'était toutefois pas dans la cuisine. Alvenia finit par la trouver dans sa chambre, allongée dans son lit.

Elle s'excusa :

— Ça a pas ben ben d'allure de se coucher à pareille heure, mais j'viens de vomir. Tu vas souper toute seule à soir, Alvenia, j'ai pas faim. Une chance que j'ai mis au four une volaille, dit la vieille.

Depuis quelque temps, Imelda se plaignait de douleurs à l'estomac. En vieillissant, elle devenait comme une enfant. Alvenia pensait que sa mère avait besoin d'attention, mais elle reconnut ce jour-là qu'elle semblait pas en forme. Elle la couvrit et retourna à la cuisine.

Elle regarda le poulet, qui était rôti à point. Imelda avait bien cuisiné et la bête était appétissante, mais Alvenia n'avait pas grand appétit non plus. Elle prit la volaille et sortit.

Elle traversa chez les Blouin et cogna. Maria vint lui ouvrir. Antonin, en la voyant, rentra sous la table.

— J'viens vous offrir du poulet. Ma mère en a fait cuire deux. Elle perd un peu la tête, j'cré ben, prétexta Alvenia.

Maria ne lui faisait pas beaucoup de façon. Alvenia voyait bien qu'Antonin lui avait raconté toute sa journée.

— Merci bien, mais ici, on mange pas de poulet, répondit froidement la jeune mère.

Alvenia baissa les yeux :

— Écoutez, j'suis vraiment désolée pour le petit Antonin… J'ai le mensonge en horreur et j'ai poussé un peu loin cette fois-là.

Maria la regarda. Elle avait l'air sincère.

— Antonin, viens près de moé, dit Maria.

Le petit garçon sortit de sous la table.

— Tu aimes ben le poulet, hein ? Surtout le poulet rôti ? Ben regarde ce que la delle vient de nous apporter.

Le gamin était très gourmand. Il prit le poulet des mains d'Alvenia et le posa sur la table.

— On vous pardonne. N'est-ce pas, Antonin ? Viens serrer mademoiselle Beaulieu pour montrer que t'es pas rancunier.

Antonin se rua sur Alvenia, lui serra vitement les jambes et repartit se cacher sous la table. Il n'était pas rancunier, mais il avait encore peur. Alvenia jugea qu'elle en avait assez fait. Elle retourna chez elle et mangea un morceau de pain en regardant par la fenêtre son fils engloutir le poulet de sa grand-mère.

Plus les jours avançaient et moins Imelda sortait de son lit. Elle ne mangeait presque plus. Le médecin lui avait prescrit un sirop pour calmer son estomac, mais rien n'y faisait.

Julien arrêtait à la maison tous les soirs avant de rentrer chez lui et Marie venait régulièrement passer l'après-midi avec elle.

Un jour, elle prit Alvenia à part à son retour de l'école :

— Elle a l'air d'avoir mal... C'est toujours de même?, demanda-t-elle.

— J'cré que oui, mais mère est pas chialeuse. Elle braille ben pour tout, mais pas pour son mal à l'estomac, répondit Alvenia.

Madeleine se mit à pleurer après qu'Henri lui eut tiré les cheveux. Les cris de bébé rendirent Alvenia impatiente :

— Tu les fais jamais garder par ton Lorenzo ? Ils font du bruit, ça doit déranger mère, lança la jeune femme.

— Lorenzo doit travailler. Il ne veut pas qu'on touche à mon héritage. Il est trop fier pour ça. Pis depuis qu'il a décidé de reprendre la forge de son père, l'ouvrage manque pas.

Alvenia était très agacée par les enfants de sa sœur. Les voir courir dans la maison familiale lui tapait sur les nerfs. Antonin n'avait pour ainsi dire jamais eu le privilège d'y rentrer. Il n'avait de logis que le taudis d'à côté. Marie avait aussi reçu au mariage une maison de pauvre, mais avec le temps, elle en avait fait un endroit bien confortable avec un agrandissement pour accueillir un grand salon pour son piano.

La santé d'Imelda se dégrada dans les jours suivants. Il fallait se rendre à l'évidence, elle allait mourir. À sa demande, on appela le curé. « J'veux me préparer convenablement », avait-elle expliqué. Elle voulait recevoir les derniers sacrements pendant qu'elle était bien lucide. Le curé la confessa et fit sur elle l'onction des malades. Puis elle communia dans le plus grand respect.

Alvenia regardait la scène sans grande émotion. Comme si c'était quelqu'un d'autre qui allait mourir. Une femme inconnue. Dans une autre famille. Elle était indifférente à tout, sauf à Antonin. Elle retourna vaquer à ses occupations. Depuis qu'Imelda restait alitée, Alvenia devait entretenir seule la grande maison.

Un soir, Imelda demanda à sa fille de venir la rejoindre dans sa chambre. Elle tenait à lui parler, de femme à femme.

— J'veux te demander pardon, ma fille, comme ton père. J'ai eu honte, moé aussi, quand t'es tombée enceinte. Mais ensuite, j'aurais voulu que tu le gardes avec toé. J'étais pas d'accord au début avec ton père qui voulait le donner à ton frère. Julien non plus, y voulait pas. Mais ton père était ben persuasif. Et on a cédé. J'ai baissé les bras sur ben des choses… Tu t'en es sans doute rendu compte ? Mais j'ai pardonné. Là, c'est moé qui demande ton pardon.

Imelda regardait sa fille. Elle était sincère. Alvenia le ressentit et lui sourit. Elle lui prit les mains et lui dit :

— Je l'ai gardé, maman, mon enfant. Je l'ai gardé ben proche.

— Dans ton cœur…, ajouta Imelda en mettant sa main sur la poitrine de sa fille.

Puis elle ferma les yeux. Elle était fatiguée. Elle voulait dormir. Alvenia sortit. Imelda n'avait rien compris de son aveu, mais elle se sentait soulagée d'avoir confié à sa mère que son fils était proche.

Le lendemain matin, Imelda était morte. Allongée dans son lit, les mains jointes, elle était partie sans un bruit.

On la mit sur les planches. Cette fois-ci, Alvenia voulut la pleurer. Si elle avait pu avoir cette discussion avec elle, si elle avait montré de l'ouverture pour sa fille... Comme leur relation aurait pu être différente.

À l'ouverture du testament, Alvenia put constater qu'Imelda, qui avait promis la maison à sa fille, avait tenu parole. Alvenia deviendrait la vieille fille à la grande maison. Elle choisit de s'habiller en noir. Cette couleur éloignait les curieux. Elle porterait le deuil le plus longtemps possible.

Son quotidien était désormais rythmé par le tic-tac de la pendule de l'entrée. Alvenia n'avait rien changé dans la maison après le départ de sa mère. Elle s'en foutait complètement. Julien et Marie ne venaient jamais la voir. De toute façon, elle était de mauvaise compagnie.

À la fin octobre, après un petit temps d'arrêt, Alvenia retourna à ses cours. La ménagère du curé l'avait remplacée au pied levé. Les enfants la trouvaient plate à mourir, elle ne faisait que les faire prier. Quand Alvenia arriva, même Antonin la trouva moins mauvaise. Le revoir lui redonna un peu de joie de vivre.

Elle replaça les choses sur son bureau lorsqu'elle décida de bousculer un peu son programme:

— Les enfants, le mois de novembre arrive et c'est le mois de quoi?

— Le mois des morts, répondirent tous les petits.

— Oui, mais non! Cette année, ce sera le mois des flocons. On va prendre des feuilles de papier et fabriquer des flocons de neige, et on en mettra partout sur les murs. Je veux un mois de novembre gai. Pas vous?

— Oui, mademoiselle!

Tous les enfants dessinèrent des flocons, sauf Antonin qui, lui, dessinait des chevaux. Alvenia s'approcha.

— Tu sais pas faire des flocons?

— Oui, mais moé, c'est les chevaux que j'aime. Des fois, j'rêve que ma vraie mère vient me chercher sur un beau cheval blanc.

J'monte en selle avec elle, pis on part. Mais j'sais jamais où parce que j'me réveille, avoua candidement le gamin.

Alvenia sentit son cœur se serrer. Elle avait envie de lui faire plaisir. Et pourquoi pas lui offrir son rêve pour les fêtes ?

Elle fit des pieds et des mains pour trouver un poney tout blanc pour son Antonin. Le matin du jour de l'An, elle le fit livrer chez elle et le promena dans la cour en le tirant par sa bride. Il avait été lavé et était merveilleux. Il avait sur le dos une petite selle en cuir avec des gros pompons rouges. Antonin, qui regardait par la fenêtre, la vit. Il attrapa son manteau et ses bottes, mit sa casquette et sortit dehors en courant vers Alvenia. La jeune femme était folle de joie de le voir accourir.

— Ah, bonjour Antonin ! As-tu vu ce que j'ai trouvé dans ma cour ce matin ?

— Un cheval tout blanc comme dans mon rêve..., lança le garçon, tout émerveillé.

— J'sais pas il est à qui...

— Si personne le veut, moé j'le prends !

— Alors, prends-le, je sais pas comment m'occuper d'un cheval et encore moins d'un blanc, dit Alvenia qui riait à belles dents.

— Venez, on va le montrer à maman... à Maria, dit Antonin qui avait peur qu'Alvenia lui enlève le cheval.

— À maman Maria, c'est correct. J'te l'ai dit, Antonin, on peut avoir plusieurs mamans.

— Si on peut pour vrai, j'vous prends vous aussi pour maman d'abord ! Venez-vous-en !

Alvenia eut les yeux pleins d'eau. Le gamin tira le poney vers chez lui et la jeune femme le suivit.

Lorsqu'elle vit arriver le poney, Maria ne sut pas quoi dire. Son mari sortit dehors et regarda la bête en se grattant la tête. Qu'est-ce que leur voisine allait encore inventer ?

Alvenia prit les devants :

— Ah, bonjour monsieur et madame Blouin. Bonne année ! Écoutez, j'ai reçu ce poney à matin. Une vieille dette due à mon père d'un commerçant qui l'avait roulé légèrement dans le temps. Il doit sentir sa mort arriver, pauvre homme, et il veut se libérer la conscience, on dirait ben. Toujours est-il que j'ai pas de place ni d'intérêt à garder pareil animal. C'est juste bon pour amuser les enfants, mais j'en ai pas. Antonin a l'air de vouloir le garder. Ça vous dérangerait-tu ? Sinon, j'vas le faire abattre.

— On va le prendre, si vous voulez l'abattre, trancha monsieur Blouin en se grattant la tête. Mais les poneys sont rares icitte, on n'est pas en ville. D'où c'est qu'il arrive, coudonc ?

— Mon père faisait des affaires partout, alors plus rien m'étonne. En tout cas, merci de m'en débarrasser, dit Alvenia.

Elle le salua et retourna chez elle. Cette année, elle n'avait pas de repas de famille, pas de fête. Juste regarder Antonin monter son poney jusqu'à la tombée de la nuit.

Avril arriva. Antonin brossait tous les jours son poney avec ses frères. Il éprouvait de plus en plus une attirance particulière pour les chevaux. Il montait même sans selle en se tenant par la crinière de l'animal, qu'il avait nommé Copain. Très beau nom pour l'ami de son fils.

Chaque fois qu'Antonin réussissait bien à l'école, Alvenia le gâtait. Tellement que les autres en étaient un peu jaloux.

Un matin, Alvenia annonça un contrôle en grammaire pour les plus vieux. Les examens de fin d'année allaient être durs. Il fallait bien se préparer. Les plus petits avaient seulement quelques mots à écrire.

— Sortez une feuille et écrivez votre nom, demanda Alvenia.

Antonin, qui ne commençait qu'à écrire, Alvenia n'ayant pas beaucoup de temps pour les petits, écrivait son nom avec beaucoup de difficulté. C'est surtout son nom de famille qui lui donnait du mal. Mercier, c'était long et les « r » étaient sa phobie. Il n'arrivait pas à se souvenir dans quel sens les faire.

— Viens ici, Antonin, et apporte ta feuille. Les autres, écrivez-moi la conjugaison du verbe marcher au présent et au passé.

Le gamin monta au pupitre d'Alvenia.

— Je vais t'aider. Ici, écris Antonin.

Le petit s'appliqua. Quand il eut terminé, il avoua son défi :

— Mais l'autre nom, j'y arrive pas... y'a trop de « r ».

— C'est pas si dur, le mien est ben plus compliqué...

— J'suis sûr que non, regardez.

Il essaya d'écrire « Beaulieu » en se fiant à un cahier qu'Alvenia avait identifié à son nom et posé sur son bureau. Sur sa feuille était maintenant inscrit « Antonin Beaulieu ». Alvenia frémit et le regarda.

— Tu as bien écrit mon nom. Maintenant, peux-tu écrire maman ? C'est facile, tu vas voir.

Le gamin réussit, avec un peu d'aide.

— Retourne à ta place, Antonin, et laisse-moé ta copie. Tu as bien travaillé, tu peux dessiner maintenant.

Antonin alla s'asseoir et sortit une autre feuille, tout joyeux.

Alvenia plia précieusement le papier sur lequel son fils avait inscrit les mots « Antonin Beaulieu maman ». Elle le plaça dans son cahier. « Si tu savais comme j't'aime, mon garçon », pensa-t-elle en le regardant dessiner.

# Chapitre 23

Le début de l'année 1922 fut joyeux. La Grande Guerre était passée et la vie reprenait avec ses rêves et ses joies. Alvenia avait maintenant trente-neuf ans. Ses tempes commençaient à blanchir.

La Hortense à Julien fréquentait déjà un gars du commerçant Legendre de Saint-Malachie. Alvenia n'en pensait rien de bon: « Son père devrait la surveiller, celle-là. Elle m'a l'air pattes en l'air », avait-elle un jour confié à Marie.

Quant aux jumeaux, ils travaillaient avec Julien au moulin. Ils suivaient les traces de Georges Beaulieu. En tout cas, ils en avaient le nom. La pancarte sur le bord du chemin était encore la même: « Beaulieu et fils ».

Marie avait placé son Henri en apprenti chez un cordonnier de Saint-Lazare. Le jeune homme aimait les travaux manuels, un peu comme son père. Imelda et Georges seraient bien scandalisés de voir leur petit-fils travailler le cuir.

Marie n'avait jamais eu une grande ambition, que ce soit pour elle ou pour les siens. Un père forgeron et un fils cordonnier? Alvenia trouvait cela terrible et ne s'était pas gênée pour le lui dire:

— Un peu de dignité, Marie. On est des Beaulieu!

— On est plus au temps de mère pour marcher le cul serré, comme dit mon mari. La guerre est finie et vive la vie, avait répondu sa sœur.

Marie s'était épanouie dans le mariage tandis qu'Alvenia était devenue rigide dans le célibat. Elles ne voyaient pas la vie de la même façon, surtout en ce qui concernait l'avenir de leur progéniture.

En effet, Alvenia avait de grandes ambitions pour son Antonin. Il avait maintenant dix-sept ans et était beau comme un cœur. Il avait fini sa dixième année avec elle et il était très doué pour les études. Après les vacances d'été, elle espérait le faire entrer au séminaire, surtout que, avec un peu d'huile de coude, un prêtre avec de l'argent pouvait très bien espérer devenir évêque. Ainsi placé, son fils pourrait contrôler bien des sphères. Elle avait tellement travaillé fort avec lui pour qu'il devienne le meilleur de sa classe !

Malheureusement pour elle, Antonin ne voyait pas la vie ainsi. Il aimait les chevaux depuis toujours et voulait en faire le commerce. Son rêve ? Élever des bêtes de race et les vendre. Et pourquoi pas faire aussi les expositions ?

Il fréquentait une jeune fille, Anabelle, l'aînée du photographe du village. Une vraie beauté avec ses cheveux roux et ses yeux d'un bleu acier. Antonin et Anabelle ne se pavanaient pas devant les gens, car son père avait des principes. Sa fille devait attendre avant de tomber en amour. Elle avait tellement de talent en peinture et en dessin. Une artiste qui pourrait conquérir le monde, son père en était certain.

Il pouvait bien rêver, lui qui aurait voulu aller à Paris poser les monuments historiques. Il gagnait plutôt sa vie à faire des photos de famille et de jeunes mariés. Rien de bien excitant, mais comme il était le seul dans les environs, il gagnait bien sa vie. Sa femme, une ménagère hors pair, traitait leur maison aux petits oignons. Ils avaient deux filles, Anabelle et Julia, qui rivalisaient de beauté l'une et l'autre.

Anabelle travaillait pour les Labonté au magasin général. Bien sûr, la bonne femme Labonté était morte depuis longtemps, mais son fils avait repris le commerce. Comme Clara, la nouvelle madame Labonté, était enceinte et avait tendance à perdre un peu de sang, Anabelle venait aider à tenir le magasin.

— Tu sais que j't'aime, Anabelle, lui déclara Antonin en promenade dans les champs derrière le magasin.

— Tu sais qu'on peut pas aller ben loin. Je recommence à travailler à une heure.

Antonin aimait bien s'éloigner du village pour être seul avec la jeune fille. Mais à une heure, il la laissa partir. Elle retourna derrière son comptoir; Antonin, lui, fit semblant de magasiner des râteaux.

— Pour moé, mon Antonin, t'es en amour, le taquina le marchand. Mon engagée t'a agrippé le cœur, t'es pris ben dur!

Antonin sourit. Il était vrai qu'il aimait Anabelle.

— Y faudrait être fou pour pas la trouver belle, répondit le jeune homme en faisant un clin d'œil à Anabelle.

Le marchand Labonté rit de son audace. Il reconnut le doux sentiment. Lui aussi aimait par-dessus tout sa femme.

Le jeune homme repartit et monta à la forge de Lorenzo. Le propriétaire était en train de ferrer un étalon. La bête se trémoussait de côté.

— Fais attention, Antonin, qu'il ne te rue pas, l'avertit Lorenzo.

— Pas de risques, y'est sur trois pattes. Et moé, chu vite comme un lièvre!

Le jeune homme aimait bien Lorenzo, qui était toujours calme et avenant; il le laissait, en plus, s'occuper des bêtes et lui montrait comment les ferrer.

— Y faut que tu limes le sabot. Trop épais, ça fait pas, mon jeune.

Marie arriva sur ces entrefaites. Elle venait souvent voir son mari durant la journée. Depuis leur mariage, elle avait toujours été intentionnée avec Lorenzo, qui le lui rendait bien. C'était un couple qui s'aimait.

— Vous êtes beaux à voir, madame Marie, lança Antonin qui lui sourit.

— Toé aussi, mon homme. Un jour, tu vas trouver l'amour.

Antonin leva les bras au ciel.

— Mais c'est fait. J'suis suis déjà en amour.

— Et qui est l'heureuse élue ? demanda Lorenzo.

— Anabelle, la fille du photographe, la plus belle des rousses. La fille qui a les yeux d'un bleu que tu peux pas oublier...

— Ça a l'air sérieux, mon homme. Pris comme ça, t'es en amour.

Antonin s'appuya dans le cadre de la porte. Il avait fière allure avec ses yeux vert émeraude et ses cheveux châtains. Il était grand et élancé. On lui aurait facilement donné vingt ans.

Il passa une partie de l'après-midi à la forge, puis retourna chez lui.

De sa fenêtre, Alvenia se réjouit de le voir revenir. Depuis qu'il avait fini ses classes avec elle, il ne restait jamais chez les Blouin. Où allait-il le jour ? En bonne mère, elle surveillait son petit. Elle n'aimait pas ignorer ce qu'il faisait. Il était peut-être temps de mettre en œuvre son plan.

Un bon matin, l'institutrice se rendit visiter le nouveau curé, le bon père Brousseau étant décédé voilà deux ans. Un homme jovial et très compréhensif l'avait remplacé à la cure.

Alvenia arriva et frappa à la porte. Ce fut le prêtre lui-même qui vint lui ouvrir, son bréviaire à la main. Il faisait ses prières.

— Bonjour, delle Beaulieu. Comme vous me faites plaisir de venir jaser avec votre curé !

— C'est le beau temps, on a un mois de juillet remarquable et l'odeur des rosiers sauvages me réjouit, affirma Alvenia qui voulait mettre le curé de son bord.

— Vous avez raison, tout est merveilleux. On apprécie l'été après un hiver comme on a vécu.

L'hiver avait été très neigeux et monsieur le curé avait fatigué sur l'entretien des chemins tout l'hiver. Les colons souvent pris dans les rangs ne venaient pas aux offices. Quel dommage!

Le curé la fit passer dans son bureau.

— Asseyez-vous ici. Voulez-vous un thé? demanda le curé.

— Non, il fait trop chaud, merci!

Alvenia sortit un billet de dix dollars et le déposa sur le bureau du religieux.

— Pour vos œuvres, monsieur le curé, en priant pour les vocations. Le couvent se remplit ben. Le père Brousseau a tant fait pour nous autres, dit Alvenia.

— Un saint homme, acquiesça le prêtre en prenant l'argent et en le déposant dans une petite boîte en fer dans son bureau.

— Vous savez, mes élèves ont terminé les classes et plusieurs avec des mentions d'excellence. Je suis très stricte sur leurs notes. Ils doivent donner le meilleur d'eux-mêmes. Il est sûr que quelques-uns n'ont pas grand talent. Ceux-là, laissons-les travailler la terre. Mais d'aucuns ont, je crois, un avenir bien plus prometteur.

Le curé ne comprenait pas où elle voulait en venir. Il la laissa poursuivre.

— À mon avis, le jeune Antonin Mercier a tout ce qu'il faut pour faire son séminaire, lança-t-elle.

— D'accord, mais vous savez, le séminaire coûte cher. Ses parents sont très pauvres, enchaîna le prêtre. Vous le savez, puisque vous payez sa pension tous les mois.

— Oui, je le sais, mais sa mère avait prévu un fonds spécial pour ses études supérieures. Elle avait fait ses études en art. Vous le saviez?

— Je n'ai pas eu le plaisir de la connaître. Le père Brousseau n'avait pas mis de notes sur l'histoire de cette pauvre femme.

Alvenia s'en réjouit. Depuis deux ans qu'elle venait payer la pension d'Antonin, et elle ne savait pas si le nouveau curé connaissait le fond de l'histoire. Elle pouvait donc lui raconter n'importe quoi, ce dont elle ne se priverait pas:

— Une pauvre veuve fortunée que j'ai connue autrefois. Elle aurait souhaité que son fils devienne prêtre.

— Mais le jeune garçon a-t-il parlé de son vœu de devenir religieux ? Une vocation, ça ne s'invente pas, mademoiselle.

— Oui, il m'a déjà glissé un mot à propos de son questionnement. En classe, on parlait souvent de l'avenir des enfants, dit Alvenia en souriant.

— S'il souhaite le devenir, qu'il vienne me voir et je l'aiderai.

Alvenia regarda le curé dans les yeux :

— Vous savez, quelquefois, il faut forcer un peu la note. J'aimerais beaucoup que vous prêchiez sur l'importance de la prêtrise ce dimanche. Avec votre conviction et les notes de mon protégé, on pourrait donner au monde un nouveau prêtre. Notre évêque vous en saurait gré.

Le curé comprit que la supposée vocation était légèrement forcée. Encore une qui voulait avoir un prêtre pour prier pour elle. Mais Alvenia était une bonne donatrice pour la paroisse.

— Fort bien. J'en parlerai dimanche à la grand-messe. Parler des vocations est à mon sens tout désigné, surtout ici avec les religieuses.

Le dimanche suivant, monsieur le curé, du haut de sa chaire, clama les bienfaits des vocations pour l'église et pour le monde. Assise seule dans son grand banc, l'institutrice se réjouit de voir Antonin écouter religieusement.

Après la messe, Alvenia se prépara à retourner chez elle lorsqu'elle entendit quelqu'un l'appeler par son nom.

— Alvenia, attends ! dit Marie. Moé et Lorenzo, on aimerait t'inviter à dîner avec nous autres. Tu viens jamais me voir. Tu restes toujours toute seule. Viens donc pour faire plaisir à ta sœur !

Alvenia n'aimait pas trop le métier de gueux de Lorenzo. Vendeur, ça passait encore à ses yeux, mais forgeron ? C'était un travail où l'odeur de cheval et celui du fer dominaient, et ça lui levait le cœur. Marie l'invitait souvent et Alvenia trouvait toujours une façon de se défiler. Cette fois-ci, pour une rare fois, elle accepta. Elle ne pourrait pas éviter sa sœur et Lorenzo toute sa vie.

Arrivée chez Marie, Alvenia regarda l'état des lieux. La maison avait subi quelques agrandissements, notamment. Marie avait aussi aménagé son parterre de fleurs et d'arbres fruitiers. Sa sœur avait réussi avec la fortune du pot à rendre cette maison convenable.

Bien sûr, si on regardait à la forge voisine, le décor était différent. Des bouts de fer et de bois étaient accotés sur la bâtisse. Il y avait toujours un peu de crottes de cheval devant la boutique. On n'était pas en ville, mais tout de même, cela faisait désordonné.

Ils entrèrent dans la maison ; Marie servit à Alvenia une petite liqueur de fraise. Rien de trop sucré : elle savait bien qu'Alvenia détestait désormais tout excès. Que ce soit dans la nourriture ou dans le plaisir, tout devait être dosé.

— Tu trouves ça bon ?

— Pas mal, lui répondit Alvenia avec les lèvres pincées, un peu comme celles d'Imelda dans le temps.

On passa à table. Lorenzo était assis près d'Alvenia. Il était content que sa belle-sœur soit venue manger avec eux pour une fois.

— Tu dois être contente d'avoir fini les classes. Un paquet d'enfants, ça doit venir difficile à contrôler quelquefois ? demanda Lorenzo.

— Ça prend de la discipline. Rien de plus.

— Et tu réussis ben avec les jeunes. Je regarde Antonin, le p'tit voisin. Il nous a dit qu'il avait ben réussi en classe.

— Ah oui ? Tu l'as vu où ?

— Oui, y vient souvent à la forge. Ça me fait plaisir, je l'aime ben. Pis lui, y adore les chevaux. Une vraie maladie ! Y veut devenir éleveur ou commerçant de pur-sang, dit Lorenzo.

Alvenia se raidit.

— C'est stupide, il devrait faire un prêtre ! Avec les notes qu'il a et sa prestance, il est destiné à la vocation sacerdotale.

Marie partit à rire :

— En amour comme il est, j'crois pas qu'il pense aux prières, si tu vois ce que j'veux dire, lança Marie en servant la soupe.

Alvenia se leva debout d'un trait. De sa fenêtre, elle n'avait rien vu de tout cela.

— En amour avec QUI ?

— La p'tite Anabelle, voyons, répondit son beau-frère. Tu sais, la fille du photographe ? Elle travaille chez le marchand Labonté pour l'été. Antonin m'a dit qu'elle voulait devenir artiste. Y paraît qu'elle fait de belles peintures en cadres. Pendant que t'es debout, me passerais-tu le beurre, Alvenia ?

Son fils, son Antonin, commerçant de chevaux et en amour avec une soi-disant artiste ? Quel tableau pitoyable ! Elle passa le beurre brutalement à Lorenzo, puis se rassit.

— Mon doux, tu prends la vie de tes élèves à cœur, affirma Marie qui ne comprenait pas sa réaction.

Alvenia respira profondément. Il lui fallait garder son sang-froid. Elle devrait le surveiller et essayer d'en savoir plus sur cette Anabelle. Elle ne la connaissait pas du tout, puisque sa mère lui avait fait l'école à la maison. Des bohémiens dans cette famille. Cette fille allait sûrement corrompre son Antonin et le rendre aussi minable qu'eux.

Alvenia ne parla plus beaucoup durant le reste du repas, mais Marie comblait les vides en racontant ses histoires farfelues.

Au début de la semaine, Antonin était devant chez lui à arranger une sangle à chevaux lorsqu'Alvenia vint le saluer. Elle voulait sonder ses sentiments.

— Bonjour, Antonin. Tu travailles fort comme toujours, à ce que je vois.

— Oui, j'dois arranger cette sangle. Y'a une course mercredi autour du lac Vert. Imaginez, le commerçant Dion de Buckland me prête son étalon pour faire la course. Je dois vérifier toutes les pièces de mon attelage, forcément. Un peu de lousse quand tu tournes rapidement et tu perds plusieurs secondes précieuses.

— Une course! Mais c'est dangereux! Tu devrais pas y aller, mon gars. Y en a plusieurs qui sont tombés en faisant des courses comme ça.

Elle mit sa main sur le bras de son garçon. Antonin la regarda, étonné. De quel droit lui disait-elle ça?

— J'm'excuse de vous dire ça, mais vous êtes pas ma mère… D'ailleurs, Maria trouve que j'suis bon avec les chevaux.

— Oui, j'en doute pas, mais les chevaux, c'est pas un vrai métier. Avec tes aptitudes, tu devrais faire un prêtre. Tu pourrais aller loin et même devenir monseigneur.

Alvenia espérait ainsi semer une petite graine, une inspiration, mais Antonin partit plutôt à rire.

— Moé, curé? J'aime trop les filles pour penser à me faire religieux. Vous avez des drôles d'idées, mademoiselle. Moé, curé… Ha! Ha!

Alvenia se sentit piquée droit au cœur. Il ne voulait rien entendre, décidément. Être religieux lui ouvrirait les voies du pouvoir et même de la politique. Comment ne pouvait-il pas s'en rendre compte? Mais elle arrêta la discussion. Elle devait passer par un autre chemin pour le convaincre, elle le sentait bien.

Si elle ne pouvait pas avoir d'influence sur Antonin, il était peut-être plus sage de changer de cible pour le moment. Pourquoi pas commencer par repousser cette Anabelle aux cheveux roux comme de la pisse de jument en chaleur?

Beaucoup de paroissiens s'étaient déplacés au lac Vert pour voir la course de l'été. Des gens de partout étaient là et des paris étaient discrètement lancés sur le bord du lac. Bien sûr, monsieur le curé n'était pas pour les jeux d'argent. Mais toute cette initiative venait des commerçants de chevaux qui voulaient montrer leurs bêtes et moussaient les mises pour exciter l'assistance.

Alvenia se rendit au spectacle avec Marie et Lorenzo. Ce dernier n'était pas fâché d'avoir un petit répit. L'événement avait donné beaucoup de travail à la forge. Presque tous les coureurs étaient passés pour faire vérifier les fers de leur bête avant la course.

Lorenzo avait choisi de miser un deux dollars sur le cheval que conduisait Antonin. Il faut dire que l'étalon du commerçant Dion était très beau avec sa robe d'un beau brun luisant. Ce matin, le bonhomme Dion avait même mis des bandelettes de tissu aux pattes de sa bête pour raidir ses articulations. Il avait aussi donné des conseils au jeune Antonin, tout excité de participer à sa première course:

— Tu le laisses aller dans les courbes, pis dans les lignes droites tu le fouettes un peu, avait alors suggéré le commerçant.

Lorenzo alla aussi voir le garçon. Mine de rien, il s'en faisait un peu pour le jeune homme.

— Si tu veux faire le métier d'éleveur de chevaux, apprends à respecter ta bête. Le but, c'est de faire corps avec elle, pas de la martyriser.

— Oui, monsieur Lachance, j'vas faire attention, promit Antonin.

Il alla se placer sur la ligne de départ. C'est le maire du village qui donnerait le coup de fusil de départ. Julien arriva avec ses jumeaux. Florence, elle, était partie aux petits fruits avec Hortense, Henri et Madeleine.

— Alvenia, s'étonna Julien. Ah ben! L'ermite qui sort de sa taverne.

— J'sors souvent dehors, tu sauras. C'est juste que tu viens pas me voir.

— J'ai ben à faire, mais toi aussi, j'imagine. Comment tu vas, ma petite sœur?

— Bien, mais là j'ai un peu peur pour le voisin, le jeune Antonin. Il va courir pour la première fois...

— Tu l'aimes ben, ton Antonin, hein?

Alvenia sentit une intention derrière cette question. Comme toujours, elle choisit de faire front.

— *Mon* Antonin? Pourquoi tu dis ça de même?

Julien sourit à Alvenia et se rapprocha. Il prit une voix douce afin de ne pas effaroucher sa sœur:

— Tu sais, les années ont passé, Alvenia. La mère et le père sont morts depuis longtemps.

— Oui, et puis?

— Écoute, t'es plus obligée de garder ça pour toi... Antonin a les yeux verts comme les tiens, et je sais pas combien de fois on m'a demandé si ce garçon n'était pas mon fils tant il me ressemble.

— Et puis après, on peut ressembler à plusieurs personnes! se défendit Alvenia, qui sentit sa pression monter.

— T'as raison, c'est sûr, tout est possible... Mais on donne pas des vaches et des poneys à tout le monde. Réponds-moé pas. À moé, tu dois rien. Mais si Antonin est ton fils, Alvenia, y serait temps qu'il l'apprenne. C't'un homme, maintenant.

Julien s'éloigna et laissa sa sœur pensive. Cela faisait près de dix-huit ans qu'elle avait tout fait pour cacher sa maternité, mais le monde jasait encore. «Le monde jaserait donc toujours?» Elle ne pouvait pas dire à Antonin qu'elle était sa mère. Il la traiterait de menteuse, puis il lui en voudrait toute sa vie. Tandis que là, elle pouvait s'occuper de lui de loin.

Elle vit les gens s'approcher de la ligne de départ. On allait bientôt donner le coup de départ. Antonin souriait sur son étalon. Il avait l'air vraiment heureux.

Monsieur le maire tira son coup de fusil qui fit sursauter deux des participants. Leur bête se cabra et désarçonna leur cavalier.

— Mon doux, les pauvres! Ça n'a pas dû leur faire du bien, dit Alvenia qui mordait son mouchoir.

Antonin faisait corps avec sa bête. Il avait une élégance remarquable. Il réussit à se faufiler dans le peloton de tête. À la dernière ligne droite, il sortit sa cravache et fouetta l'animal qui passa devant et remporta la course.

Anabelle, qui était venue avec sa sœur, criait de joie.

— Antonin, t'es le meilleur! lança-t-elle fièrement quand il revint avec son cheval vers la foule.

— Elle n'a aucune retenue, celle-là, dit Alvenia à Marie.

Monsieur le maire remit le prix au jeune homme et donna une bourse de cinquante dollars au propriétaire de la bête qui, déjà, avait des offres pour l'animal.

Anabelle le prit par la main:

— Viens, Antonin, viens voir, Antoine est là-bas.

Antoine était le garçon du fermier Nadeau au coin du neuvième rang. Un solide gaillard qui éprouvait une grande amitié pour Antonin. Tous les deux étaient mordus de chevaux. Alvenia vit son fils s'éloigner avec cette fille qui manquait de raffinement.

Anabelle amena Antonin dans un petit boisé traversé par un joli ruisseau. Elle le connaissait bien. Son père et elle s'y rendaient souvent pour dessiner des croquis.

— Il est où, Antoine? demanda le jeune homme, sceptique.

En guise de réponse, Anabelle ne fit que sourire. Elle avait d'autres idées en tête. Elle aimait Antonin comme une folle et voulait avoir un moment d'intimité avec lui. Elle enleva ses chaussures et ses bas et se mit à marcher dans le ruisseau.

— Savais-tu qu'en marchant dans l'eau, on ne laisse pas de traces? Comme ça, personne peut nous suivre.

Antonin, amusé, fit comme elle. Ils marchèrent ainsi jusqu'à un genre de grotte. Anabelle y entra et attendit le jeune homme, qui arriva derrière elle. Elle le regarda et commença à défaire son corsage.

— Tu fais quoi, Anabelle?

— J'aimerais ça qu'on fasse l'amour.

— Là, tout de suite?

Le jeune homme se rapprocha. Elle avait les épaules dénudées et les cheveux qui bougeaient légèrement au vent. Elle le regardait avec des yeux de chatte. Il l'embrassa doucement sur la bouche, puis sur le menton et descendit dans sa gorge.

— J'ai jamais faite ça, moé, lui murmura-t-il.

— Moé non plus, mais j'l'ai tellement rêvé que c'est comme si, lui répondit-elle en l'embrassant fiévreusement.

Ils se déshabillèrent et déposèrent leurs vêtements sur le sol. Elle était si belle! Un corps parfait. Ses hanches étaient rebondies et sa peau, blanche et douce.

— Caresse-moi, Antonin.

Le jeune homme flatta ses seins qui pointaient et étaient durs. Il caressa son dos et ses fesses, puis se coucha sur elle. Il était dur et n'avait qu'une envie: se fondre en elle. Il la prit et Anabelle se cambra. Elle venait de lui offrir sa virginité. Elle l'embrassa dans le cou, puis tout alla très vite et le jeune homme ne put se retenir.

Ils restèrent ainsi un petit moment. Anabelle se rendit au ruisseau et se lava. Ils s'habillèrent en s'embrassant et, main dans la main, retournèrent à la fête. Pour la première fois, ils avaient fait l'amour et ne rêvaient déjà qu'à la prochaine fois.

Après quelque temps, Alvenia s'inquiéta de ne pas voir Antonin ou les parents d'Antoine. Où est-ce que cette furie avait amené son fils? Quand ils réapparurent, Alvenia reconnut avec effroi le sourire d'un homme satisfait. Elle en était certaine: son fils venait de perdre sa josephté.

# Chapitre 24

Au magasin général, on ne parlait que de la course de chevaux. Tout le village vantait les mérites de coureur d'Antonin. Le garçon avait gagné devant le favori du comté. Une vraie fierté pour les paroissiens.

Alvenia poussa la porte du commerce.

— Ah, mademoiselle Beaulieu ! On parlait justement de votre p'tit voisin. Un vrai chanceux, vous pensez pas ? demanda la marchande.

— Oui, c'est sûr, madame Labonté.

Mais cette fois-ci, Alvenia ne venait pas pour les potins. Elle avait un autre intérêt. Elle chercha Anabelle et la trouva au fond de la boutique, en train de placer des rouleaux de tissu dans la section des vêtements et de la couture. La delle s'approcha de la jeune fille. Il fallait la faire parler.

— Vous aimez les tissus ? demanda Alvenia.

Anabelle leva les yeux et reconnut la voisine d'Antonin. On disait tellement de choses d'elle : qu'elle était recluse et pas très aimable, qu'elle ne sortait que pour faire quelques courses et aller à l'école… Même la mère d'Anabelle avait voulu faire les classes à ses enfants à la maison pour qu'Alvenia Beaulieu ne leur mette pas le corps trop raide.

— C'est surtout les motifs et les couleurs que j'aime regarder. Les couleurs sont ma passion, affirma la jeune fille.

Alvenia se mit à flatter un rouleau de tissu négligemment :

— C'est vrai que c'est beau, mais moi j'aime plus les couleurs sur les toiles de peintres, dit-elle, sachant pertinemment qu'Anabelle peignait très bien.

— Vous aimez la peinture ? lui demanda la jeune fille avec beaucoup d'intérêt.

— Oui, j'ai quelques toiles de peintres canadiens-français très prometteurs. Mais il m'en manque quelques-unes qui représenteraient notre village. J'ai un immense salon, et je rêve d'un tableau immense qui évoquerait ma maison et d'un autre, le couvent des sœurs. Vous allez me dire que je les vois tous les jours en vrai, mais je tiens à les immortaliser pour les générations futures. J'suis un peu sentimentale, voyez-vous… Au fait, c'est drôle, mais je réalise que je ne vous connais pas beaucoup. Connaissez-vous mes neveux et nièces ?

— Oui, j'connais ben les enfants de votre sœur Marie, pis Hortense Beaulieu est de mon âge. Les jumeaux, par contre, j'les connais moins.

Alvenia sourit. Elle tissait doucement sa toile autour de la jeune fille.

— J'ai entendu dire que tu peins ?

Anabelle se replaça les cheveux. Ils étaient attachés avec un ruban derrière la tête.

— Oui, je peins surtout des paysages. J'aime ben les paysages du coin.

— Tu me ferais-tu mes deux toiles ? Je te payerais bien pour ça. Je sais que c'est très long et ardu à faire. C'est de l'art, après tout.

La jeune fille n'en croyait pas ses oreilles. Alvenia Beaulieu, la vieille fille riche du village, voulait qu'elle lui fasse des œuvres ? La jeune fille sourit et s'empressa d'accepter !

— J'pourrais commencer demain, j'ai congé. J'pourrais faire le tour de la maison et dessiner un croquis.

Alvenia était satisfaite. Elle se foutait bien des toiles, mais c'était la meilleure façon de séparer Anabelle de son fils. Rien de mieux que de tenir le poisson près de soi si l'on veut le zigouiller.

— Bien, viens demain de bonne heure. J'aime la lumière du matin qui allume tout le devant de la maison.

Elle laissa la jeune fille à ses tissus et retourna à ses courses. Demain, elle aurait tout son temps pour scruter cette fille intrigante qui n'avait aucunement de place dans la vie de son Antonin.

Vers huit heures, Anabelle arriva avec ses papiers à croquis. Elle avait mis un chapeau de paille et portait une robe de coton violette qui lui allait trop bien au goût d'Alvenia.

— Je peux-tu m'installer icitte sur le banc devant la maison? J'vois ben votre maison et j'ai pas le soleil dans les yeux.

— Mets-toi à ton aise, ma p'tite. Tout c'que j'veux, c'est des belles toiles.

Antonin sortit de chez lui. Tout de suite, il remarqua sa douce et s'avança vers les deux femmes. Il avait le sourire fendu jusqu'aux oreilles et les yeux pleins de promesses. Alvenia reconnut le regard de son Léopold quand, eux aussi, se fréquentaient.

— Bonjour, mademoiselle Beaulieu, bonjour Anabelle. Vous faites quoi de si bon matin?

— Imagine que cette merveilleuse peintre en herbe va me faire deux toiles de bâtiments du village, expliqua Alvenia. J'adore mon village et mademoiselle va immortaliser ces images pour moi.

Antonin se réjouit pour son Anabelle. C'était une aubaine pour elle qui rêvait d'être une artiste. Quoi de mieux que de peindre pour cette demoiselle fortunée? Il mit la main sur le banc et s'assit près de la jeune fille. Il la désirait, cela crevait les yeux, et Alvenia en devenait folle de rage.

— Viendrais-tu m'aider en dedans, Antonin ? J'voudrais passer le balai derrière le gros bahut, mais mes forces me lâchent. Ça doit être la chaleur.

Le jeune homme se leva, à reculons. Il aurait voulu rester avec son amoureuse. Il rêvait d'elle chaque seconde, repensant à ses seins et à ses hanches. Mais on ne disait pas non à Alvenia Beaulieu. Il entra donc avec elle. Le gros bahut était dans la cuisine. Il contenait toute la vaisselle de porcelaine de la maison.

Sur le dessus trônait l'argenterie qu'Alvenia frottait chaque semaine. Pour qui ou pour quoi, elle ne le savait pas. Elle n'invitait jamais plus personne. Antonin se prit par le côté et le tira. Il n'y avait pas beaucoup de poussière. Alvenia profita de la diversion pour en savoir un peu plus.

— Tu as l'air de beaucoup l'aimer, Anabelle. C'est une belle fille.

Antonin se retroussa les pantalons :

— Belle, vous dites ? C'est la plus belle fille du comté et peut-être du monde !

Pauvre petit, il ne voyait plus rien. Il était pas mieux qu'ensorcelé !

— Va falloir que tu commences à penser à ton avenir. Tu vas avoir dix-huit ans à la fin octobre. T'es plus un gamin, lui dit sa mère.

Antonin avait toujours trouvé drôle que, chaque mois d'octobre, la vieille fille lui donnait un petit cadeau.

Comme Antonin ne disait rien, Alvenia poursuivit :

— J'ai parlé avec monsieur le curé. Bah ! Comme ça, sans plus, et il m'a dit comment il te trouvait brillant et qu'il te verrait ben curé. Si tu voulais, j'pourrais te payer le séminaire. Une vieille comme moé a toujours besoin d'un jeune prêtre pour prier pour elle, dit Alvenia en replaçant l'argenterie que le déplacement du meuble avait légèrement tassée.

— Mais j'veux pas faire un curé. Un curé peut pas se marier et moé, j'voudrais me marier et avoir une trâlée d'enfants. Vous avez des drôles d'idées, vous pis votre curé.

Alvenia vit qu'elle avait été trop vite pour le petit. Elle devait s'y prendre autrement et, surtout, écarter cette fille. Elle remercia Antonin de l'avoir aidée et le laissa ressortir.

Il alla s'asseoir dans l'herbe pour regarder Anabelle dessiner ses croquis. Elle avait beaucoup de talent et son trait de crayon était pur.

Alvenia, par la fenêtre, les regardait. « Elle doit ben avoir des rêves, la petite Anabelle, mais lesquels ? »

Sur le coup de midi, Alvenia s'empressa d'inviter Anabelle pour le repas. Elle devait parler avec elle, voir ce qui l'intéressait.

La jeune fille entra dans la grande maison. Elle n'était pas habituée à tant de luxe. Son regard s'attarda sur le plafonnier et les meubles recouverts de velours bleu royal. Sur la table ronde au centre du salon, Alvenia avait posé un immense bouquet de fleurs sauvages. Elle les changeait tous les jours de l'été. C'était la seule habitude qu'elle avait gardée d'Imelda. Anabelle suivit son hôte dans la cuisine. Là, une table avec une nappe fleurie l'attendait. Alvenia avait choisi sa vaisselle en porcelaine. Elle voulait épater la jeune fille pour lui faire voir à quel point elle, Anabelle, était banale.

— Viens t'asseoir, Anabelle, à la bonne franquette, dit Alvenia qui ne le pensait pas du tout.

Elle déposa la soupière et en servit un bol à la jeune fille.

— Tu as de la facilité en dessin. J'espère que ton coup de pinceau sera à la hauteur de tes croquis. Tu peux commencer la toile quand ?

— Demain, si vous voulez. Il fera beau, les nuages l'annoncent.

— Tu pourras peindre sur la galerie. Le vent est doux, tu seras très bien, dit Alvenia.

Anabelle était conquise par la bonté de la dame. On disait bien n'importe quoi, au village. La delle Beaulieu n'était ni méchante ni rigide. « Seulement une pauvre femme qui n'avait jamais connu l'amour », pensa-t-elle.

Le lendemain, très tôt, la jeune fille arriva avec son chevalet et ses pinceaux. Alvenia avait fait tendre une grande toile et la lui donna pour qu'elle commence.

— Vous avez choisi une grande toile, s'étonna Anabelle.

— Oui! Celle de la maison doit être imposante. L'autre, du couvent, sera plus petite.

La jeune fille se mit au travail. À la fin de la journée, on voyait déjà l'imposante maison victorienne trôner au centre d'un paysage bucolique. Alvenia fut forcée d'admettre que la jeune fille avait vraiment du talent.

— Tu ne rêves pas de faire des études en arts à Montréal? Y paraît qu'une école d'art va ouvrir en octobre et qu'elle va accepter les femmes[11]. La pension sera sûrement chère, mais j'serais prête à encourager un talent comme le tien, dit Alvenia qui projetait plus d'éloigner Anabelle d'Antonin que d'en faire une artiste reconnue.

La jeune fille se mit à rêver, elle aussi. Elle avait toujours voulu, du plus loin qu'elle se souvienne, aller loin de Saint-Damien. Elle rêvait d'aventures et de voyages. Elle n'était pas du genre à garder la maison et à frotter toute la journée. Elle était libre et voulait le rester. Ses parents, des visionnaires, l'avaient élevée de cette façon.

— J'sais pas quoi vous dire, mademoiselle. Vous êtes ben bonne.

— Peut-être as-tu une raison de ne pas vouloir saisir cette chance? Moi, j'voulais juste t'aider. C'est pas grave, n'y pense plus.

La jeune fille ne voulait pas laisser passer une pareille occasion.

11. L'École des Beaux-Arts de Montréal a effectivement accueilli ses premiers élèves en octobre 1923. Les femmes étaient aussi acceptées, ce qui représentait alors une grande avancée pour l'accessibilité des femmes aux écoles supérieures.

— Pouvez-vous me laisser quelques jours pour y penser ? J'dois en parler à mes parents. C'est important pour moi de réfléchir.

La truite avait mordu. Elle était accrochée, Alvenia le savait bien. « Ses parents, ces bohémiens sans envergure, finiront de la convaincre… Ensuite, adieu Antonin ! » se réjouit-elle.

Comme de raison, la jeune fille en fit part à ses parents le soir même. Ils lui conseillèrent d'accepter. Ils avaient toutefois émis une condition : « Si tu pars, il va falloir te trouver un emploi en ville pour aider mademoiselle Beaulieu dans les dépenses. Il ne faudrait pas exagérer dans sa bonté », avaient-ils tranché.

Il ne lui restait plus qu'à en parler avec Antonin. Son Antonin qu'elle aimait et qui voudrait sûrement la retenir. La formation durait quatre ans. Quatre ans sans revenir à Saint-Damien. Le temps serait long pour les amoureux.

Le lendemain, Anabelle continua sa toile comme prévu. Elle avait dit à la marchande générale qu'elle ne pouvait plus l'aider pour un temps. Elle avait reçu une grosse commande et ne voulait pas rater sa chance en tant qu'artiste. Madame Labonté l'avait laissée partir à contrecœur. Anabelle était une excellente commis.

Sur le coup de midi, Anabelle aperçut Antonin qui revenait de la forge. Depuis la course, Lorenzo l'avait pris en main. Il voulait montrer au jeune garçon tout ce qu'il savait sur les chevaux. Le petit avait de l'avenir là-dedans, il en était certain.

— Oh, Antonin ! Tu veux ben dîner avec moé sur la pelouse ? lui demanda Anabelle.

Alvenia sortit évaluer le travail d'Anabelle et en profita pour le mettre de l'avant :

— Antonin, elle est-tu pas extraordinaire, cette jeune artiste ? Regarde comme son travail est beau et digne d'être connu.

Antonin regarda le chevalet qui trônait sur la galerie. Il était vrai que la toile était magnifique.

— Bon, c'est pas tout, il est rendu midi, lança Alvenia. Puisque vous êtes là tous les deux, voulez-vous que je vous donne quelque chose à grignoter ?

— Ben sûr, si vous voulez nous nourrir, répondit Antonin avec le sourire.

Alvenia entra et alla chercher du pain, des œufs durs et des boissons. Anabelle donnerait sûrement le coup de grâce à ses amours avec le jeune homme. La delle avait placé ses pions, elle n'avait plus qu'à patienter un peu.

Antonin et Anabelle s'assirent dans l'herbe. La jeune fille avait les yeux qui pétillaient :

— Tu sais pas ce que la mademoiselle m'a offert ? De payer mes études en arts à Montréal !

Antonin la regarda, bouche bée. Il ne savait pas quoi dire et, surtout, il ne voulait pas faire de peine à Anabelle.

— Wow ! Et... euh... C'est-tu ben long ?

— Quatre ans. C'est sûr que j'vas être obligée d'aller vivre là-bas, pis j'pourrai pas revenir. Mes parents m'ont ben dit que j'devrai travailler l'été pour aider dans les frais. T'en penses quoi ?

Le jeune homme ne savait pas quoi penser. Elle ne l'aimait donc pas assez pour rester avec lui ? Quatre ans sans se voir. Elle allait l'oublier, c'est sûr.

— J'te souhaite bonne chance, dit-il en baissant les yeux.

Anabelle lui prit le visage entre les mains :

— Tu voudrais venir avec moé, Antonin ? Là-bas, tu pourrais travailler. On demande du monde dans les shops. La guerre a fait repartir l'économie. J'veux pas te quitter. Y faut seulement que personne sache qu'on va être là-bas ensemble. Tu pourrais partir deux semaines après mon départ ?

Antonin resta surpris. Elle voulait faire sa vie avec lui.

— Tu voudrais qu'on reste ensemble ? En péché ?

— Ben non, répondit Anabelle en souriant. Moé j'serais à la pension et toé, tu pourrais avoir une chambre. On se retrouverait pour faire l'amour. Et quand j'aurai fini mes cours et que je serai une peintre reconnue, tu me marieras!

Le jeune homme lui serra les mains et lui sourit. Pas question de l'embrasser ici devant tout le monde. Il ne fallait surtout pas faire jaser!

— Ça marche, ma douce, on fait comme ça. Maria me laissera sûrement partir. J'suis pas son vrai fils, après tout.

Antonin, trop excité pour manger, repartit aussitôt et courut vers la forge. Alvenia arriva dehors et vit la jeune fille toute seule. Elle se réjouit.

— As-tu pris ta décision pour les cours, ma chère? Et Antonin, où il est?

Anabelle prit le plateau qu'Alvenia tenait. Les deux femmes étaient rayonnantes, pour des raisons totalement différentes.

— Y'est parti. Et pour les cours, c'est oui. Merci, mille fois merci, mademoiselle Beaulieu. C'est vraiment un rêve qui se réalise.

— Ça me fait plaisir, ma p'tite.

Comme Antonin était parti, Alvenia s'installa pour manger dans l'herbe avec Anabelle. C'était un jour radieux et le soleil était bon. Elles parlèrent du beau temps et des gens de la ville. Anabelle n'était jamais sortie de Saint-Damien, mais Alvenia lui parla de Québec.

La vieille fille était satisfaite de la tournure des événements. Décidément, elle avait la capacité de diriger les gens, et toujours dans son sens. Un peu plus et elle aurait pu conclure, comme son père, que tout s'achète…

À la mi-août, Anabelle préparait son départ. Elle avait fini de peindre les deux tableaux d'Alvenia. Ils étaient magnifiques. Elle avait vraiment un grand talent.

Antonin et Anabelle avaient continué de se voir tout l'été, toujours dans le plus grand secret. Ils étaient très prudents. Partir pour la ville à deux semaines d'intervalle, si tout le monde les savait amoureux, ce serait la pire chose à faire. Les cancans n'en finiraient plus au village.

Lorsqu'Anabelle quitta Saint-Damien en septembre, sa famille en profita pour louanger Alvenia pour ses bienfaits. De son côté, la vieille fille louangeait sa protégée.

Antonin n'assista pas au départ de la jeune fille. La veille, ils avaient fait l'amour dans les bois et s'étaient promis de se rejoindre rapidement.

Alvenia était comblée. Maintenant, Antonin pourrait penser à son avenir et mettre le sacerdoce dans ses choix.

De belle humeur, elle invita Marie à prendre le thé.

— C'est une belle toile que t'as là.

Alvenia lui apporta une tasse :

— Oui, j'suis ben contente. Ma protégée a ben travaillé.

— Ah, pour ça, oui. T'es ben bonne avec elle. Si tu l'avais pas aidée, elle aurait jamais réalisé son rêve. Des études à Montréal, c'est pas donné à tout le monde.

— J'ai pas d'enfant, alors j'peux ben faire ma part pour les talents locaux.

Marie regarda sa sœur. Elle la plaignait. Ses enfants et Lorenzo étaient toute sa vie. Si elle ne l'avait pas rencontré, elle serait devenue comme Alvenia, une vieille fille vêtue de gris avec un chignon sur la tête. Elle avait été si différente dans sa jeunesse.

— Pourquoi tu t'es jamais mariée, Alvenia ? osa-t-elle demander.

Sa sœur alla s'asseoir. Elle brassa son thé lentement, le temps de trouver une réponse.

— Par peur, j'pense… Peur de perdre à nouveau…

Alvenia sentit l'émotion monter. Elle était devenue si dure et rigide que personne ne voulait trop l'approcher.

Marie n'insista pas. Elle voyait bien que sa sœur n'était pas heureuse. Pour changer de sujet, elle lui parla des potins du magasin général. Lorsque sa tasse fut vide, Marie remercia sa cadette.

— J'dois y aller. Antonin est chez nous avec Lorenzo. Y'a une autre course demain au lac Vert et le p'tit y participe. Il veut encore gagner.

— Antonin va encore courir ? J'le savais pas…

Il faut dire qu'elle n'avait pensé qu'à éloigner Anabelle de Saint-Damien. Pendant un temps, elle avait relâché la surveillance d'Antonin.

Après le départ de Marie, Alvenia alla chercher une petite laine et s'installa sur la galerie pour attendre son fils. Il fallait qu'elle lui parle. Il ne rentra qu'en soirée, tout sale, mais le sourire aux lèvres.

— Il paraît que tu vas courir demain, Antonin ?

— Oui, et j'dois remporter cette course ! Le commerçant Dion m'a dit que si je faisais gagner son étalon encore une fois, il me donnerait les cinquante piastres du gros lot. Imaginez ! Cinquante piastres ! Moé qui pars dans deux semaines pour aller travailler en ville, ça va vraiment me donner un bon coup de main.

— T'es chanceux, mon gars. Avec une somme pareille, tu peux aller n'importe où.

— Ah, j'irai pas si loin que ça, juste à Montréal… Y'a de la *job* en masse là-bas, à ce qu'il paraît.

Alvenia serra les dents en le saluant. Elle vit tout de suite l'entourloupette. La rouquine avait trouvé comment lui voler son garçon. Il fallait réagir au plus vite, mais comment faire pour le garder près d'elle ?

Elle y pensa toute la nuit.

Au matin, elle avait compris qu'il ne fallait pas qu'Antonin gagne la course. Sans argent, il n'irait pas loin. Elle se rendit au lac Vert et attendit le moment propice.

Tout le village était là pour voir la fameuse course. C'était la fête et tous les paroissiens jasaient. Antonin était très recherché. On le vantait ou on le narguait, dépendamment du coureur pour lequel les gens avaient parié.

Les chevaux étaient tous attachés sur le bord du lac. Alvenia profita de l'agitation de la foule pour se rendre en douce près de l'étalon d'Antonin. Elle se rappela ce que le jeune homme lui avait dit avant la première course: un simple harnais un peu lousse pouvait faire perdre plusieurs secondes à un coureur. Elle glissa donc la main sur le côté de l'animal et défit la sangle qui retenait la selle. Si celle-ci bougeait un peu, Antonin devrait arrêter. Elle avait pris soin de la replacer comme il fallait. La seule différence était que le cran de la boucle n'était pas entré dans le cuir. Cela devrait suffire.

Elle retourna parmi les gens du village et retrouva Lorenzo et Marie. Pour rien au monde ils n'auraient voulu manquer la course.

La compétition allait commencer. Monsieur le maire, avec son costume et son chapeau melon, prit son fusil. Il demanda à tous les participants de monter en selle.

Antonin envoya la main à Lorenzo et à Marie. Le commerçant Dion lui donna le même conseil qu'à la course précédente:

— Tu fais comme l'autre fois, mon gars. Tu fouettes un peu dans les lignes droites, pis ça va ben aller. Bonne chance!

Antonin acquiesça. Le maire leva le bras et tira. Les chevaux partirent aussitôt au galop sous les cris de joie de la foule. Cette course promettait d'être aussi épique que la précédente.

Dans la première courbe près de la grange, la selle d'Antonin glissa et le pauvre jeune homme tomba lourdement au sol. «ANTONIN», cria Alvenia. Un grand cri de frayeur s'éleva des spectateurs, qui furent nombreux à se précipiter pour venir en aide au jeune homme.

Le médecin du village se fraya un chemin. Le jeune homme était inconscient et ne bougeait pas, mais il respirait toujours. C'était au moins ça.

— Ne le déplacez surtout pas, ordonna le docteur. Il faut l'immobiliser avant, sinon il pourrait devenir paralysé.

Alvenia pleurait à chaudes larmes en regardant le corps immobile de son fils. C'était sa faute, elle le savait bien. Elle aurait pu le tuer.

On immobilisa le jeune garçon et on le mit sur un brancard. On le chargea dans la voiture de Lorenzo, qui fit également embarquer Marie et Alvenia.

— Amène-le à mon cabinet, Lorenzo. Sa maison est trop petite : on sera pas capables d'entrer un aussi grand brancard.

— Non, venez-vous-en chez moé, supplia Alvenia. S'il lui faut des soins, j'lui en donnerai et il sera au moins proche des siens.

Ce n'était pas une si mauvaise idée. Dans la grande maison des Beaulieu, il y aurait effectivement de la place pour le soigner. De toute façon, ce garçon ne remarcherait pas de sitôt. Le docteur accepta.

On l'amena dans le salon de la grande maison. Alvenia alla chercher un lit de fer et un matelas avec Lorenzo. Marie sortit pour informer les Blouin.

Antonin avait repris ses esprits pendant le transport. Le médecin en profita pour l'examiner plus en détail.

— T'as eu de la chance, Antonin, ta colonne vertébrale n'est pas cassée. Si ç'avait été le cas, tu sentirais plus tes jambes. T'as des bleus et des coupures, mais rien de grave.

Il se tourna ensuite vers Alvenia :

— Il devra rester couché au moins quelques semaines et porter un corset. Si la colonne est fêlée, il ne doit pas marcher avant six semaines, déclara le médecin.

— Mais j'vas remarcher ? s'inquiéta Antonin.

— Je l'espère, mon gars. Mais là, y faut que tu te reposes et surtout que tu restes calme. Je vais revenir dans quelques jours pour voir comment ton état évolue. Entre-temps, laisse les p'tites mères prendre soin de toi.

Alvenia aurait le temps, maintenant qu'elle n'enseignait plus. Elle avait arrêté quand Antonin avait fini ses classes. Pourquoi continuer, dans le fond ? Aucun des autres enfants ne l'intéressait vraiment. Elle sourit en regardant son garçon. Elle se sentait tellement mal… Tout cela était sa faute. Mais en même temps, il fallait bien qu'elle fasse quelque chose. Il ne voulait pas l'écouter !

Le médecin salua tout le monde et mit son chapeau en passant la porte. Lorenzo en profita pour partir lui aussi. Marie n'était pas encore revenue.

— J'vas aller te faire un bouillon, Antonin. Reste tranquille pendant ce temps-là.

Mais le jeune homme était agité. Il se mit à pleurer comme un bébé :

— Je devais partir et avoir de l'argent... Je devais aller rejoindre quelqu'un à Montréal.

C'était la première fois qu'Alvenia le voyait pleurer depuis qu'il était un homme. Elle lui prit la main.

— Oublie tout ça, mon pauvre garçon. C'est fini, ces rêves de voyage. Là, il faut te concentrer sur ta guérison.

Antonin était dans tous ses états. Il lui prit le bras :

— J'dois écrire à Anabelle. Vous avez son adresse à Montréal, n'est-ce pas ? J'dois lui dire de m'attendre.

Alvenia comprit qu'elle ne devait pas argumenter. De toute façon, ce serait vraisemblablement elle qui irait à la poste pour lui. Et cette lettre ne se rendrait jamais à Montréal.

Elle lui apporta du papier, un crayon et une enveloppe. Il écrivit :

*« Anabelle, mon amour, j'ai eu un accident à la course qui devait me donner l'argent pour aller te rejoindre. J'ai failli mourir, mais j'suis chez mademoiselle Beaulieu qui a bien voulu me prendre comme malade chez elle. Le médecin dit que j'en ai pour au moins six semaines, si c'est pas plus. Attends-moi, ma belle, et écris-moi à cette adresse s'il te plaît. J'veux savoir ce que t'en penses. Ta lettre me donnera le goût de vivre. J'ai besoin de toi. Oublie-moi pas, s'il te plaît, écris-moi vite. Antonin. »*

Il plia la feuille et la mit dans l'enveloppe. Alvenia écrivit devant lui l'adresse et colla le timbre. Elle lui promit d'aller la poster à la première heure le lendemain. Cela apaisa Antonin, qui ferma aussitôt les yeux. Il devait se reposer pour partir à Montréal et retrouver Anabelle le plus vite possible.

Alvenia rapporta le reste du bouillon et la lettre sur le cabaret, dans la cuisine. Elle ouvrit le poêle et regarda le feu. « Oh ! J'ai échappé la lettre. Quelle maladroite je fais ! » se dit-elle en déposant l'enveloppe dans les flammes.

À la forge, le commerçant Dion avait amené son cheval. Il ne comprenait pas ce qui s'était passé. C'est lui en personne qui avait attelé l'animal et avait vérifié par deux fois toutes les boucles.

— Regarderais-tu le cheval et l'attelage, Lorenzo ?

Lorenzo vérifia l'animal qui avait les oreilles dans le crin. Puis la selle et la sangle. Il remarqua que le trou où devait entrer la barrure n'était pas égueulé.

— Ça se pourrait-tu que la boucle ait pas été bien mise ? Regardez le cuir, il est encore ben beau, lança Lorenzo.

— Ouin, t'as ben raison. Le cuir devrait avoir mangé sa claque, à la débarque que notre pauvre Antonin a pris… Mais là, y'a rien.

— On dirait que quelqu'un a enlevé le cran de la boucle avant la course. Y'a peut-être des jaloux qui voulaient pas que votre cheval gagne ?

— Si c'est ça, dit le commerçant, j'vas le trouver pis il va en manger une. Le petit gars aurait pu se tuer.

Une chose était sûre, la course avait été truquée.

Dans le village, les commérages allaient bon train. Qui avait bien pu faire cela ? Le bruit vint aux oreilles d'Alvenia, qui décida de ne laisser personne voir Antonin, à part Maria, bien sûr. Si quelqu'un se présentait chez elle pour voir le jeune homme, elle disait toujours qu'il dormait. Elle voulait gagner du temps.

# Chapitre 25

Trois semaines passèrent et Antonin s'inquiétait de ne pas recevoir de lettre d'Anabelle. L'avait-elle oublié ?

De son côté, la jeune fille ne comprenait pas pourquoi elle n'avait aucune nouvelle d'Antonin. Il lui avait bien dit qu'il l'aimait, elle n'avait pas rêvé ! Il ne pouvait pas être du genre à faire des accroires à une fille, puis à la larguer comme du linge sale. Elle pleurait souvent, mais continuait ses cours. Elle en vint à penser qu'il ne voulait plus d'elle et qu'il était peut-être temps de renoncer à lui.

Antonin se sentait comme un lion en cage :

— J'ai pas de courrier encore aujourd'hui ? demandait-il souvent à Alvenia.

— Non, pas le moindre…

Antonin retournait alors dans son mutisme. Il passait ses journées à regarder dehors. La delle s'occupait bien de lui, mais sa vie tombait en morceaux.

— J'comprends ta peine, pauvre enfant… Tu l'aimais, ça se voit. Mais là, tu m'inquiètes. Tu manges presque plus. Tu dois te forcer un peu.

— Me forcer pourquoi ? Pour être seul icitte, couché dans un lit ?

Alvenia alla vers lui. Elle pouvait enfin le materner autant qu'elle voulait.

— Te forcer à accepter la vie. *Ta* vie. Pas celle de Montréal. Tu vois ben qu'elle a ri de toé, qu'elle t'aimait pas pour vrai. Sinon, elle t'aurait écrit, mon garçon. Raisonne-toé et reprends le dessus.

— Vous pouvez ben parler d'amour. Qu'est-ce que vous y connaissez, vous, à l'amour ? Une vieille fille comme vous, qui a jamais aimé qui que ce soit, lui lança Antonin en pleine figure.

Alvenia se sentit mal. Elle partit dans la cuisine et vomit dans l'évier. Elle avait aimé, tellement aimé Léopold. À tel point que son cœur saignait encore aujourd'hui. « Si seulement il savait combien j'ai aimé son père », pensa-t-elle en s'essuyant les lèvres.

Antonin regrettait ce qu'il avait dit sur le coup de l'émotion. La vieille fille ne méritait pas cela, elle qui faisait tout pour l'aider. Elle avait sans doute raison, en plus. Anabelle ne l'aimait pas vraiment. Elle l'avait oublié. Il serait encore des semaines ici à regarder dehors sans voir personne, à part Maria, qui, de temps en temps, défiait Alvenia qui voulait qu'il se repose.

Deux autres semaines passèrent. Antonin était désormais amaigri et cerné. Il n'avait plus le goût à la vie. La douleur dans son dos ne passait pas. La douleur dans son âme, encore moins.

Le médecin changea sa médication afin de l'aider à alléger les douleurs. Antonin, certes un peu soulagé par ces pilules beaucoup plus fortes, se décourageait quand même :

— Je remarcherai jamais pus…

— Ben oui, le docteur l'a dit. La semaine prochaine, tu pourras te lever avec de l'aide. J'en suis sûre.

— Pour aller où ? demanda Antonin à qui la vie pesait beaucoup trop.

Ce soir-là, seul dans le grand salon vide et sans joie, Antonin saisit la bouteille de pilules posée sur sa table de chevet et regarda les cachets. Il réévaluait toute sa vie. Qui l'avait vraiment aimé? Maria? Elle se faisait payer pour le garder. Anabelle? Non, visiblement, elle l'avait oublié...

Alvenia, qui veillait dans la cuisine, entendit un drôle de bruit. Elle alla voir dans le salon et aperçut tout de suite la bouteille de pilules vide sur le sol. Antonin était mou comme de la guenille. Il était pâle. Alvenia paniqua:

— Antonin! Réveille-toé, mon garçon, réveille-toé!

— Laissez-moé mourir, ma vie c'est de la marde. J'suis un bâtard, et j'ai perdu mon amour. J'veux pus vivre...

Alvenia courut chercher le médecin, qui habitait toujours tout près. Ils revinrent au pas de course. Ils redressèrent aussitôt le jeune homme et le médecin le fit vomir. Il le recoucha, puis lui donna une piqûre pour l'apaiser. Antonin devrait normalement être hors de danger.

— Quand il se réveillera, mademoiselle Beaulieu, donnez-lui du lait à boire. Que du lait et rien d'autre. Vous avez été chanceuse de le trouver. Dix minutes plus tard et j'sais pas...

Alvenia retourna auprès de son fils. Elle le regardait avec émotion. « Qu'est-ce que j'ai fait, mon doux? Qu'est-ce que j'ai fait? »

Elle était devenue le portrait de son père. Georges Beaulieu qui gouvernait tout le monde et les étouffait. Georges Beaulieu qui traitait les gens comme s'ils n'avaient pas de valeur. Elle était devenue ce que toute sa vie elle avait combattu. Où était passée la jeune femme qui voulait tant de bien à son fils? Où était passée la Alvenia qui aimait la vie et acceptait d'aider les autres sans tirer la couverture de son bord? Qu'était devenue la jeune fille à la robe verte et aux cheveux noués de rubans de couleurs?

Son précieux fils avait presque payé de sa vie la folie de sa mère. Il était temps que toute cette violence prenne fin. Il fallait qu'elle tente de réparer ce qu'elle avait brisé avant qu'il soit trop tard.

Alvenia se leva, résolue, et écrivit à Anabelle pour tout lui dévoiler: la lettre qu'elle avait brûlée et sa crainte de perdre son petit voisin qu'elle aimait tant. Elle ne dit pas « son fils », car elle ne s'en jugeait pas digne. Antonin méritait mieux qu'elle comme mère.

Une lettre d'Anabelle arriva quelques jours plus tard. Alvenia la remit à Antonin, qui se remettait difficilement de son empoisonnement. Pour la première fois depuis plusieurs semaines, les couleurs revinrent sur les joues du garçon.

Alvenia, dans un coin du salon, ne parlait pas. Elle attendait que son fils la condamne.

— Écoutez, mademoiselle, Anabelle m'a écrit ça: «Mon amour, excuse mon très grand retard, mais ici on est débordés. J'ai tellement à faire et mademoiselle ta voisine a payé pour que je réussisse. Je t'attends, mon amour. Tu dois être presque guéri maintenant? Reviens vite vers moi.» Et c'est signé «Anabelle». Elle sait pour mon accident, pis elle attend! se réjouit Antonin.

Alvenia lui avait tout dit. Tout, même la sangle. Mais la jeune fille n'en parlait visiblement pas dans sa missive. Antonin avait été assez secoué à cause de la folie d'Alvenia que la jeune fille le ménageait sans doute. Finalement, elle était peut-être bien, cette petite. En tout cas, elle avait bon cœur. Ils seraient sans doute heureux ensemble.

Antonin se remit assez rapidement en forme. Les exercices que le médecin lui avait recommandés et qu'Alvenia lui faisait faire l'aidaient à retrouver son corps d'avant. Chaque semaine, lui et Anabelle s'écrivaient. Alvenia se faisait un devoir de mettre à la poste les précieuses lettres.

Le jour des dix-huit ans d'Antonin, elle se permit de lui donner un autre conseil:

— Tu sais, mon garçon, attends pas pour être heureux pis écoute pas les gens autour de toi. La vie est trop courte pour ça.

Quelques semaines plus tard, pas longtemps avant Noël, Antonin partit pour Montréal rejoindre son Anabelle. Alvenia lui avait offert cinquante piastres. Elle aurait pu lui en donner plus, mais il avait besoin de faire ses preuves. Il écrivait de temps en temps à sa vieille voisine. Il lui disait comment il travaillait dans une forge et comment il apprenait à prendre bien soin des chevaux. Anabelle et lui se fréquentaient dans les bonnes règles.

Alvenia souriait à la lecture de chaque lettre. Son fils semblait si heureux. C'était tout ce qu'elle espérait pour lui.

# Épilogue

Quatre années s'écoulèrent tranquillement à Saint-Damien. Alvenia, qui vieillissait vite avec tous ses fantômes, tomba malade. Marie venait la voir tous les jours ; quant à Julien, il avait pris la charge de l'entretien de la grande maison.

Alvenia n'arrivait presque plus à se lever. Assise à moitié couchée, elle regardait le grand salon. Cette pièce l'avait vue danser avec son Léopold, puis elle l'avait vue être mise au pied du mur pour donner son enfant. Puis, ce fut son fils qui avait failli y perdre la vie. « Si ces murs pouvaient parler, ils en dévoileraient, des secrets… » pensa Alvenia.

Le jour tombait, on était à l'automne. Les feuilles se détachaient des arbres. Comme sa vie qui se détachait d'elle.

Alvenia repensa à ce qu'elle avait fait de cette vie. Elle avait voulu aimer son fils, tout en restant la vieille fille derrière la fenêtre. Elle avait voulu faire de son mieux. Elle n'était pas sûre d'y être arrivée, mais elle avait aimé son Antonin plus que tout.

Puis, un matin, Julien la trouva morte, une larme sur la joue.

On l'enterra après trois jours. Trois jours pendant lesquels la grande maison retrouva un peu de vie : tout le monde venait voir la delle sur les planches. On la mit en terre avant que le sol gèle.

Il se passa une bonne semaine avant qu'Antonin apprenne la nouvelle. Il habitait toujours à Montréal. Il était désormais fiancé à Anabelle et avait des tonnes de projets.

— C'est quoi, le courrier? demanda-t-elle en voyant arriver Antonin avec une lettre ouverte à la main.

— C'est le notaire de Saint-Damien. La voisine, la mademoiselle Beaulieu, est morte. J'suis pas trop sûr pourquoi, mais il me demande de monter le voir au village dans les plus brefs délais.

Anabelle le regarda. Elle lui avait écrit en juin pour lui annoncer la fin de ses cours et la remercier pour tant de bonté à son égard.

— J'y vais avec toé. On voulait aller voir mes parents pour leur annoncer notre mariage de toute façon.

Ils approchèrent de Saint-Damien avec la tête pleine de souvenirs. Quand ils arrivèrent sur l'ancienne galerie des Théberge, la gorge d'Antonin se serra. Il avait une drôle d'impression. Un jeune notaire, qui avait repris l'étude et la maison du père de Léopold, vint leur ouvrir.

— Entrez, entrez. Vous devez être monsieur Mercier? Et vous, madame...

— Mademoiselle. On est pas encore mariés!

— Ah! Dans ce cas, vous devez attendre ici. Monsieur est convié à l'ouverture d'un testament et votre nom n'est pas inscrit sur le papier, dit-il.

Elle alla s'asseoir dans le vestibule. Antonin suivit le notaire dans son bureau.

— Vous êtes convié pour l'ouverture du testament de mademoiselle Alvenia Beaulieu. Fille légitime de Georges Beaulieu et d'Imelda Tanguay.

— D'accord... On n'attend personne d'autre? s'étonna Antonin.

Le jeune notaire se dérhuma en replaçant sa cravate.

— Non, le compte est bon. Je commence :

*« Moi, Alvenia Beaulieu, saine de corps et d'esprit et n'ayant aucun conjoint, remets l'entièreté de mes avoirs, soit la grande maison, cinq mille dollars en banque plus les meubles et autres dépendances qui sont miennes, plus une terre agricole achetée avec mes salaires de delle au neuvième rang avec la bâtisse et les six chevaux pur-sang s'y trouvant, à Antonin Mercier. Que Dieu me pardonne mes fautes et qu'Antonin Mercier, mon fils, prie pour mon repos. »*

— … *Mon fils…*, murmura Antonin.

Il était assommé, comme si la foudre venait de le frapper.

Le notaire regarda le jeune homme :

— Ce qui se dit ici reste ici, monsieur Mercier. Ne vous en faites pas, la réputation de votre mère naturelle ne sera pas entachée.

Mais Antonin ne pensait pas à cela. Le notaire continua :

— Elle avait un coffre ici. Depuis des années. Les gens qui ont peur de se faire voler ou de passer au feu s'en servent souvent pour les documents importants, vous savez ! Sûrement des papiers ou même des placements. C'est du temps de mon prédécesseur. Voici le coffre en question et la clé. Il n'a pas été ouvert depuis que mademoiselle l'a déposé ici.

Antonin prit la clé et sortit avec la boîte en fer. Il alla s'asseoir à côté d'Anabelle et lui expliqua le contenu du testament. Il tentait de replacer les morceaux, de comprendre.

À l'aide de la clé, il ouvrit la boîte, à la recherche de réponses. Il n'y avait qu'un seul papier dedans, plié soigneusement. Pour Alvenia, c'était son trésor. Elle voulait le conserver à jamais. Il saisit la feuille et la déplia, puis lit :

« ANTONIN BEAULIEU MAMAN »

Ces trois mots avaient été la motivation de sa vie.

Il alla un peu plus tard porter des fleurs sur sa tombe. Il se mit à genoux et pleura.

— Maman… Pourquoi ne me l'avoir jamais dit ?

Antonin se maria avec Anabelle, tel qu'ils le souhaitaient depuis si longtemps. Ils choisirent de revenir à Saint-Damien et s'installèrent dans la maison des Beaulieu. La terre du neuvième rang devint le lieu de vente de tous les pur-sang du coin. De loin, on venait voir Antonin Mercier pour des conseils sur les chevaux.

Anabelle mit au monde une jolie petite fille qu'ils nommèrent Alvenia, comme sa grand-mère. Julien et Marie furent mis au courant de toute cette histoire.

L'été, Anabelle faisait des bouquets de fleurs sauvages pour égayer la table ronde. Un jour, elle en était certaine, plusieurs enfants joueraient ici en regardant les fleurs d'Alvenia.

La vie avait enfin repris dans la grande maison.

# Remerciements

Eh oui ! Encore une histoire qui prend fin !

J'aimerais en profiter pour vous remercier, chers lecteurs. Je me sens pleine de gratitude envers vous tous. Quand je vous rencontre au hasard des conférences, des shows d'humour ou bien en librairie, vous me donnez des ailes. Plusieurs d'entre vous me racontent leur vie, et cela m'enchante. Vous êtes tous des livres vivants.

Je vais vous faire une petite confidence : j'ai le goût d'écrire encore, une autre histoire. Mais il n'est pas l'heure de dévoiler le punch !

Pour l'instant, merci de participer à mon rêve pour les enfants… En me lisant, vous m'aidez énormément.

À bien vite,

Marthe
xx

Suivez-nous sur le Web
et les réseaux sociaux !

EDITIONS-HOMME.COM
EDITIONS-JOUR.COM
EDITIONS-PETITHOMME.COM
EDITIONS-LAGRIFFE.COM
RECTOVERSO-EDITEUR.COM
QUEBEC-LIVRES.COM
EDITIONS-LASEMAINE.COM

Imprimé chez Marquis Imprimeur inc.